VICTOR HUGO

O CORCUNDA DE NOTRE DAME

Tomo I

VICTOR HUGO

O CORCUNDA DE NOTRE DAME

Tomo I

Tradução
Andréia Manfrin Alves

Principis

Esta é uma publicação Principis, selo exclusivo da Ciranda Cultural

Traduzido do original em francês
Notre Dame de Paris

Texto
Victor Hugo

Editora
Michele de Souza Barbosa

Tradução
Andréia Manfrin Alves

Preparação
Otacílio Palareti

Revisão
Catrina do Carmo
Fernanda R. Braga Simon
Agnaldo Alves

Produção editorial
Ciranda Cultural

Diagramação
Linea Editora

Design de capa
Ciranda Cultural

Imagens
Samuel Bono
Kevin Oke Photo/shutterstock.com

Dados Internacionais de Catalogação na Publicação (CIP) de acordo com ISBD

H895c Hugo, Victor

O Corcunda de Notre Dame: Tomo 1 / Victor Hugo; traduzido por: Andréia Manfrin Alves. - Jandira, SP : Principis, 2021.
288 p. ; 15,50cm x 22,60cm. (Clássicos da literatura mundial)

Título original: Notre Dame de Paris
ISBN: 978-65-5552-683-7

1. Literatura francesa. 2. Preconceito. 3. Drama. 4. Relacionamento. 5. Romance. I. Alves, Andréia Manfrin. II. Título.

2021-0274 CDD 843
CDU 821.133.1-3

Elaborado por Lucio Feitosa - CRB-8/8803

Índice para catálogo sistemático:
1. Literatura Francesa : Ficção 843
2. Literatura Francesa : Ficção 821.133.1-3

1ª edição em 2021
www.cirandacultural.com.br

Esta obra reproduz costumes e comportamentos da época em que foi escrita.

Sumário

LIVRO UM

O grande salão

Hoje faz trezentos e quarenta e oito anos, seis meses e dezenove dias que os parisienses despertaram ao som dos sinos tocando em alto e bom som no triplo recinto que compreendia a Cité, a Universidade e a Cidade.

No entanto, os historiadores não registraram nenhuma recordação especial daquele 6 de janeiro de 1482. Nada havia de extraordinário nesse acontecimento que movimentou, logo pela manhã, os sinos e os burgueses de Paris. Não se tratava de um ataque da Picardia ou da Borgonha, nem de uma urna conduzida por uma procissão, ou de uma revolta de estudantes no vinhedo de Laas, tampouco da chegada de nosso muito temido senhor, o rei, nem sequer do enforcamento de um condenado ou uma condenada pela Justiça de Paris. Também não foi o surgimento, tão frequente no século XV, de alguma embaixada extravagante e pomposa. Havia apenas dois dias que a última cavalgada desse tipo, a dos embaixadores flamengos, encarregados dos últimos acertos para a celebração do casamento entre o Delfim e Margarida de Flandres, tinha chegado a Paris, para grande aborrecimento do cardeal de Bourbon. Para agradar o rei, ele teve de ser cordial com toda aquela rústica multidão de burgomestres flamengos e adulá-los, em seu palácio de Bourbon, com uma mui bela moralidade, *sotie*[1] e farsa, enquanto uma chuva torrencial inundava a bela tapeçaria à sua porta.

Em 6 de janeiro, o que comoveu toda a população de Paris, como disse Jehan de Troyes, foi a dupla solenidade, unida desde tempos imemoriais, do Dia dos Reis e da Festa dos Bufos.

Naquele dia, haveria uma fogueira comemorativa na Grève, plantação de maio na capela de Braque e mistério no Palácio da Justiça. O anúncio tinha sido feito no dia anterior, ao som de trombetas, nos cruzamentos das ruas, pelos enviados do senhor preboste que vestiam belos trajes de chamalote violeta, enfeitados com grandes cruzes brancas no peito.

Logo pela manhã, a multidão de burgueses e burguesas começou a surgir de toda parte, deixando a própria casa e as lojas ainda fechadas e seguindo para um dos três lugares designados. Todos haviam tomado sua decisão, fosse pela fogueira comemorativa, fosse pela plantação de maio ou pelo mistério. É importante dizer, em louvor ao velho bom senso da gente comum de Paris, que a maior parte da multidão dirigiu-se para a fogueira comemorativa – bastante propícia para o inverno – ou para o mistério, que seria representado no grande Salão do Palácio, bem protegido e fechado, e que os curiosos concordaram em deixar o pobre maio mal florido tiritar sozinho sob o céu de janeiro no cemitério da capela de Braque.

O povo afluía principalmente para as avenidas do Palácio da Justiça, porque sabia que os embaixadores flamengos, que tinham chegado na véspera, assistiriam à representação do mistério e à eleição do papa dos bufos, que também aconteceria no grande salão.

Não foi fácil entrar naquele dia no grande salão, que era então considerado o maior recinto coberto do mundo (ainda que Sauval não houvesse medido o grande salão do castelo de Montargis[2]). A Praça do Palácio, repleta

---

[1] Farsa satírica muito comum no século XIV. (N.T.)

[2] Henri Sauval, *Histoire et Recherches des Antiquités de La Ville de Paris*, Moette et Chardon (3 vol.), Paris, 1724. (N.T.)

de gente, oferecia aos curiosos das janelas a aparência de um mar onde cinco ou seis ruas, como tantas embocaduras de rios, desaguavam a cada momento novas ondas de cabeças. As ondas dessa multidão, incessantemente ampliadas, colidiam nas esquinas entre as casas que se prolongavam aqui e ali, como promontórios, na bacia irregular da praça. No centro da alta fachada gótica[3] do Palácio, a grande escadaria, em que um duplo fluxo de pessoas subia e descia incansavelmente, depois de se quebrar sob o alpendre intermediário, espalhava-se em ondas largas pelas duas rampas laterais. Essa grande escadaria, como eu dizia, fluía incessantemente para a praça, como uma cachoeira em um lago. Os gritos, os risos, a trepidação daqueles mil pés resultavam em um grande tumulto e um grande clamor. De tempos em tempos, esse clamor e esse tumulto redobravam, e a corrente que empurrava toda a multidão para a grande escadaria mudava de rumo, perturbada, turbilhonando. Era a investida de um arqueiro ou o cavalo de um sargento do prebostado distribuindo coices para restaurar a ordem, tradição admirável que o preboste legou ao condestável, o condestável ao marechal, e o marechal à nossa gendarmaria de Paris.

Nas portas, nas janelas, nas claraboias, sobre os telhados, formigavam milhares de belas figuras burguesas, calmas e honestas, observando o Palácio, admirando a multidão, e não querendo nada além disso, pois muitas pessoas, em Paris, satisfazem-se com o espetáculo dos espectadores, o que já é, para nós, uma coisa muito curiosa: uma muralha atrás da qual alguma coisa acontece.

Se fosse dado a nós, homens de 1830, o direito de nos misturar em pensamento com aqueles parisienses do século XV e poder entrar com eles, aos puxões, cotoveladas e empurrões, naquela imensa sala do Palácio, tão

[3] A palavra *gótico*, no sentido em que é geralmente usada, é perfeitamente inapropriada, mas perfeitamente consagrada. Nós a aceitamos, portanto, e adotamos, como todo mundo, para caracterizar a arquitetura da segunda metade da Idade Média, aquela cuja ogiva é o princípio, que sucede à arquitetura do primeiro período, cujo motivo gerador é o cimbre completo. (N.A.)

estreita, em 6 de janeiro de 1482, o espetáculo não seria nem desinteressante nem sem charme, e teríamos à nossa volta apenas coisas tão antigas que nos pareceriam novíssimas.

Se o leitor consentir, tentaremos encontrar em pensamento a impressão que isso nos teria provocado ao atravessar o limiar desse grande salão no meio dessa multidão vestindo tabardos, túnicas e vasquinhas.

Em primeiro lugar, zumbido nos ouvidos, brilho nos olhos. Acima da nossa cabeça,uma abóbada dupla em ogiva, revestida de lambris de madeira, pintada de azul e decorada com flores-de-lis de ouro; sob nossos pés, um piso de mármore que alternava branco e preto. A poucos passos, uma enorme pilastra, seguida por outra, mais adiante; ao todo, sete pilastras distribuídas ao longo do salão sustentavam as bases da dupla abóbada. Em torno das primeiras quatro pilastras, bancas de mercadores, todas cintilando objetos brilhantes e reluzentes; em volta das três últimas, bancos de madeira de carvalho, gastos e polidos pelos calções dos litigantes e pelas togas dos promotores. Ao redor do salão, ao longo da alta muralha, entre as portas, as sacadas e os pilares, a interminável fileira de estátuas de todos os reis da França, desde Pharamond: os reis preguiçosos, com os braços pendurados e os olhos abaixados; os reis valentes e lutadores, cabeça e mãos corajosamente elevadas ao céu. Ao longo das janelas ogivais, vitrais de mil cores; nas largas saídas do salão, ricas portas finamente esculpidas; e o todo, abóbada, pilares, muralhas, lambris, painéis, portas, estátuas, coberto de cima a baixo por uma esplêndida iluminura azul e dourada, que, já um pouco desbotada no momento em que a vemos, tinha quase desaparecido inteiramente sob o pó e as teias de aranha no ano da graça de 1549, quando Du Breul ainda o admirava pela tradição.

Imagine agora esse imenso salão oblongo, iluminado pela pálida luz de um dia de janeiro, invadido por uma colorida e ruidosa multidão que caminha ao longo das paredes e gira em torno das sete pilastras, e já temos uma confusa ideia da cena, cujos detalhes curiosos vamos tentar descrever com mais precisão.

É certo que, se Ravaillac não tivesse realmente assassinado o rei Henrique IV, não haveria documentos do processo de Ravaillac entregues ao tribunal do Palácio de Justiça nem cúmplices interessados em fazer os tais documentos desaparecer; e, portanto, não haveria nenhum incendiário, por falta de meios, para queimar o tribunal ou incendiar o Palácio de Justiça. Logo, nada de incêndio em 1618. Se o antigo Palácio ainda estivesse de pé com seu antigo grande salão, eu poderia dizer ao leitor "Vá e veja", e nós estaríamos ambos dispensados, eu de fazer e ele de ler uma descrição como esta. Isso prova esta nova verdade: que os grandes acontecimentos têm consequências incalculáveis.

É verdade que seria muito possível, primeiro, que Ravaillac não tivesse cúmplices, depois, que seus cúmplices, se por acaso os tivesse, não fossem culpados pelo incêndio de 1618. Há duas outras explicações muito plausíveis. A primeira é a grande estrela em chamas, com trinta centímetros de largura e quarenta e cinco de altura, que caiu do céu sobre o Palácio, como todos sabem, no dia 7 de março, depois da meia-noite. A segunda é a quadra do Théophile:

Decerto foi um triste jogo
Quando em Paris a senhora Justiça,
Por comer demasiada especiaria,
Fez todo o palácio arder em fogo.

O que quer que se pense dessa tripla explicação política, física e poética do incêndio do tribunal em 1618, o único fato, infelizmente certo, é o incêndio. Pouca coisa ainda resta hoje, graças a essa catástrofe, graças, sobretudo, às sucessivas restaurações que acabaram definitivamente com o que tinha sido poupado pelo incêndio. Pouco resta dessa primeira morada dos reis da França, desse antigo Palácio do Louvre, datado da época de Filipe, o Belo, onde se procurou por vestígios dos magníficos edifícios construídos pelo rei Robert e descritos por Helgaldus. Quase tudo desapareceu. O que aconteceu à câmara da chancelaria onde São Luís **consumou seu casamento**? O jardim onde ele fazia justiça, "vestido com uma cota de chamalote, um tabardo de seriguilha sem mangas e um sobretudo de cendal preto, estendido sobre tapetes, acompanhado de Joinville"? Onde está o quarto do imperador Sigismond? O de Carlos IV? O de João Sem-Terra? Onde está a escadaria de onde Carlos VI promulgou seu édito de clemência? A laje onde Marcel enforcou, na presença do delfim, Robert de Clermont e o marechal de Champagne? A gelosia onde as bulas do antipapa Bento foram rasgadas e de onde partiram aqueles que as trouxeram, vestidos e penteados de modo a serem zombados e sendo obrigados a desfilar por Paris? E o grande salão, com seus dourados, seu azul, suas ogivas, suas estátuas, seus pilares, sua imensa abóbada toda cravada de esculturas? E a sala dourada? E o leão de pedra que ficava na porta, com a cabeça baixa, a cauda entre as pernas, como os leões do trono de Salomão, com a postura humilhada que convém à força perante a justiça? E as belas portas? E os belos vitrais? E as ferragens esculpidas que desencorajavam Biscornette? E as delicadas marcenarias de Du Hancy? O que fez o tempo, o que fizeram os homens com essas maravilhas? O que nos foi dado no lugar de tudo isso, de toda essa história gaulesa e de toda essa arte gótica? Os pesados arcos rebaixados do senhor De Brosse, o arquiteto *gauche* do portal Saint-Gervais, diziam respeito à arte; e, quanto à história, temos as lembranças tagarelas da pilastra central que ainda ressoam as fofocas dos Patrus.

Não é muita coisa. Voltemos ao verdadeiro grande salão do verdadeiro antigo palácio.

As duas extremidades desse gigantesco paralelogramo estavam ocupadas, uma pela famosa mesa de mármore, tão comprida, tão larga e tão espessa como nenhuma outra, dizem os antigos documentos feudais, em um estilo que abriria o apetite de Gargântua, que nunca viu **semelhante peça de mármore no mundo**; a outra, pela capela onde Luís XI mandou esculpir sua figura de joelhos diante da Virgem, e para onde ele havia transportado, sem se preocupar em deixar vazios dois nichos na fileira das estátuas de reis, as estátuas de Carlos Magno e de São Luís, dois santos que ele supunha ter um forte crédito nos céus, como reis da França. Essa capela, ainda nova, construída havia apenas seis anos, tinha o sabor encantador da arquitetura delicada, da escultura maravilhosa, da fina e profunda cinzeladura que marca para nós o fim da era gótica e se perpetua até meados do século XVI, nas feéricas fantasias do Renascimento. A pequena rosácea fixada acima do portal era em particular uma obra-prima de graça e delicadeza que parecia uma estrela rendada.

No meio do salão, em frente à grande porta, foi erguido um estrado de brocado de ouro, encostado à parede, no qual havia um acesso particular por meio de uma janela do corredor da sala dourada, destinada aos enviados flamengos e às outras importantes figuras convidadas para a representação do mistério.

De acordo com o costume, o mistério seria representado sobre a mesa de mármore. A mesa tinha sido preparada para isso logo pela manhã; seu rico tampo de mármore, todo arranhado pelo solado dos sapatos da *basoche*[4], sustentava uma caixa de madeira relativamente alta, cuja superfície superior, visível de toda a sala, serviria como um teatro, e cujo interior, coberto por tapeçarias, faria as vezes de camarim para os atores da peça. Uma escada colocada do lado de fora estabeleceria a comunicação entre o palco e o camarim e emprestaria seus degraus íngremes para as entradas e saídas. Não havia personagem tão improvisado, nenhuma peripécia ou reviravolta cênica que não precisasse subir por essa escada. Infância inocente e venerável da arte e das máquinas!

Quatro sargentos do bailio do Palácio, guardiães obrigatórios de todos os prazeres do povo nos dias de festa e nos de execução, estavam em pé nos quatro cantos da mesa de mármore.

---

[4] Antiga associação hierarquizada de clérigos e procuradores do Parlamento de Paris com numerosos privilégios, como, por exemplo, uma jurisdição particular. (N.R.)

A peça deveria começar apenas ao final do décimo segundo toque do meio-dia, que ressoou no grande relógio do Palácio. Era certamente muito tarde para uma apresentação teatral, mas era necessário considerar a disponibilidade dos embaixadores.

Toda a multidão esperava desde cedo. Muitas dessas curiosas e honestas pessoas agitavam-se desde o amanhecer diante da escadaria do Palácio; alguns até afirmavam ter passado a noite diante do portão para garantir sua entrada antes dos outros. A multidão adensava-se a todo momento, e, como a água que transborda, começou a subir pelas paredes, a crescer em torno das pilastras, a transbordar sobre os entablamentos, sobre as cornijas, nos parapeitos das janelas, em todas as saliências da arquitetura e em todos os relevos da escultura. Assim, o desconforto, a impaciência, o tédio, a liberdade de um dia de cinismo e loucura, as querelas que eclodiam a todo momento por causa de um cotovelo pontudo ou de um sapato com ferraduras, a fadiga de uma longa espera, já davam, muito antes da hora de os embaixadores chegarem, sabor azedo e amargo ao clamor desse povo enclausurado, aninhado, pressionado, pisado, sufocado. Só se ouviam queixas e imprecações contra os flamengos, o preboste dos mercadores, o cardeal de Bourbon, o bailio do Palácio, a senhora Marguerite da Áustria, os sargentos de chibata, o frio, o calor, o mau tempo, o bispo de Paris, o papa dos bufos, as pilastras, as estátuas, a porta fechada, a janela aberta. Tudo para a grande diversão dos bandos de estudantes e lacaios dispersos na massa, que misturavam a todo aquele descontentamento suas provocações e malícias, alfinetando, por assim dizer, o mau humor geral.

Havia, entre outros, um grupo desses alegres demônios que, após estourar o vitral de uma janela, sentou-se corajosamente sobre o entablamento e de lá mergulhava seus olhares e provocações dentro e fora, na multidão do salão e na multidão da praça. Com seus gestos de paródia, seus risos escandalosos, aos chamados zombeteiros que eles trocavam de um lado a outro da sala com seus companheiros, era fácil julgar que esses jovens clérigos não compartilhavam o tédio e a fadiga do resto dos assistentes e que eles sabiam muito bem, para seu exclusivo prazer, extrair do que tinham diante dos olhos um espetáculo que os fazia esperar pacientemente pelo outro.

– Pela minha alma, é você, *Joannes Frollo de Molendino*! – um deles gritou para uma espécie de pequeno diabo loiro de feição bonita e maligna, agarrado aos acantos de um capitel. – Você se chama Jehan du Moulin, pois seus dois braços e suas duas pernas parecem quatro pás que voam com o vento. Há quanto tempo está aqui?

– Pela misericórdia do diabo – respondeu *Joannes Frollo* –, já tem mais de quatro horas, e eu espero que elas sejam descontadas do meu tempo de purgatório. Ouvi os oito chantres do rei da Sicília entoar o primeiro verso da missa de sete horas na Sainte-Chapelle.

– Belos chantres – disse o outro –, cuja voz é ainda mais afiada do que seu barrete! Antes de celebrar uma missa para Saint-Jean, o rei deveria ter perguntado se Saint-Jean gosta do latim salmodiado com sotaque provençal.

– Ele fez isso para dar emprego a esses malditos chantres do rei da Sicília! – gritou amargamente uma velha no meio da multidão embaixo da janela. – Vejam só isso! Mil libras *parisis*[5] por uma missa! E ainda por cima tiradas dos mercadores de peixes marinhos do Halles de Paris!

– Paz, velha! – respondeu uma figura grande e séria que tapava o nariz ao lado da comerciante de peixe. – Era necessário criar uma missa. Acaso desejava que o rei adoecesse outra vez?

– Muito bem dito, dom Gilles Lecornu, mestre peleiro das vestes do rei! – gritou o pequeno estudante agarrado ao capitel.

Uma gargalhada de todos os estudantes acompanhou o nome infeliz do pobre peleiro das vestes do rei.

– Lecornu![6] Gilles Lecornu! – alguns diziam.

– *Cornutus e hirsutus*[7], acrescentou outro.

---

[5] Moeda da época, que valia aproximadamente 20% mais do que a libra tounois. (N.T.)

[6] Significa algo próximo de "o cornudo". (N.T.)

[7] Em latim, "cornudo e hirsuto". (N.T.)

– Ora, isso mesmo! – continuou o pequeno demônio do capitel. – Do que é que eles estão rindo? Honorável Gilles Lecornu, irmão do mestre Jehan Lecornu, preboste do palácio do rei, filho do amado mestre Mahiet Lecornu, primeiro guardião do Bosque de Vincennes, todos burgueses de Paris, todos casados, de todas as gerações!

A zombaria redobrou. O gordo peleiro, sem dizer uma palavra, esforçava-se para evitar os olhares que se fixavam nele vindos de toda parte, mas transpirava e se esbaforia em vão: como uma cunha se afundando na madeira, os esforços que ele fazia só serviam para fixar ainda mais nas impressões de seus vizinhos sua grande face apoplética, roxa de raiva e de despeito.

Finalmente um deles, gordo, baixo e venerável como ele, veio em seu socorro.

– Abominação! Estudantes que falam assim com um burguês! No meu tempo eles teriam sido chicoteados com uma vara com a qual seriam depois queimados.

Todo o bando explodiu em uma gargalhada.

– Ei, olá! Quem canta essa gama? O que é essa coruja do infortúnio?

– Ah, eu o reconheço – disse um deles –, é o mestre Andry Musnier.

– É um dos quatro livreiros juramentados da Universidade! – disse outro.

– Tudo funciona por quatro nessa butique – gritou um terceiro – as quatro nações, as quatro faculdades, as quatro festas, os quatro procuradores, os quatro eleitores, os quatro livreiros.

– Pois bem – respondeu Jehan Frollo –, vamos fazer o diabo a quatro.

– Musnier, nós queimaremos seus livros.

– Musnier, vamos espancar seu lacaio.

– Musnier, vamos enxovalhar sua mulher.

– A boa e gorda senhora Oudarde.

– Que é muito viçosa e alegre, como se fosse viúva.

– Que o diabo os carregue! – murmurou mestre Andry Musnier.

– Mestre Andry – respondeu Jehan, ainda pendurado em seu capitel –, cale-se ou eu pularei sobre sua cabeça!

Mestre Andry levantou os olhos e pareceu medir, por um momento, a altura da pilastra, o peso do engraçadinho, e mentalmente multiplicar esse peso pelo quadrado da velocidade, e ficou em silêncio.

Jehan, mestre do campo de batalha, prosseguiu, triunfante:

– É o que farei, apesar de ser irmão de um arquidiácono!

– Bons senhores, essa nossa gente da Universidade! Nem ao menos respeitam nossos privilégios em um dia como este! Enfim, há árvore de maio e fogueira na cidade; mistério, papa dos bufos e embaixadores flamengos na Cité; e na Universidade, nada!

– No entanto, a Praça Maubert é bastante grande! – observou um dos clérigos apoiados no parapeito da janela.

– Abaixo o reitor, os eleitores e os promotores! – bradou Joannes.

– Temos que fazer uma fogueira esta noite no Champ-Gaillard com os livros do mestre Andry – continuou o outro.

– E as escrivaninhas dos escribas! – disse o vizinho.

– E as chibatas dos bedéis!

– E as escarradeiras dos decanos!

– E os aparadores dos procuradores!

– E as arcas dos eleitores!

– E os escabelos do reitor!

– Abaixo! – insistiu o pequeno Jehan em falso bordão. – Abaixo mestre Andry, os bedéis e os escribas; os teólogos, os médicos e os decretistas; os promotores, os eleitores e o reitor!

– Então é o fim do mundo! – sussurrou mestre Andry, tapando os ouvidos.

– A propósito, o reitor! Ali está ele passando pela praça – gritou um deles à janela.

Quem pôde se voltou para a praça.

– É realmente nosso venerável reitor mestre Thibaut? – perguntou Jehan Frollo du Moulin que, agarrado a uma pilastra do interior do palácio, não conseguia ver o que estava acontecendo lá fora.

– Sim, sim – responderam todos os outros –, é ele, sim, mestre Thibaut, o reitor.

Era de fato o reitor e todos os dignitários da Universidade que foram em procissão para a frente da embaixada e, neste momento, atravessavam a Praça do Palácio. Os estudantes, pressionados à janela, cumprimentaram-nos de passagem com sarcasmo e aplausos irônicos. O reitor, que caminhava à frente do grupo, recebeu o primeiro ataque, bastante hostil.

– Bom dia, senhor reitor! Ei, olá! Bom dia!

– Como é que o velho jogador fez para chegar aqui? Então ele deixou os dados?

– Como ele trota sobre a mula! Ela tem orelhas mais curtas do que as dele.

– Ei, olá! Bom dia, senhor reitor Thibaut! Tybalde *aleator*[8]! Velho imbecil! Velho jogador!

– Que Deus o proteja! O senhor fez muitos duplos-seis esta noite?

– Oh! A figura caduca, arrastada, repuxada e vencida pelo amor ao jogo e aos dados!

– Aonde vai assim, *Tybalde ad dados*[9], dando as costas à Universidade e caminhando em direção à Cidade?

– Ele certamente vai procurar abrigo na Rua Thibautodé – gritou Jehan du Moulin.

Todo o bando repetiu a piada com uma voz estrondosa acompanhada de palmas furiosas.

– Vai buscar abrigo na Rua Thibautodé, não é, senhor reitor, jogador do jogo do diabo?

---

[8] Thibault, jogador de dados. (N.T.)

[9] Thibault dos dados. A Rua Thibaut-aux-Dés está localizada perto do Louvre. (N.T.)

Então foi a vez dos outros dignitários.

– Abaixo os bedéis! Abaixo os maceiros!

– Veja, Robin Poussepain, quem é aquele ali?

– É Gilbert de Suilly, *Gilbertus de Soliaco*, o chanceler do colégio d'Autun.

– Toma, pegue meu sapato: você está em uma posição melhor do que a minha; atire-o na cara dele.

– *Saturnalitias mittimus ecce nuces.*[10]

– Abaixo os seis teólogos com suas sobrepelizes brancas!

– Aqueles são os teólogos? Pensei que fossem os seis gansos brancos que Sainte-Geneviève ofertou à cidade, para o feudo de Roogny.

– Abaixo os médicos!

– Abaixo as disputas cardeais e *quodlibetárias*!

– Fique com meu barrete, chanceler de Sainte-Geneviève, já que me preteriu! É verdade! Ele cedeu meu lugar na nação da Normandia ao pequeno Ascânio Falzaspada, que é da província de Bourges, pois é italiano.

– É uma injustiça – disseram todos os estudantes. – Abaixo o chanceler de Sainte-Geneviève!

– Ei, ei! Mestre Joachim de Ladehors! Ei! Luís Da-huille! Ei! Lambert Hoctement!

– Que o diabo sufoque o procurador da nação alemã!

– E os capelães da Sainte-Chapelle, com suas murças cinzentas; *cum tunicis grisis*!

– *Seu de pellibus grisis fourratis!*[11]

– Ei, olá! Mestres das artes! Todas as belas capas pretas! Todas as belas capas vermelhas!

– Formam uma bela cauda para o reitor.

– Parece até um duque de Veneza indo desposar o mar.

[10] Martial, *Épigrammes*, VII, 91,2: "Eis algumas nozes de Saturnales que lhe enviamos". O texto é: "*Saturnalicias*". (N.T.)

[11] "Com as suas túnicas cinzentas! – Ou forradas de peles cinzentas!". (N.T.)

– E então, Jehan! Os cônegos de Sainte-Geneviève!

– Que se danem os cônegos!

– Abade Claude Choart! Doutor Claude Choart! Por acaso está à procura de Marie la Giffarde?

– Ela está na Rua Glatigny.

– Ela faz a cama do rei dos ribaldos.

– Ela paga quatro denários; *quatuor denarios.*

– *Aut unum bombum.*[12]

– Quer que ela pague com o nariz?

– Camaradas! Mestre Simon Sanguin, o eleitor da Picardia, com a mulher na garupa.

– *Post equitem sedet atra cura.*[13]

– Ousado, mestre Simon!

– Bom dia, senhor eleitor!

– Boa noite, senhora eleitora!

– Eles estão felizes em ver tudo isso – disse Joannes de Molendino, suspirando, sempre empoleirado nas folhagens de seu capitel.

Enquanto isso, o livreiro juramentado da Universidade, mestre Andry Musnier, inclinou-se ao ouvido do peleiro das vestes do rei, mestre Gilles Lecornu.

– Estou lhe dizendo, senhor, é o fim do mundo. Nunca vimos tamanho atrevimento de estudantes. São as malditas invenções do século que põem tudo a perder. As artilharias, as serpentinas, as bombardas, e especialmente a impressão, essa outra peste da Alemanha. É o fim dos manuscritos, o fim dos livros! A impressão está matando os livros. É o fim do mundo que se aproxima.

– Eu já posso ver o mesmo acontecer com o progresso das estolas de veludo – disse o mercador peleiro.

---

12 "Ou um traque". (N.T.)

13 Horace, *Odes,* III, 1,40: "Atrás do cavaleiro está a negra preocupação". (N.T.)

Nesse momento, soou meio-dia.

– Aaaah! – fez a multidão em uníssono.

Os estudantes se calaram. Em seguida, houve um grande alvoroço, um grande movimento de pés e cabeças, uma grande explosão de tosses e lenços; cada um se endireitou, levantou, agrupou; depois houve um grande silêncio; todos os pescoços permaneceram esticados, todas as bocas abertas, todos os olhos voltavam-se para a mesa de mármore. Mas nada surgiu. Os quatro sargentos do bailio ainda estavam lá, sedentos e imóveis como quatro estátuas pintadas. Os olhos então se voltaram para o estrado reservado aos enviados flamengos. A porta permaneceu fechada e o estrado estava vazio. A multidão aguardava três coisas desde a manhã: o meio-dia, a Embaixada de Flandres e o mistério. Mas apenas o meio-dia chegou no horário.

Aquilo era um ultraje.

Esperaram um, dois, três, cinco minutos, um quarto de hora; nada aconteceu. O estrado continuava deserto; o teatro, silencioso. No entanto, a impaciência tinha dado lugar à raiva. As palavras furiosas circulavam, ainda em voz baixa, é verdade. "O mistério! O mistério!", murmuravam surdamente. As cabeças fervilhavam. Uma tempestade, ainda em seus primeiros sinais, pairava sobre a multidão. Foi Jehan du Moulin quem provocou a primeira centelha.

– O mistério, e ao diabo esses flamengos! – ele gritou com toda a força dos seus pulmões, contorcendo-se como uma serpente em torno do capitel.

A multidão aplaudiu.

– O mistério – ela repetia –, e Flandres aos diabos!

– Precisamos do mistério, imediatamente – disse um estudante –; ou eu acho que devemos enforcar o bailio do Palácio, como comédia e moralidade.

– Bem dito – gritou o povo –, e vamos começar o enforcamento pelos sargentos.

Seguiu-se um grande aplauso. Os quatro pobres-diabos começaram a empalidecer e se entreolhar. A multidão caminhava em direção a eles, e eles já viam a frágil balaustrada de madeira que os separava se inclinar e ceder sob a pressão da multidão.

O momento era crítico.

– Ao ataque! Ao ataque! – gritavam de todos os lados.

Naquele momento, a tapeçaria do camarim que já foi descrito começou a subir e deu passagem a um personagem cuja simples visão parou subitamente a multidão e, como se por encanto, transformou a raiva em curiosidade.

– Silêncio! Silêncio!

O personagem, bem pouco tranquilo e tremendo da cabeça aos pés, avançou até a borda da mesa de mármore, com reverências fortes que, à medida que ele se aproximava, pareciam cada vez mais com genuflexões.

A calma foi gradualmente restaurada. Tudo o que restava era aquele pequeno rumor que sempre emerge do silêncio da multidão.

– Senhores burgueses e senhoras burguesas – disse ele –, devemos ter a honra de declamar e representar diante de Sua Eminência o cardeal uma muito bela moralidade, que tem um nome: *O bom julgamento da Virgem Maria*. Sou eu quem interpreta Júpiter. Sua Eminência está agora acompanhando a honorável embaixada do duque da Áustria, que, neste momento, ouve a arenga do reitor da Universidade na Porta Baudets. Assim que o eminentíssimo cardeal chegar, começaremos.

É certo que seria preciso nada menos do que a intervenção de Júpiter para salvar os quatro infelizes sargentos do bailio do Palácio. Se tivéssemos a felicidade de ter inventado essa história verídica e, portanto, fôssemos responsáveis por ela perante Nossa Senhora, a Crítica, não é contra nós que se poderia invocar neste momento o preceito clássico: *Nec deus intersit.*[14]

---

[14] Horácio, *Arte poética*, 191: "E que nenhum deus intervenha". (N.T.)

Além disso, os trajes do senhor Júpiter eram muito bonitos e contribuíram bastante para acalmar a multidão, atraindo toda a sua atenção. Júpiter estava vestido com uma brigandina de veludo negro e tachas douradas e usava na cabeça um chapéu enfeitado com botões de metal dourado. Não fossem o vermelho e a espessa barba que cobriam cada metade de seu rosto, não fosse o cilindro de papelão dourado semeado de brilhantes e todo eriçado com fitas brilhantes que ele carregava em sua mão, e em que olhos experientes reconheciam facilmente o raio, ou seus pés de pele clara envoltos em tiras à moda grega, ele poderia ter resistido à comparação, graças à severidade de seus trajes, com um arqueiro bretão da tropa do senhor de Berry.

Pierre Gringoire

Enquanto ele arengava, a satisfação e a admiração, unanimemente excitadas por seu traje, dissiparam-se com suas palavras; e, quando ele chegou a esta conclusão infeliz: "Assim que o eminentíssimo cardeal chegar, começaremos", sua voz foi abafada por uma salva de vaias.

– Comece agora! O mistério! O mistério agora! – vociferava a população. E ouvia-se por cima de todas as vozes a de Johannes de Molendino, que atravessou a aglomeração como um pífano em um charivari de Nimes:

– Comecem agora! – urrava o estudante.

– Abaixo Júpiter e o cardeal de Bourbon! – gritavam Robin Poussepain e os outros clérigos empoleirados na sacada.

– Queremos a moralidade, imediatamente! – repetiu a multidão. – Agora mesmo! Já! O saco e a corda para os atores e o cardeal!

O pobre Júpiter, feroz, perturbado, repentinamente pálido, deixou cair seu raio e pegou o chapéu com as mãos. Então começou a saudar e tremer enquanto balbuciava:

– Sua Eminência... embaixadores... senhora Marguerite de Flandres... – ele não sabia o que dizer. No fundo, ele tinha medo de ser enforcado.

Enforcado pela população por esperar, enforcado pelo cardeal por não ter esperado, ele via apenas um abismo de ambos os lados, ou melhor, um patíbulo.

Felizmente alguém veio logo para tirá-lo dessa confusão e assumir a responsabilidade.

Um indivíduo que se mantinha de um dos lados da balaustrada, no espaço deixado livre em torno da mesa de mármore, e a quem ninguém tinha visto ainda, pois sua longa e fina figura estava completamente protegida de qualquer olhar pelo diâmetro do pilar em que ele estava apoiado. Esse indivíduo, digamos alto, magro, pálido, loiro, ainda jovem, apesar de algumas rugas na testa e no rosto, com olhos brilhantes e boca sorridente, vestindo uma sarja preta, gasta e lustrosa pelo tempo, aproximou-se da mesa de mármore e acenou para o pobre paciente. Mas o outro, atônito, não o viu.

O recém-chegado deu mais um passo:

– Júpiter! – ele disse. – Meu querido Júpiter!

O outro não conseguia ouvir.

Finalmente o grande homem loiro e impaciente praticamente lhe gritou no nariz:

– Michel Giborne!

– Quem me chama? – disse Júpiter, como se repentinamente despertado.

– Eu – respondeu o personagem vestido de preto.

– Ah! – fez Júpiter.

– Comece imediatamente – ordenou o outro. – Satisfaça o povo. Eu cuido de apaziguar o senhor bailio, que apaziguará o senhor cardeal.

Júpiter respirou.

– Senhores burgueses – ele gritou com toda a força de seus pulmões para a multidão que continuava a gritar –, vamos começar imediatamente.

– *Evoe, Jupiter! Plaudite, cives!*[15] – os estudantes comemoravam.

[15] "Aplaudam, cidadãos!". Esse pedido concluía todas as apresentações teatrais em Roma. (N.T.)

– Viva! Viva! – gritou o povo.

Foi uma bateção de mãos ensurdecedora, e Júpiter já havia retornado à coxia enquanto a sala ainda tremia sob os aplausos.

Enquanto isso, o personagem desconhecido que tão magicamente transformou *a tempestade em bonança*, como diz nosso velho e querido Corneille[16], voltou discretamente à penumbra de sua pilastra e teria certamente permanecido invisível, imóvel e mudo como antes, se não tivesse sido notado por duas jovens, que, posicionadas na linha de frente dos espectadores, tinham observado seu colóquio com Michel Giborne-Júpiter.

– Mestre – disse uma delas, fazendo sinal para que ele pudesse se aproximar.

– Pare, minha querida Liénarde – disse a vizinha, bonita, fresca e satisfeita com seu estilo endomingado. – Ele não é um clérigo, é um leigo; não devemos chamá-lo de *mestre*, mas de *senhor*.

– Senhor – corrigiu-se Liénarde.

O desconhecido se aproximou da balaustrada.

– O que querem de mim, senhoritas? – ele perguntou avidamente.

– Oh! Nada – disse Liénarde, confusa –, é minha vizinha Gisquette la Gencienne que quer lhe falar.

– Eu, não – disse Gisquette, enrubescendo –, foi Liénarde quem lhe chamou de mestre e eu apenas corrigi dizendo que o correto é "senhor".

As duas jovens baixaram os olhos. O outro, a quem convinha manter uma conversa, olhou-as sorrindo:

– Então vocês não têm nada para me dizer, senhoritas?

– Oh! Absolutamente nada – respondeu Gisquette.

– Nada – confirmou Liénarde.

O jovem loiro e alto deu um passo para se retirar. Mas as duas curiosas não queriam deixá-lo ir.

---

16 *O Mentiroso, II, 6.* (N.T.)

– Senhor – disse Gisquette com a impetuosidade de uma comporta que se abre ou de uma mulher que toma uma decisão –, o senhor conhece esse soldado que vai interpretar o papel da Virgem no mistério?

– A senhorita se refere ao papel de Júpiter? – interrogou o anônimo.

– Ora! Sim – disse Liénarde –, ela é estúpida! Então o senhor conhece Júpiter?

– Michel Giborne? – respondeu o anônimo. – Sim, senhora.

– Ele tem uma bela barba! – observou Liénarde.

– Será que é bonito o que vão dizer lá em cima? – perguntou timidamente Gisquette.

– Muito bonito, senhorita – respondeu o anônimo sem manifestar a menor hesitação.

– O que vai ser? – perguntou Liénarde.

– *O bom discernimento da senhora Virgem*, uma moralidade, senhorita.

– Ah, que diferente! – observou Liénarde.

Seguiu-se um breve silêncio. O desconhecido rompeu-o:

– É uma moralidade nova, que ainda não foi vista.

– Então não é a mesma – disse Gisquette – que foi representada há dois anos, no dia da entrada do senhor legado, quando havia três lindas jovens representando personagens...

– Sereias – disse Liénarde.

– E todas nuas – acrescentou a jovem.

Liénarde baixou os olhos pudicamente. Gisquette a olhou e repetiu o gesto. O rapaz continuou, sorrindo:

– Foi uma coisa muito agradável de se ver. Hoje é uma moralidade feita exclusivamente para a senhora de Flandres.

– Serão cantadas as pastoris? – perguntou Gisquette.

– Ora! – disse o desconhecido. – Em uma moralidade! Não confunda os gêneros. Se fosse uma *sotie*, seria o caso.

– É uma pena – disse Gisquette. – Naquele dia, havia na fonte de Ponceau homens e mulheres selvagens que lutaram e fizeram várias contendas enquanto cantavam pequenos motetes e pastoris.

– O que convém a um legado – respondeu secamente o desconhecido –, não convém a uma princesa.

– E, perto deles – prosseguiu Liénarde –, vários instrumentos de baixo eram tocados, resultando em belas melodias.

– E, para refrescar os transeuntes – completou Gisquette –, a fonte jorrava, por três bocas, vinho, leite e hipocraz para quem quisesse beber.

– E um pouco abaixo de Ponceau – continuou Liénarde –, na Trinité, havia uma paixão dos personagens, e sem fala.

– Se bem me lembro – Gisquette exclamou –, Deus na cruz, e os dois ladrões à direita e à esquerda!

Então, as jovens tagarelas, empolgadas com a lembrança da entrada do senhor legado, começaram a falar ao mesmo tempo.

– E mais adiante, na porte-aux-Peintres, havia outras pessoas muito bem vestidas.

– E, na fonte Saint-Innocent, um caçador que perseguia uma corça em meio a um forte barulho de cães e trompas de caça!

– E, no açougue de Paris, aqueles patíbulos que reapresentavam a bastilha de Dieppe!

– E, quando o legado passou, lembra, Gisquette, foi dada ordem e todos os ingleses foram degolados.

– E, na porta do Châtelet, havia personagens muito bonitos!

– E também na Pont-au-Change, que estava toda enfeitada!

– E, quando o legado passou, mais de duzentas dúzias de todos os tipos de pássaros foram liberadas para voar. Foi muito bonito, Liénarde.

– Hoje será ainda mais bonito – disse o interlocutor, que parecia ouvi-las com impaciência.

– O senhor nos promete que esse mistério será bonito? – indagou Gisquette.

– Com certeza – respondeu ele, e então ele acrescentou com uma certa ênfase: – Senhoritas, eu sou o autor desse mistério.

– Verdade? – disseram as jovens, espantadas.

– Verdade! – o poeta respondeu com um ligeiro grunhido. – Ou melhor, somos dois: Jehan Marchand, que serrou as tábuas e erigiu a estrutura do teatro e toda a marcenaria, e eu, que escrevi a peça. Meu nome é Pierre Gringoire.

O autor de *El Cid* não teria dito com mais orgulho: Pierre Corneille.

Nossos leitores podem observar que já fazia algum tempo que Júpiter havia retornado ao camarim quando o autor da nova moralidade, de repente, revelou-se à ingênua admiração de Gisquette e Liénarde. Observação importante: toda essa multidão, poucos minutos antes tão tumultuosa, agora esperava mansamente, acreditando na palavra do ator. Isso prova a verdade eterna todo dia atestada em nossos teatros, de que a melhor maneira de fazer o público esperar pacientemente é dizer que a peça vai começar imediatamente.

No entanto, o estudante Joannes não adormecera.

– Ei, olá! – ele gritou de repente no meio da pacífica espera que tinha sucedido o furor. –Júpiter, a senhora Virgem, saltimbancos do diabo! Estão zombando de nós? A peça! A peça! Comecem, ou recomeçamos.

Não foi preciso muito mais.

Uma música de instrumentos graves e agudos foi ouvida de dentro da estrutura montada. A cortina subiu; quatro personagens fantasiados e maquiados surgiram, subiram a escada íngreme do teatro e, ao chegarem à plataforma superior, ficaram lado a lado diante do público, a quem saudaram solenemente. Logo a sinfonia ficou em silêncio. Era o mistério que começava.

Os quatro personagens, tendo recebido calorosos aplausos em resposta às suas reverências, começaram, no meio de um silêncio religioso, um prólogo do qual alegremente pouparemos o leitor. Além disso, o que acontece ainda hoje, o público se preocupava mais com os figurinos que eles usavam do que com o papel que representavam, o que na verdade era justo. Os quatro usavam vestidos metade amarelos, metade brancos, que se diferenciavam uns dos outros apenas pela natureza da estola; o primeiro era de brocado, ouro e prata, o segundo, de seda, o terceiro, de lã, o quarto, de lona. O primeiro dos personagens carregava em sua mão direita uma espada; o segundo, duas chaves douradas; o terceiro, uma balança; o quarto, uma pá. E, para ajudar as inteligências preguiçosas incapazes de ver claramente através da transparência desses atributos, era possível ler em grandes letras pretas bordadas, na parte inferior do vestido de brocado, EU ME CHAMO NOBREZA; na parte inferior do vestido de seda, EU ME CHAMO CLERO; na parte inferior do vestido de lã, EU ME CHAMO MERCADORIA; na parte inferior do vestido de lona, EU ME CHAMO LAVOURA. O sexo das duas alegorias masculinas era claramente indicado a qualquer espectador sensível por suas vestes mais curtas e pela *cramignole*[17] que eles usavam na cabeça, enquanto as duas alegorias femininas, com vestidos mais compridos, usavam uma capucha.

Seria preciso muita má vontade para não entender, através da poesia do prólogo, que a Lavoura era casada com a Mercadoria, e o Clero, com a Nobreza, e que os dois felizes casais tinham em comum um magnífico delfim de ouro com que eles pretendiam presentear a mais bela pretendente. Assim, eles percorriam o mundo procurando por essa beleza e, depois de sucessivamente rejeitar a rainha de Golconde, a princesa de Trébizonde, a filha do Grand-Khan de Tartarie, etc., etc., Lavoura e Clero, Nobreza e Mercadoria tinham vindo pousar sobre a mesa de mármore do Palácio da Justiça, pronunciando diante do honesto público muitas frases e máximas que poderiam ser ouvidas na Faculdade de Artes durante exames, sofismas, defesas, figuras retóricas e atos em que os mestres recebiam suas toucas de licenciatura.

[17] Espécie de gorro com beiradas levantadas e um tipo de enfeite no topo. (N.T.)

Tudo isso era realmente muito bonito.

No entanto, no meio da multidão na qual as quatro alegorias versavam fluxos de metáforas a plenos pulmões, não havia ouvido mais atento, coração mais palpitante, olhar mais feroz, pescoço mais esticado do que o olho, a orelha, o pescoço e o coração do autor, do poeta, do admirável Pierre Gringoire, que não tinha conseguido resistir, um momento antes, à alegria de revelar seu nome a duas belas jovens. Ele tinha retornado alguns passos na direção delas, atrás de sua pilastra, e de lá ele ouvia, olhava e saboreava. Os aplausos benevolentes que haviam saudado o início de seu prólogo ainda ressoavam em suas entranhas, e ele estava completamente absorvido por uma espécie de contemplação arrebatadora com a qual um autor vê suas ideias saírem uma a uma da boca do ator em meio ao silêncio de uma vasta audiência. Digno Pierre Gringoire!

Custa-nos dizer, mas esse primeiro êxtase foi rapidamente perturbado. Mal tinha Gringoire aproximado seus lábios desse intoxicante cálice de alegria e triunfo, quando uma gota de amargura veio se misturar a ele.

Um mendigo esfarrapado, que não podia fazer muito sucesso, perdido no meio da multidão, e que provavelmente não tinha encontrado recompensa suficiente nos bolsos de seus vizinhos, imaginou se empoleirar em algum ponto em evidência a fim de atrair olhares e esmolas. Então, durante os primeiros versos do prólogo, e com a ajuda das pilastras do estrado reservado, ele subiu até a cornija que contornava a parte inferior da balaustrada, e lá ele se sentou e solicitou a atenção e a compaixão da multidão, com seus farrapos e uma horrível ferida que cobria seu braço direito. Afora isso, ele não proferiu uma palavra.

O silêncio que ele mantinha permitia que o prólogo seguisse sem perturbação, e nenhuma desordem sensível teria ocorrido se o infortúnio não tivesse desejado que o jovem Joannes advertisse, do topo de sua pilastra, sobre a presença do mendigo com seus trejeitos mendicantes. Um riso louco tomou conta do divertido rapaz, que, sem se preocupar em interromper o espetáculo e perturbar o recolhimento universal, exclamou alegremente:

– Vejam! Aquele espertalhão está pedindo esmola!

Alguém que já atirou uma pedra em um pântano de rãs ou disparou um tiro de fuzil contra um bando de aves pode ter uma ideia do efeito que essas palavras incongruentes produziram. Gringoire estremeceu como se tivesse levado um choque. O prólogo foi interrompido, e todas as cabeças se voltaram em tumulto para o mendigo, que, longe de se desconcertar, viu nesse incidente uma boa oportunidade de colheita e começou a dizer com um ar dolente, semicerrando os olhos:

– Caridade, por favor!

– Pela minha alma – disse Joannes –, é Clopin Trouillefou! Ei, olá! Amigo, sua ferida incomodava tanto a perna que você resolveu transferi-la para o braço?

Falando assim, ele jogou, com a destreza de um macaco, um níquel no chapéu que o mendigo esticava com seu braço doente. O mendigo recebeu a esmola e o sarcasmo sem se mover e continuou em um tom de lamento:

– Caridade, por favor!

Esse episódio distraiu consideravelmente o público, e muitos espectadores, Robin Poussepain e todos os clérigos aplaudiram de bom grado o bizarro duo que tinham acabado de improvisar, no meio do prólogo, o estudante com sua voz esganiçada e o mendigo com sua imperturbável salmodia.

Gringoire estava bastante descontente. Desperto da estupefação inicial, ele se empenhou gritando aos quatro personagens em cena:

– Continuem! Mas que diabos, continuem! – sem sequer lançar um olhar de desdém para os dois inconvenientes.

Nesse momento, ele sentiu alguém puxar a borda de seu sobretudo. Virou-se, não sem alguma irritação, e teve que se esforçar para sorrir. Mas precisava fazê-lo. Era o belo braço de Gisquette la Gencienne, que, passando pela balaustrada, procurava chamar sua atenção.

– Senhor – disse a jovem –, eles vão continuar?

– Sem dúvida – respondeu Gringoire, bastante surpreso com a pergunta.

– Nesse caso, senhor – prosseguiu ela –, o senhor teria a gentileza de me explicar...

– O que eles vão dizer? – interrompeu Gringoire. – Bem, ouça!

– Não – disse Gisquette –, o que disseram até agora.

Gringoire reagiu como se alguém lhe tocasse uma ferida aberta.

– Peste de garota tola e estúpida! – ele disse entre os dentes.

A partir deste momento, Gisquette deixou de ter qualquer interesse para ele.

Mas os atores tinham obedecido à sua injunção, e o público, vendo que eles voltavam a falar, tinha voltado a ouvir, não sem perder algumas pérolas em meio à espécie de soldadura que ocorreu entre as duas partes da peça, tão abruptamente interrompida. Gringoire fez uma amarga reflexão sobre tudo em voz baixa. Aos poucos a tranquilidade foi restaurada. O estudante se calara, o mendigo contava algumas moedas em seu chapéu e a peça tinha sido retomada.

Era, de fato, uma obra muito bonita, e é certo que ainda hoje poderíamos muito bem tirar proveito dela, com algumas adaptações. A apresentação, um pouco longa e vazia, ou seja, de acordo com as regras, era simples, e Gringoire, no cândido santuário do seu interior, admirava sua clareza. Como se pode imaginar, os quatro personagens alegóricos estavam um pouco cansados de ter percorrido as três partes do mundo sem encontrar uma forma adequada de se desfazer de seu delfim de ouro. Depois disso, fez-se um elogio ao peixe maravilhoso, com mil alusões delicadas ao jovem noivo de Marguerite de Flandres, então muito tristemente recluso em Amboise, e quase não suspeitando que Lavoura e Clero, Nobreza e Mercadoria tinham acabado de dar a volta ao mundo por ele. O já mencionado delfim era jovem, belo, forte e, acima de tudo (origem magnífica de todas as virtudes reais!), era filho do Leão da França. Declaro que essa metáfora ousada é admirável, e que a história natural do teatro, um dia de alegoria e epitalâmio real, não teme de forma alguma um delfim filho de um leão. São precisamente essas raras e pindáricas misturas que provam o entusiasmo. No entanto, para me solidarizar com a crítica, acredito que o poeta poderia ter desenvolvido essa bela ideia em menos de duzentos versos. É verdade que o mistério deveria durar de meio-dia até as quatro da tarde, segundo ordem do preboste, e que era preciso, então, dizer alguma coisa. Além disso, o público parecia ouvir pacientemente.

De repente, no meio de uma querela entre a senhora Mercadoria e a senhora Nobreza, no momento em que o mestre Lavoura proferia este mirífico verso:

Nunca se viu no bosque animal mais triunfante!

a porta do estrado reservado, que até então tinha permanecido despropositadamente fechada, foi aberta ainda mais despropositadamente, e a voz retumbante do meirinho anunciou subitamente:

– *Sua Eminência, o monsenhor cardeal de Bourbon.*

O senhor cardeal

Pobre Gringoire! O barulho de todos os fogos de Saint-Jean, a descarga de vinte arcabuzes, a detonação da famosa serpentina da Torre de Billy, que, durante o cerco de Paris, no domingo 29 de setembro de 1465, matou sete burgúndios de uma só vez, ou a explosão de toda a pólvora armazenada na porta do Templo teriam dilacerado menos rudemente seus ouvidos naquele momento solene e dramático, do que estas poucas palavras que saíram da boca de um meirinho: *Sua Eminência, o monsenhor cardeal de Bourbon.*

Não é que Pierre Gringoire temesse o monsenhor cardeal ou o desdenhasse. Ele não tinha nem essa fraqueza nem esse excesso de cuidado. Verdadeiramente eclético, como diríamos hoje, Gringoire era desses espíritos altos e firmes, moderados e calmos, que sempre sabem se comportar em qualquer ambiente (*stare in dimidio rerum*) e que estão cheios de razão e filosofia liberal quando falam dos cardeais. Raça preciosa e jamais interrompida de filósofos a quem a sabedoria, como uma outra Ariane, parece ter dado um novelo de que eles vão desviando desde o início do mundo através do labirinto das coisas humanas. Nós os encontramos em todas as épocas, sempre iguais, ou seja, sempre de acordo com todos os tempos.

Sem contar que nosso Pierre Gringoire os representaria no décimo quinto século, se fôssemos capazes de ilustrá-lo como ele merece. Certamente foi seu espírito que animou o pai Du Breul quando ele escreveu, no século XVI, estas palavras ingenuamente sublimes, dignas de todos os séculos: "eu sou parisiense de nacionalidade e *parrhisian* no modo de falar, pois *parrhisia* em grego significa liberdade para falar[18]: a qual eu uso, até mesmo, no trato com os senhores cardeais, tio e irmão do monsenhor príncipe de Conty, sempre respeitando sua grandeza e sem ofender ninguém de seu séquito, que é numeroso"[19].

Não havia, portanto, nem ódio ao cardeal nem desdém por sua presença na impressão desagradável causada em Pierre Gringoire. Pelo contrário, nosso poeta tinha demasiado bom senso e uma veste demasiado rota para não atribuir um apreço especial a toda essa alusão ao seu prólogo e, em particular, à glorificação do delfim, filho do Leão da França, que foi acolhido por ouvidos eminentes. Mas não é o interesse que domina a natureza nobre dos poetas. Suponho que a entidade do poeta seja representada pelo número dez, e é certo que um químico, analisando-o e tornando-o um fármaco, como disse Rabelais, iria encontrá-la composta de uma parte de interesse contra nove partes de amor-próprio. Ora, quando a porta se abriu para o cardeal, as nove partes de amor próprio de Gringoire, infladas e tumeficadas ao sopro da admiração popular, estavam em um estado de prodigioso crescimento sob o qual desaparecia como se sufocada essa imperceptível molécula de interesse que nós distinguimos há pouco na constituição dos poetas; precioso ingrediente, lastro de realidade e de humanidade sem o qual eles não tocariam a terra. Gringoire gostava de sentir, de ver, de apalpar, por assim dizer, toda uma assembleia – de velhacos, é verdade, mas pouco importa –, estupefata, petrificada e como asfixiada

[18] Vale observar que a etimologia aqui mencionada é inverídica. (N.T.)

[19] Du Breul, *Teatro de antiguidades de Paris.* Ao leitor. (N.T.)

diante das imensuráveis falas que surgiam a cada momento de todas as partes de seu epitálamo. Eu afirmo que ele mesmo compartilhava da beatitude geral e que, no reverso de La Fontaine, que, durante a representação de sua comédia de Florentin, perguntava "Quem foi o malcriado que fez essa rapsódia?", Gringoire teria perguntado de bom grado ao seu vizinho: "De quem é essa obra-prima?". Podemos agora julgar o efeito que a súbita e prematura aparição do cardeal teve sobre ele.

O que ele temia tornou-se realidade. A entrada de Sua Eminência perturbou o público. Todas as cabeças voltaram-se para o estrado e já não se ouvia outra coisa senão "O cardeal! O cardeal!". Todos repetiam em coro. O triste prólogo foi encurtado uma segunda vez.

O cardeal parou por um momento no limiar do estrado e, enquanto ele direcionava um olhar bastante indiferente ao público, o tumulto redobrou. Todos queriam ver melhor. Uns apoiavam a cabeça sobre os ombros dos outros.

Ele era de fato um personagem interessante, cujo espetáculo valia por qualquer outra comédia. Carlos, cardeal de Bourbon, arcebispo e conde de Lyon, primaz dos gauleses, era ao mesmo tempo ligado a Luís XI por seu irmão, Pierre, senhor de Beaujeu, que havia se casado com a filha mais velha do rei, e a Carlos, o Temerário por sua mãe, Agnès da Borgonha. Mas o sinal dominante, o sinal característico e distintivo do caráter do primaz dos gauleses, era seu espírito cortesão e sua devoção aos poderes. Podem-se imaginar os inúmeros embaraços que esse duplo parentesco lhe causava e todas as armadilhas temporais entre as quais o seu barco espiritual teve de navegar para não se chocar nem com Luís nem com Carlos, essa Caríbdis e essa Cila que devoraram o duque de Nemours e o condestável de Saint-Pol. Graças aos céus, ele tinha feito muito bem a travessia e chegado a Roma sem grandes dificuldades. Mas, mesmo estando no porto, e precisamente porque estava no porto, nunca se lembrava sem preocupação das várias oportunidades de sua vida política, por tanto tempo alarmada e laboriosa. Ele também costumava dizer que o ano de 1476 tinha sido para ele *preto e branco*; entende-se por isso que, naquele mesmo ano, ele perdeu sua mãe, a duquesa de Bourbonnais, e seu primo, o duque da Borgonha, e que um luto o reconfortou do outro.

Além disso, ele era um bom homem. Levava uma vida alegre como cardeal, deixava facilmente o bom vinho real de Challuau participar de sua alegria, não odiava Richarde la Garmoise e Thomasse la Saillarde, dava esmolas para garotas bonitas em vez de para mulheres idosas e, por todas essas razões, agradava muito ao povo menos favorecido de Paris. Ele caminhava apenas rodeado por uma pequena corte de bispos e abades de altas linhagens, distintos, desenvoltos e adeptos a patuscadas quando era o caso. Mais de uma vez, as bravas devotas de Saint-Germain d'Auxerre, ao passar à noite sob as janelas iluminadas da morada de Bourbon, tinham ficado escandalizadas ao ouvir as mesmas vozes que haviam cantado às vésperas para elas durante o dia salmodiar ao som dos copos o provérbio báquico de Bento XII, o papa que havia acrescentado uma terceira coroa à tiara: "*Bibamus papaliter*"[20].

Foi sem dúvida essa popularidade, tão justamente adquirida, que o preservou, à sua entrada, de qualquer recepção negativa pela multidão, bastante descontente no momento anterior e muito pouco disposta a respeitar um cardeal no dia em que um papa seria eleito. Mas os parisienses são pouco rancorosos; e então, ao começar a representação da autoridade, os bons burgueses prevaleceram sobre o cardeal, e esse triunfo lhes bastava. O senhor cardeal de Bourbon era, além de tudo, um belo homem, vestia uma beca vermelha muito bonita que lhe caía muito bem; ou seja, atraía para si todas as mulheres e, portanto, a melhor metade da plateia. Certamente

[20] "Bebamos papalmente". (N.T.)

haveria injustiça e mau gosto em vaiar um cardeal por se apresentar no espetáculo quando ele é um homem bonito e veste bem sua beca.

Ele entrou, cumprimentou o público com o sorriso hereditário dos grandes para o povo e caminhou lentamente em direção a sua cadeira de veludo escarlate, parecendo pensar em outra coisa. Seu cortejo, que hoje chamaríamos de seu estado-maior de bispos e abades, irrompeu sobre o estrado, não sem um aumento do tumulto e da curiosidade da plateia. Todos queriam apontar, dizer os nomes, provar conhecer ao menos um deles. "Aquele é o senhor bispo de Marseille, Alaudet, se não me falha a memória"; "aquele, o primicério de Saint-Denis"; "aquele outro, Robert de Lespinasse, abade de Saint-Germain-des-Prés, o irmão libertino de uma amante de Luís XI". Tudo dito com desdém e cacofonia. Quanto aos estudantes, eles praguejavam. Era o dia deles, a sua festa dos bufos, sua saturnal, a orgia anual da *basoche* e da escola. Não havia torpeza naquele dia a que eles não tivessem direito, e isso era algo sagrado. Além disso, havia loucas mexeriqueiras na multidão, como Simone Quatrelivres, Agnès la Gadine, Robine Piédebou. Não era o mínimo que alguém poderia fazer, praguejar um pouco sobre Deus, em um dia tão bonito e em tão boa companhia de pessoas da igreja e de moçoilas alegres? Então eles não se pouparam e, no meio do burburinho, houve um assustador charivari de blasfêmias e atrocidades que escapavam de todas as línguas, de clérigos e estudantes, que durante o resto do ano continham-se por medo do ferro quente de São Luís. Pobre São Luís, que escárnio fizeram dele no seu próprio tribunal! Cada um deles escolheu, entre os recém-chegados ao estrado, uma batina preta, ou cinzenta, ou branca, ou roxa, como alvo. Joannes Frollo de Molendino, na sua qualidade de irmão de um arquidiácono, atacou ousadamente o vermelho e cantava a plenos pulmões, fixando seus olhos atrevidos no cardeal: *Cappa repleta mero!*[21]

[21] "Capa cheia de vinho!". (N.T.)

Todos esses detalhes, que revelamos aqui para edificação do leitor, estavam tão encobertos pelo rumor geral que desapareceram antes de chegar ao estrado reservado. Além disso, o cardeal ficaria pouco comovido com o que ouvisse, uma vez que as liberdades daquele dia pertenciam aos costumes. Sua expressão era de muita preocupação, e ele tinha outra questão que o acompanhava de perto e que subiu no estrado quase ao mesmo tempo que ele. Era a embaixada de Flandres.

Não porque ele fosse profundamente político ou se importasse com as possíveis consequências do casamento de sua prima Marguerite da Borgonha com seu primo Carlos, delfim de Viena. Quanto tempo duraria o entendimento dissimulado entre o duque da Áustria e o rei da França ou como o rei da Inglaterra encararia esse desdém por sua filha preocupava-lhe pouco, e ele comemorava toda noite com o vinho real de Chaillot, sem suspeitar que algumas garrafas do mesmo vinho (um pouco modificado, é verdade, pelo médico Coictier), gentilmente oferecidas a Eduardo IV por Luís XI, livrariam, uma bela manhã, Luís XI de Eduardo IV. **A muito honrada embaixada do senhor duque da Áustria** não trouxe ao cardeal nenhuma dessas preocupações, mas o incomodava por outro motivo. Era de fato um pouco difícil para ele, e já falamos rapidamente sobre isso no comecinho deste livro, ser obrigado a celebrar e acolher, sendo ele Carlos de Bourbon, um grande número de burgueses; ele, como cardeal, receber conselheiros do tribunal; ele, francês e alegre conviva, receber bebedores de cerveja flamengos; e tudo isso em público. Essa era, naturalmente, uma das mais tediosas momices que ele já tinha feito para agradar o rei.

Então ele se voltou para a porta com o melhor modo do mundo (de tanto que tinha praticado isso) quando o meirinho anunciou em voz sonora: *Os cavalheiros enviados pelo senhor duque da Áustria*. É inútil dizer que toda a sala fez o mesmo.

Então chegaram, de dois em dois, com uma gravidade que contrastava no meio do petulante cortejo eclesiástico de Carlos de Bourbon, os quarenta e oito embaixadores de Maximilien da Áustria, liderados pelo reverendo padre de Deus, Jehan, abade de Saint-Bertin, chanceler da Toison d'or, e Jacques de Goy, senhor Dauby, alto oficial do bailio de Gand. Houve um grande silêncio na assembleia, acompanhado de risos abafados para ouvir todos os nomes extravagantes e todas as qualificações burguesas que cada um dos personagens transmitia imperturbavelmente ao meirinho, que então lançava os nomes e as qualidades, misturados e estropiados, à multidão. Eram mestre de Loys Roelof, conselheiro da cidade de Louvain; o senhor Clays d'Etuelde, conselheiro de Bruxelas; senhor Paul de Baeust, dignatário de Voirmizelle, presidente de Flandres; mestre Jehan Coleghens, burgomestre da cidade de Anvers; mestre George de la Moere, também primeiro conselheiro da cidade de Gand; mestre Gheldolf van der Hage, primeiro conselheiro dos parceiros desta última cidade; e o senhor de Bierbecque, e Jehan Pinnock, e Jehan Dymaerzelle, etc., etc., bailios, conselheiros, burgomestres; burgomestres, conselheiros, bailios; todos empertigados, vaidosos, engomados, endomingados com veludo e seda, encapuzados com *cramignoles* de veludo preto com grandes borlas de fio de ouro do Chipre; belas cabeças flamengas, no fim das contas, figuras dignas e severas da família daqueles que Rembrandt retratou tão bem, com cores intensas e sérias sobre o fundo escuro, em sua *Ronda noturna*. Todos esses personagens tinham escrito na testa que Maximilien da Áustria tinha razão em *confiar plenamente*, como seu manifesto dizia, *em seu bom senso, em sua coragem, experiência, lealdade e boa equidade*.

Mas havia uma exceção. Era um rosto fino, inteligente, astuto, uma espécie de focinho de macaco e diplomata diante do qual o cardeal fez três passos e uma profunda reverência. Ainda assim, foi apresentado apenas como *Guillaume Rym, conselheiro e pensionista da cidade de Gand*.

Poucas pessoas então sabiam quem era Guillaume Rym. Raro gênio que em um tempo de revolução teria aparecido brilhantemente na superfície dos acontecimentos, mas que no século XV foi reduzido a intrigas cavernosas e a viver "nas solapas", como diz o duque de Saint-Simon. Além disso, ele era apreciado pelo primeiro "solapador" da Europa, maquinava familiarmente com Luís XI, e muitas vezes tinha acesso às manobras secretas do rei. Todas essas coisas eram ignoradas pela multidão, que se maravilhava com a gentileza do cardeal para com essa pequena figura do bailio flamengo.

Mestre Jacques Coppenole

Enquanto o pensionista de Gand e Sua Eminência trocavam reverências muito baixas e algumas palavras em voz ainda mais baixa, um homem alto, de rosto largo e ombros fortes, apresentou-se para entrar com Guillaume Rym: parecia um buldogue ao lado de uma raposa. Seu chapéu de feltro e seu casaco de couro se destacavam no meio do veludo e da seda que o cercavam. Presumindo que se tratava de algum cavalariço desorientado, o meirinho interveio.

– Ei, amigo! É proibido entrar.

O homem do casaco de couro empurrou-o com o ombro.

– O que é que esse tipo quer? – ele disse com um tom de voz que fez toda a sala ficar atenta a esse estranho colóquio. – Não vê quem eu sou?

– Qual o seu nome? – perguntou o meirinho.

– Jacques Coppenole.

– Sua qualidade?

– Fabricante de meias na insígnia de Trois Chaînettes, em Gand.

O meirinho recuou. Anunciar os conselheiros e burgomestres, tudo bem; mas um fabricante de meias já era demais. O cardeal estava impaciente.

O povo ouvia e observava. Fazia dois dias que Sua Eminência se empenhava em dourar aqueles ursos flamengos para torná-los um pouco mais apresentáveis em público, mas a empreitada era difícil. Enquanto isso, Guillaume Rym se aproximou do meirinho com seu belo sorriso:

– Anuncie mestre Jacques Coppenole, clérigo dos conselheiros do tribunal da cidade de Gand – ele sussurrou.

– Senhor meirinho – disse o cardeal em voz alta –, anuncie mestre Jacques Coppenole, clérigo dos conselheiros da ilustre cidade de Gand.

Foi um erro. Guillaume Rym sozinho teria vencido a dificuldade, mas Coppenole tinha ouvido o cardeal.

– Não, por Deus! – ele gritou com sua voz estrondosa. – Jacques Coppenole, fabricante de meias. Ouviu, meirinho? Nem mais, nem menos. Por Deus! fabricante de meias é bonito o suficiente. O senhor arquiduque encomendou mais de uma vez suas luvas comigo.

Risos e aplausos eclodiram. Uma piada é imediatamente compreendida em Paris e, portanto, sempre aplaudida.

Acrescente-se que Coppenole era alguém do povo e que o público a sua volta também era. Além disso, a identificação entre eles e ele tinha sido imediata, elétrica e, por assim dizer, natural. A altiva reação do fabricante de meias flamengo, ao humilhar os cortesãos, tinha despertado em todas as almas plebeias certo sentimento de dignidade ainda vago e indistinto no século XV. Esse fabricante de meias era um deles e acabara de enfrentar o cardeal! Uma reflexão muito agradável para os pobres-diabos que estavam acostumados a respeitar e obedecer aos valetes dos sargentos do bailio do abade de Sainte-Geneviève, caudatário do cardeal.

Coppenole saudou orgulhosamente Sua Eminência, que devolveu a saudação ao todo-poderoso burguês temido por Luís XI. Então, enquanto Guillaume Rym, homem sábio e malicioso, segundo Philippe de Comines, seguiu-os com um sorriso de zombaria e superioridade, cada um ocupou seu lugar. O cardeal, confuso e preocupado, Coppenole, tranquilo e altivo e, sem dúvida, pensando que, apesar de tudo, seu título de fabricante de meias era tão importante quanto qualquer outro e que Marie da Borgonha, mãe dessa Marguerite que Coppenole desposaria no mesmo dia, temeria menos o cardeal do que o fabricante de meias, pois não foi um cardeal que amotinou os habitantes de Gand contra os favoritos da filha de Carlos, o Temerário; não foi um cardeal quem fortaleceu a multidão com uma palavra contra suas lágrimas e súplicas, quando a senhorita de Flandres veio pedir clemência a seu povo, aos pés do patíbulo, enquanto o fabricante de meias só precisou levantar o braço coberto de couro para que duas cabeças rolassem: a dos ilustríssimos senhores Guy d'Hymbercourt e chanceler Guillaume Hugonet!

No entanto, nem tudo estava acabado para o pobre cardeal, e ele teve que beber até a última gota do cálice por andar em tão má companhia.

Talvez o leitor não tenha se esquecido do atrevido mendigo que tinha vindo se empoleirar, desde o início do prólogo, nas proximidades do estrado do cardeal. A chegada dos ilustres convidados não o fez desistir, e, enquanto prelados e embaixadores se amontoavam, como verdadeiros arenques flamengos, nas cadeiras da tribuna, ele tinha ficado à vontade, cruzando corajosamente as pernas sobre a arquitrave. Tal insolência era rara, e ninguém a notou em um primeiro momento, pois a atenção estava voltada para outro lugar. Ele, por sua vez, não percebeu nada na sala e balançava a cabeça com um descuido napolitano, repetindo de vez em quando em meio ao rumor, como se fosse por um hábito mecânico:

– Caridade, por favor!

E certamente ele foi, em meio a toda a assistência, o único que não se dignou a virar a cabeça para a altercação entre Coppenole e o meirinho. Mas quis o acaso que o mestre fabricante de meias de Gand, com quem as pessoas já tão fortemente simpatizavam e em quem todos os olhos se fixavam, viesse sentar-se justamente na primeira fileira do estrado, bem perto do mendigo. E não foi um grande espanto ver o embaixador flamengo, depois de inspecionar o engraçado sujeito sentado sob seus olhos, bater amigavelmente sobre os ombros cobertos de farrapos. O mendigo se virou. Havia surpresa, reconhecimento, satisfação em ambos os rostos, etc. Em seguida, sem se importar minimamente com os espectadores, o fabricante de meias e o espertalhão começaram a conversar em voz baixa, de mãos dadas, enquanto os farrapos de Clopin Trouillefou, espalhados sobre o tecido de ouro do estrado, produziam o efeito de uma lagarta sobre uma laranja.

A peculiaridade dessa cena despertou um tal rumor de loucura e excitação no salão que o cardeal logo a percebeu. Ele se inclinou um pouco e conseguindo, do lugar onde estava, apenas entrever o manto ignominioso de Trouillefou, pareceu-lhe bastante evidente que o mendigo estava pedindo esmolas, e, revoltado com tal audácia, vociferou:

– Senhor bailio do Palácio, atire esse engraçadinho no rio!

– Por Deus, senhor cardeal! – disse Coppenole sem soltar a mão de Clopin. – É um dos meus amigos.

– Viva! Viva! – gritou a multidão.

A partir desse momento, mestre Coppenole passou a ter um "grande crédito com o povo de Paris, como tinha em Gand; pois pessoas de tal nível assim o merecem", disse Philippe de Comines, "quando as coisas estão de tal modo desordenadas".

O cardeal mordeu os lábios, inclinou-se para o vizinho, o abade de Sainte-Geneviève, e disse-lhe em voz baixa:

– Agradáveis esse embaixadores enviados pelo arquiduque para anunciar a senhora Marguerite!

– Sua Eminência – respondeu o abade – desperdiça delicadeza com esses focinhos flamengos. *Margaritas ante porcos*[22].

– Diga *Porcos ante Margaritam* – respondeu o cardeal com um sorriso.

---

[22] *Mateus*, VII, 6: "Pérolas aos porcos". O seguinte jogo de palavras é baseado no duplo significado da palavra *Margarita, pérola* ou *Marguerite:* "Margaritas ante porcos". (N.T.)

Toda a pequena corte de batina ficou extasiada com o trocadilho. O cardeal sentiu-se um pouco aliviado; ele estava agora quite com Coppenole, pois também aplaudiram sua anedota.

Agora, aqueles de nossos leitores que têm o poder de generalizar uma imagem e uma ideia, como se diz no estilo de hoje, permitam-nos perguntar se eles conseguem imaginar claramente o espetáculo que acontecia, no momento em que interrompemos sua atenção, no vasto paralelogramo do grande salão do Palácio. No meio do salão, encostado à parede ocidental, um grande e magnífico estrado de brocado de ouro no qual entraram em procissão, através de uma pequena porta em ogiva, personagens sérios sucessivamente anunciados pela voz estridente de um meirinho. Nos primeiros bancos, já havia figuras veneráveis, cobertas com arminho, veludo e escarlate. Em volta do estrado, que permaneceu silencioso e digno, embaixo, à frente, por todo lado, grande multidão e grande rumor. Mil olhares do povo sobre cada rosto do estrado, mil sussurros a cada nome. É certo que o espetáculo é curioso e merece a atenção dos espectadores. Mas lá longe, na outra ponta, o que é aquela espécie de cavalete com quatro fantoches enfeitados em cima e outros quatro embaixo? Quem é, ao lado do cavalete, aquele homem de roupa preta rota e semblante pálido? Ai de mim, meu caro leitor, é Pierre Gringoire com seu prólogo!

Todos nós o esquecemos completamente.

E era exatamente o que ele temia.

Desde o momento em que o cardeal entrou, Gringoire não parou de agir na tentativa de salvar seu prólogo. Ele já havia ordenado que os atores, que estavam atônitos, continuassem, aumentando o tom voz. Em seguida, vendo que ninguém ouvia, ele pediu que parassem, e, quase um quarto de hora depois da interrupção, ele ainda seguia batendo o pé, agitando-se, interpelando Gisquette e Liénarde e incentivando seus vizinhos a pedir que o prólogo seguisse. Tudo em vão. Ninguém tirava os olhos do cardeal, da embaixada e do estrado, o único centro desse vasto círculo de raios visuais. Deve-se também acreditar, e lamentamos dizer, que o prólogo começava a incomodar ligeiramente o público, no momento em que Sua Eminência tinha vindo desviar de uma forma tão terrível a atenção dada a ele. Afinal, tanto no estrado como na mesa de mármore, era sempre o mesmo espetáculo: o conflito entre a Lavoura e o Clero e entre a Nobreza e a Mercadoria. E muitas pessoas gostavam mais de vê-los pura e simplesmente vivos, respirando, movendo-se, acotovelando-se, em carne e osso, nessa embaixada flamenga, nessa corte episcopal, sob a batina do cardeal, sob a veste de Coppenole, em vez de fantasiados, enfeitados, falando em versos, e por assim dizer embalsamados sob as túnicas amarelas e brancas com que Gringoire os adornara.

Mas, quando nosso poeta viu que a calma foi minimamente restaurada, ele imaginou um estratagema que salvaria tudo.

– Senhor – disse ele, voltando-se para um de seus vizinhos, um homem corajoso e gordo com um ar paciente –, e se nós recomeçássemos?

– O quê? – fez o vizinho.

– Ora! O mistério – respondeu Gringoire.

– Como quiser – disse o vizinho.

Essa meia aprovação foi suficiente para Gringoire, e, assumindo seu próprio interesse, ele começou a gritar, confundindo-se tanto quanto possível com a multidão:

– Recomecem o mistério! Recomecem!

– Diabos! – disse Joannes de Molendino. – O que eles estão tramando lá, ao fundo? – pois Gringoire fazia barulho por quatro. – O que é isso, camaradas? O mistério já não acabou? Querem recomeçá-lo? Não é justo.

– Não! Não! – os estudantes gritaram em coro. – Abaixo o mistério! Abaixo!

Mas Gringoire se multiplicava e gritava ainda mais alto:

– Recomecem! Recomecem!

Esses gritos chamaram a atenção do cardeal.

– Senhor bailio do Palácio – disse ele a um grande homem negro que estava próximo dele –, por que essas pessoas curiosas estão agitadas como se estivessem ardendo no inferno?

O bailio do Palácio era uma espécie de magistrado anfíbio, um morcego da ordem judicial, cuidando ao mesmo tempo do rato e do pássaro, do juiz e do soldado. Ele aproximou-se de Sua Eminência e, não sem temer seu descontentamento, explicou-lhe balbuciando a incongruência popular: que já era meio-dia antes da chegada de Sua Eminência e que os atores tinham sido forçados a começar sem esperar por sua chegada.

O cardeal gargalhou.

– Por Deus, o reitor da Universidade deveria ter feito o mesmo. O que me diz, mestre Guillaume Rym?

– Monsenhor – respondeu Guillaume Rym –, vamos nos contentar em ter escapado de metade da comédia. Já é uma coisa positiva.

– Esses espertalhões podem continuar com a farsa? – perguntou o bailio.

– Continuem, continuem, para mim tanto faz – respondeu o cardeal. – Enquanto isso, vou ler meu breviário.

O bailio avançou até a borda do estrado e gritou, depois de pedir silêncio com um gesto:

– Burgueses, camponeses e habitantes, para satisfazer aqueles que querem recomeçar e aqueles que querem que isso termine, Sua Eminência ordena que continuemos.

Foi necessário resignação de ambos os lados. Mas o autor e o público durante muito tempo guardaram rancor contra o cardeal.

Os personagens em cena retomaram a apresentação, e Gringoire esperava que pelo menos o restante de sua obra fosse ouvido. Essa esperança logo o desapontou, como suas outras ilusões. O silêncio tinha de fato sido restabelecido na plateia, mas Gringoire não tinha notado que, no momento em que o cardeal tinha dado a ordem para continuar, o estrado estava pouco preenchido e que, depois dos enviados flamengos, haviam surgido novos personagens que faziam parte do cortejo e cujos nomes e características, anunciados ao longo dos diálogos pelos gritos intermitentes do meirinho, produziram consideráveis estragos. Que se imagine, no meio de uma peça de teatro, o barulho feito por um meirinho ao lançar, entre duas rimas e muitas vezes entre dois hemistíquios, parênteses como estes:

Mestre Jacques Charmolue, procurador do rei na corte da igreja!

Jehan de Harlay, escudeiro, guarda do ofício de cavaleiro da vigilância noturna da cidade de Paris!

Senhor Galiot de Genoilhac, cavaleiro, senhor de Brussac, mestre da artilharia do rei!

Mestre Dreux-Raguier, inquisidor das águas e florestas do rei nosso senhor, na França, Champanhe e Brie!

Senhor Luís de Graville, cavaleiro, conselheiro e camareiro do rei, almirante da França, concierge do Bosque de Vincennes!

Mestre Denis Le Mercier, guarda da residência dos cegos de Paris! – Etc., etc., etc.

Isso ficou insuportável.

Esse tão estranho acompanhamento, que tornava difícil a continuação da peça, indignava Gringoire ainda mais porque ele não podia esconder que seu interesse pela obra aumentava e que bastava que ela fosse ouvida. Era realmente difícil imaginar um contexto mais engenhoso e dramático. Os quatro personagens do prólogo se lamentavam em seu embaraço mortal quando Vênus em pessoa, *vera incessu patuit dea*[23], apresentou-se a eles, vestida em uma bela vasquinha armoriada com o barco da cidade de Paris. Ela veio pessoalmente reivindicar o delfim prometido à mais bela. Júpiter, cujos raios estrondosos eram ouvidos no camarim, apoiava-a, e a deusa ia vencer, isto é, literalmente, casar-se com o senhor delfim, quando uma criança, vestida de branco e segurando uma margarida (diáfana

[23] Virgilio, *Eneida*, I, 405: "A deusa se revelou por seu andar". (N.T.)

personificação da senhorita de Flandres), veio lutar com Vênus. Reviravolta e peripécia. Após controvérsia, Vênus, Marguerite e as pessoas dos bastidores concordaram em confiar no bom julgamento da santa Virgem. Ainda havia um belo papel, o de dom Pèdre, rei da Mesopotâmia. Mas, no meio de tantas interrupções, foi difícil entender para que ele servia. Todos subiram pela escada.

Mas a coisa estava feita. Nenhuma dessas belezas era sentida ou compreendida. Com a entrada do cardeal, era possível dizer que um fio invisível e mágico tinha subitamente atraído todos os olhos da mesa de mármore para o estrado, da extremidade meridional do salão para o lado ocidental. Nada poderia desfazer o feitiço que dominava o público. Todos os olhos estavam fixos naquele ponto, e os recém-chegados, com seus nomes amaldiçoados, seus rostos e seus trajes, eram uma diversão constante. Era desolador. Exceto Gisquette e Liénarde, que desviavam o olhar de vez em quando, puxadas pela manga por Gringoire, exceto o gordo vizinho paciente, ninguém mais ouvia, ninguém olhava de frente a pobre moralidade abandonada. Gringoire não via mais nada senão perfis.

Com que amargura ele via desmoronar, tijolo por tijolo, todo o seu andaime de glória de poesia! E pensar que essa gente estava prestes a se revoltar contra o senhor bailio, por impaciência em ouvir sua obra! E, agora que a tinham, não se importavam mais com ela. E pensar que essa mesma apresentação tinha começado sob aclamação unânime! Eterno fluxo e refluxo do favor popular! E pensar que quase enforcaram os sargentos do bailio! O que ele não daria para estar congelado agora naquele doce momento!

O monólogo brutal do meirinho, no entanto, cessou. Todos tinham chegado, e Gringoire respirou aliviado. Os atores continuaram bravamente. Mas não é que o mestre Coppenole, o fabricante de meias, de repente se levantou, e Gringoire o ouviu pronunciar, no meio da atenção universal, esta abominável arenga:

– Senhores burgueses e pequenos fidalgos de Paris, por Deus, não sei o que é que fazemos aqui. Consigo ver pessoas naquele canto, sobre aquele cavalete, que parecem querer brigar. Ignoro se é isso que vocês chamam de mistério, mas não é divertido. Eles querelam por causa da língua, e nada mais. Já faz quinze minutos que eu espero pelo primeiro golpe, mas nada acontece. São covardes que só se engalfinham com injúrias. Seria necessário trazer lutadores de Londres ou de Roterdam, e no momento certo! Vocês teriam socos que seriam ouvidos da praça. Mas estas pessoas dão pena. Deviam nos oferecer pelo menos uma dança mourisca ou momesca! Não foi isso que me disseram. Prometeram-me uma festa dos bufos seguida da eleição do papa. Também temos o nosso papa dos bufos em Gand, e nisso não ficamos atrás, por Deus! Mas eis como fazemos. Nós nos reunimos em um grande número de pessoas, tal como aqui. Então cada um na sua vez passa sua cabeça através de um buraco e faz uma careta para os outros. Aquele que faz a careta mais feia, sob a aclamação de todos, é eleito papa. É isso. É muito divertido. Querem que elejamos seu papa à maneira do meu país? Será menos entediante do que ouvir esses faladores. Se eles quiserem apresentar suas caretas no tal buraco, também estarão participando. O que dizem, senhores burgueses? Aqui há uma amostra grotesca o suficiente de ambos os sexos para podermos rir à flamenga, e nós somos feios o suficiente para receber uma bela careta.

Gringoire quis responder, mas o espanto, a raiva e a indignação o deixaram sem palavras. Além disso, a moção do popular fabricante de meias foi recebida com tal entusiasmo pelos burgueses lisonjeados por serem chamados de pequenos fidalgos que qualquer resistência seria inútil. Tudo o que tinha de fazer era se deixar levar pela torrente. Gringoire escondeu seu rosto com as duas mãos, não tendo a felicidade de ter um manto para cobrir sua cabeça, como o Agamemnon de Timanthe.

Quasímodo

Num piscar de olhos, tudo estava pronto para executar a ideia de Coppenole. Burgueses, estudantes e clérigos puseram-se a trabalhar. A pequena capela em frente à mesa de mármore foi escolhida para o teatro de caretas. Uma vidraça quebrada, com uma bela rosácea acima da porta, deixava livre um círculo de pedra pelo qual foi acordado que os competidores passariam a cabeça. Para chegar a ele, bastava subir em dois barris que tinham sido trazidos não se sabe de onde e empilhados um sobre o outro, não se sabe como. Foi definido que todos os candidatos, homem ou mulher (pois era possível eleger uma papisa), para manter secretas e intactas suas caretas, teriam de cobrir o rosto e ficar escondidos na capela até o momento de sua aparição. Em poucos instantes a capela foi tomada por uma legião de competidores, atrás dos quais a porta logo se fechou.

Coppenole dava ordens, conduzia e organizava tudo do lugar onde estava. Durante o burburinho, o cardeal, não menos desconcertado que Gringoire, retirou-se com todos os seus seguidores, sob o pretexto de negócios e vésperas, sem que a multidão, que sua chegada havia intensamente agitado, ficasse minimamente comovida com sua partida. Guillaume Rym foi o único a notar a debandada de Sua Eminência. A atenção popular, assim como o sol, seguia sua revolução e, partindo de uma extremidade da sala, depois de ter-se detido por algum tempo no meio, encontrava-se agora no outro extremo. A mesa de mármore e o estrado de brocado tiveram seu momento; agora era a vez da capela de Luís XI. O campo estava agora livre para todo tipo de loucura. Restavam no salão apenas os flamengos e a ralé.

As caretas começaram. A primeira figura que apareceu na claraboia, com as pálpebras do avesso, a boca escancarada e a testa franzida como nossas botas estilo hussardo, fez explodir gargalhadas tão inextinguíveis que Homero teria tomado todos aqueles grosseirões por deuses. No entanto, o grande salão era nada menos do que um Olimpo, e o pobre Júpiter de Gringoire sabia-o melhor do que ninguém. Seguiram-se outras caretas, uma após a outra, e os risos e as trepidações de alegria intensificaram-se. Havia naquele espetáculo uma espécie de vertigem, um poder inebriante e fascinante difícil de descrever ao leitor de nossos dias e que frequenta nossos salões. Imaginemos uma série de rostos apresentando sucessivamente todas as formas geométricas, do triângulo ao trapézio, do cone ao poliedro; todas as expressões humanas, da raiva à luxúria; todas as idades, das rugas do recém-nascido às rugas de uma velha moribunda; todas as fantasmagorias religiosas, do Fauno ao Belzebu; todos os perfis de animais, da boca ao bico, da cabeça ao focinho. Imaginemos todas as carrancas do Pont-Neuf, aqueles pesadelos petrificados sob as mãos de Germain Pilon, ganhando vida e fôlego e virando-se uma a uma para nos encarar com os olhos fumegantes; todas as máscaras do carnaval de Veneza passando diante de nossos binóculos; em uma palavra, um verdadeiro caleidoscópio humano.

A orgia tornava-se cada vez mais flamenga. Teniers conseguiria dar, no máximo, uma ideia imperfeita dessa cena. Imaginemos a batalha de Salvator Rosa como um bacanal. Não havia mais estudantes, embaixadores, burgueses, homens ou mulheres; não havia mais Clopin Trouillefou,

Gilles Lecornu, Marie Quatrelivres ou Robin Poussepain. Tudo se apagava diante da libidinagem generalizada. O grande salão era agora uma vasta fornalha de descaramento e jovialidade em que cada boca era um grito, cada olho um relâmpago, cada rosto uma careta, cada indivíduo uma postura. Todos gritavam e urravam. As caras desfiguradas que vinham uma a uma ranger os dentes na rosácea eram como gravetos lançados em um braseiro. E de toda essa multidão efervescente escapou, como o vapor da fornalha, um ruído estridente, agudo, afiado e sibilino como as asas de um mosquito.

– Ah! Maldição!

– Olhem para esta figura!

– Ela não vale nada.

– Próximo!

– Guillemette Maugerepuis, olhe para esse touro imbecil, só lhe faltam os chifres. Por acaso não é seu marido?

– Próximo!

– Virgem Santa! Que careta é essa?

– Ei! Não trapaceie. Só podemos mostrar o rosto.

– Maldita Perrette Callebotte! Ela é capaz de fazer isso.

– Viva! Viva!

– Estou sufocando!

– Aqui está um que não consegue passar as orelhas pelo buraco!

Etc., etc.

Temos de fazer justiça ao nosso amigo Jehan. No meio dessa algazarra, era possível vê-lo ainda no topo de sua pilastra, como um marinheiro novato na vela da gávea. Ele se debatia com uma fúria incrível. Sua boca estava aberta e deixou escapar um grito que não foi ouvido. Não porque estivesse coberto pelo clamor geral, por mais intenso que fosse, mas porque sem dúvida ele atingiu o limite dos sons agudos e perceptíveis, as doze mil vibrações do Sauveur ou os oito mil de Biot.

Quanto a Gringoire, depois de passado o primeiro momento de abatimento, tinha recuperado sua compostura. Ele endureceu contra a adversidade.

– Continuem! – ele disse pela terceira vez a seus atores, verdadeiras máquinas falantes. Então, caminhando a passos largos diante da mesa de mármore, ele também cogitou aparecer na trapeira da capela, nem que fosse para ter o prazer de fazer uma careta para aquele povo ingrato. – Mas não, não seria digno de nós, nada de vingança! Vamos lutar até o fim – ele repetia para si mesmo. – O poder da poesia é grande sobre o povo, e eu os trarei de volta. Veremos quem ganha, caretas ou belas palavras.

Infelizmente, ele permaneceu como único espectador de sua peça.

Foi pior do que antes. Ele não via nada além de dorsos.

Minto. O homem gordo e paciente, a quem ele já havia consultado em um momento crítico, tinha permanecido voltado para o teatro. Quanto a Gisquette e Liénarde, há muito que já haviam desertado.

Gringoire ficou comovido com a fidelidade de seu único espectador. Ele aproximou-se e falou com ele, balançando ligeiramente seu braço, pois o bravo homem estava apoiado à balaustrada e dormia um pouco.

– Senhor – disse Gringoire –, muito obrigado.

– Senhor – respondeu o gordo homem com um bocejo –, por quê?

– Eu sei o que o incomoda – disse o poeta –, é todo esse barulho que o impede de ouvir bem. Mas fique tranquilo, seu nome ficará para a posteridade. Por gentileza, como o senhor se chama?

– Renault Château, guarda da chancelaria do Châtelet de Paris, às suas ordens.

– Senhor, o senhor é o único representante das musas aqui presente – disse Gringoire.

– Muito honesto de sua parte, senhor – respondeu o guarda da chancelaria do Châtelet.

– O senhor é o único que ouviu convenientemente a peça. O que acha dela? – perguntou Gringoire.

– Ora! Hein! – respondeu o magistrado, meio sonolento. – Bastante alegre, de fato.

Gringoire teve que se contentar com esse elogio, pois uma trovoada de aplausos, misturada a um prodigioso clamor, interrompeu a conversa. O papa dos bufos tinha sido eleito.

– Viva! Viva! Viva! – gritava o povo.

Com efeito, uma careta maravilhosa brilhava naquele momento no buraco da rosácea. Depois de todas as figuras pentagonais, hexagonais e heteróclitas que se sucederam na claraboia sem cumprir com o ideal grotesco que tinha sido construído nas imaginações exaltadas pela orgia, não era preciso mais nada para arrebanhar os votos além daquela sublime careta que tinha acabado de encantar a plateia. O próprio mestre Coppenole aplaudiu, e Clopin Trouillefou, que havia competido, e sabe Deus que intensidade de feiura seu rosto era capaz de alcançar, deu-se por derrotado. Faremos o mesmo. Não tentaremos dar ao leitor uma ideia do tetraédrico nariz, da boca em forma de ferradura, do pequeno olho esquerdo obstruído por uma sobrancelha vermelha espessa enquanto o olho direito desaparecia inteiramente sob uma enorme verruga, dos dentes tortos e lascados aqui e ali como as ameias de uma fortaleza, do lábio caloso que um dos dentes perfurava como a presa de um elefante, do queixo fendido, e, sobretudo, da ampla fisionomia que carregava tudo isso, toda essa mistura de malícia, espanto e tristeza. Que imaginemos todo esse conjunto, se formos capazes.

A aclamação foi unânime. Todos se precipitaram até a capela e fizeram sair triunfante o bem-aventurado papa dos bufos. Mas foi então que a surpresa e a admiração atingiram o auge: a careta era o próprio rosto.

Ou melhor, toda a sua pessoa era uma grande careta. Uma cabeça grande coberta de cabelos vermelhos; entre os dois ombros, uma grande corcunda cujo peso o fazia pender para a frente; um sistema de coxas e pernas tão estranhamente formado que elas só podiam se tocar pelos joelhos e que, vistas de frente, pareciam dois arcos de foice unidos pelo cabo; pés imensos, mãos monstruosas; e, junto de toda essa deformidade, um aterrorizante ar de vigor, agilidade e coragem. Estranha exceção à eterna regra de que a força, assim como a beleza, resulta da harmonia. Tal era o papa que os bufos tinham acabado de eleger.

Podia-se dizer que era um gigante quebrado e mal colado.

Quando essa espécie de ciclope apareceu no limiar da capela, imóvel, parrudo e quase tão largo quanto alto, "um quadrado desde a base", como disse um grande homem, com seu sobretudo metade vermelho, metade roxo e salpicado de sinos de prata e, acima de tudo, pela perfeição de sua feiura, a população o reconheceu imediatamente e clamou em coro:

– É Quasímodo, o sineiro! É Quasímodo, o corcunda de Notre Dame! Quasímodo, o caolho! Quasímodo, o coxo! Viva! Viva!

Vemos que o pobre-diabo tinha alcunhas para escolher.

– Protejam as grávidas! – gritavam os estudantes.

– Ou as que querem engravidar – disse Joannes.

As mulheres de fato esconderam o rosto.

– Oh! Aquele macaco horrível.

– Tão mau quanto feio – completou outra.

– É o próprio diabo – acrescentou uma terceira.

– Tenho o infortúnio de morar perto da Notre Dame e toda noite eu o ouço vagar pela calha.

– Com os gatos.

– Ele está sempre sobre nossos telhados.

– E lança maldições sobre nós pelas chaminés.

– Outra noite, ele veio fazer caretas para mim na minha claraboia. Pensei que era um homem. Fiquei apavorada!

– Tenho certeza de que ele vai ao sabá. Uma vez ele deixou uma vassoura no meu balde.

– Oh! A carranca horrível desse corcunda!

– Oh! Essa alma má!

– Buuu!

Os homens, ao contrário, estavam encantados e aplaudiam.

Quasímodo, objeto do tumulto, continuava na porta da capela, em pé, com ar sombrio e sério, deixando-se admirar.

Um dos estudantes, Robin Poussepain, se não me engano, veio rir debaixo do nariz dele, bem de perto. Quasímodo levantou-o pela cintura e o atirou dez passos no meio da multidão. Tudo isso sem dizer uma só palavra.

Mestre Coppenole, maravilhado, aproximou-se dele.

– Por Deus! Santo Pai! Você é a mais bela feiura que eu já vi em toda a minha vida. Você merece o papado de Roma e de Paris.

Falando assim, ele colocou tranquilamente a mão em seu ombro. Quasímodo não se mexeu. Coppenole continuou.

– Você é um tipo curioso que eu gostaria de convidar para uma comilança, mesmo que isso me custe uns bons tostões. O que acha?

Quasímodo não respondeu.

– Por Deus! – exclamou o fabricante de meias. – Você é surdo?

De fato, ele era surdo.

Mas ele começou a ficar impaciente com os modos de Coppenole, e de repente virou-se para ele com um ranger de dentes tão formidável que o gigante flamengo recuou, como um buldogue diante de um gato.

Logo se formou em torno do estranho personagem um círculo de terror e respeito que tinha pelo menos quinze passos geométricos de raio. Uma velha senhora explicou ao mestre Coppenole que Quasímodo era surdo.

– Surdo! – disse o fabricante de meias com a sua grande gargalhada flamenga. – Por Deus! É um papa completo.

– Ora! Eu o reconheço – exclamou Jehan, que tinha finalmente descido de seu capitel para ver Quasímodo mais de perto –, é o sineiro do meu irmão arquidiácono. Olá, Quasímodo!

– Diabo de homem! – disse Robin Poussepain, ainda se recuperando da queda. – Quando surge: é um corcunda. Quando caminha: é um coxo. Quando olha: é caolho. Quando lhe falamos: é um surdo. E o que ele faz com sua língua, esse Polifemo?

– Ele fala quando quer – disse a velha. – Ele ficou surdo por tocar os sinos. Mas não é mudo.

– É a única coisa que falta acontecer – observou Jehan.

– E ele tem um olho a mais – acrescentou Robin Poussepain.

– Não – disse sensatamente Jehan. – Um caolho é muito mais incompleto do que um cego. Ele sabe o que lhe falta.

Enquanto isso, todos os mendigos, lacaios e punguistas, reunidos aos estudantes, tinham ido procurar, processionalmente, no armário da *basoche*, a tiara de papelão e a samarra irrisória do papa dos bufos. Quasímodo deixou-se vestir sem pestanejar, e com uma espécie de docilidade orgulhosa. Depois fizeram-no sentar-se sobre uma padiola variegada. Doze oficiais da confraria dos bufos o ergueram sobre seus ombros, e uma espécie de alegria amarga e desdenhosa veio florescer sobre a face sombria do ciclope quando ele viu sob seus pés deformados todas aquelas cabeças de homens bonitos, eretos e bem feitos. Em seguida, a procissão uivante e repugnante começou a fazer, de acordo com o costume, o passeio pelo interior das galerias do Palácio, antes da caminhada pelas ruas e encruzilhadas.

Esmeralda

Estamos felizes em anunciar aos nossos leitores que, durante toda essa cena, Gringoire e sua peça aguentaram firme. Seus atores, acompanhados de perto por ele, não tinham parado de apresentar sua comédia, e ele não tinha parado de ouvi-la. Gringoire tinha escolhido seu lado na disputa e estava determinado a ir até o fim, sem se desesperar pelo retorno da atenção do público. Esse vislumbre de esperança foi reanimado quando ele viu Quasímodo, Coppenole e o ensurdecedor cortejo do papa dos bufos sair da sala fazendo grande alarde. A multidão apressou-se em acompanhá-los. "Bem", ele pensou, "lá se vão todos os barulhentos". Infelizmente, todos aqueles barulhentos eram o público. Num piscar de olhos, o salão ficou vazio.

Na verdade, ainda restavam alguns espectadores, uns dispersos, outros agrupados em torno das pilastras. Eram mulheres, velhos ou crianças incomodados com o barulho e o tumulto. Alguns estudantes tinham permanecido sobre seus cavalos no entablamento das janelas e olhavam para a praça.

– Bem – pensou Gringoire –, ainda resta um público suficiente para ouvir o fim do meu mistério. Eles são poucos, mas é um público de elite, um público letrado.

Depois de algum tempo, a sinfonia que devia produzir um grande efeito para anunciar a chegada da Santa Virgem não tocou. Gringoire então percebeu que sua música tinha sido carregada junto com a procissão do papa dos bufos.

– Podemos seguir sem eles – disse estoicamente.

Ele se aproximou de um grupo de burgueses que lhe pareceu estar discutindo sobre sua peça. Aqui está a transcrição da conversa que ele ouviu:

– O senhor se lembra, mestre Cheneteau, do Palácio de Navarre, que pertencia ao senhor de Nemours?

– Sim, em frente à capela de Braque.

– Pois bem, o fisco acaba de alugá-lo a Guillaume Alixandre, historiador, por seis libras e oito soldos parisis por ano.

– Como os aluguéis aumentaram!

– Ora! – pensou Gringoire suspirando. – Os outros estão ouvindo.

– Camaradas! – gritou de repente um desses jovens engraçados que estavam à janela – É Esmeralda! Esmeralda está na praça!

Essa palavra produziu um efeito mágico. Todos os que ainda estavam na sala correram para as janelas, subindo nos parapeitos para ver e repetindo:

– Esmeralda! Esmeralda!

Ao mesmo tempo, ouviram-se fortes aplausos do lado de fora.

– O que significa isso, Esmeralda? – disse Gringoire, juntando as mãos com desolação. – Ah! Meu Deus! Parece que agora é a vez das janelas.

Ele se virou para a mesa de mármore e viu que a apresentação tinha sido interrompida. Era precisamente o momento em que Júpiter deveria aparecer com o seu raio. Mas Júpiter estava imóvel no fundo do teatro.

– Michel Giborne! – gritou o poeta furioso. – O que está fazendo aí? É esse o seu papel? Suba ao palco!

– Ai de mim – disse Júpiter –, um estudante acabou de levar a escada.

Gringoire observou. A coisa era demasiado verdadeira. Toda a comunicação entre o clímax e o desfecho tinha sido interrompida.

– Ah, que miserável! – ele murmurou. – E por que é que ele levou a escada?

– Para ver Esmeralda – respondeu Júpiter, lastimando-se. – Ele disse: "Aqui está uma escada que não serve para nada!", e a levou.

Era a gota de água. Gringoire recebeu-a com resignação.

– Que o diabo os carregue! – ele disse aos atores. – E, se me pagarem, vocês serão pagos.

Então ele se retirou com a cabeça baixa, mas por último, como um general que lutou até o fim.

E descendo as tortuosas escadas do Palácio:

– Bela corja de asnos e estúpidos esses parisienses! – ele balbuciava entre os dentes. – Eles vêm para ouvir um mistério, mas não ouvem nada! Eles se interessaram por todos, Clopin Trouillefou, pelo cardeal, Coppenole, Quasímodo, pelo diabo! Mas pela santa Virgem Maria, nada. Se eu soubesse, vocês veriam só a Virgem Maria que eu lhes teria oferecido, seus palermas! E eu! Eu vim até aqui para ver os rostos e só vi costas! Ser poeta e ter o sucesso de um boticário! É verdade que Homero mendigou por aldeias gregas e que Naso morreu no exílio entre os moscovitas. Mas eu quero que o diabo me esfole se eu entender o que eles querem dizer com sua Esmeralda! Que palavra é essa, afinal? É egipcíaco?!

LIVRO DOIS

De Caríbdis a Cila

A noite chega cedo em janeiro. As ruas já estavam bem escuras quando Gringoire saiu do Palácio. Isso o agradou. Ele estava ansioso para aproximar-se de algum beco escuro e deserto para meditar à vontade e para o filósofo aplicar um primeiro sedativo na ferida do poeta. A filosofia, aliás, era seu único refúgio, porque ele não sabia para onde ir. Após o notável aborto de sua tentativa teatral, ele não se atreveu a voltar para o alojamento que ocupava na Rua Grenier-sur-l'Eau, em frente ao Port-au--Foin, porque contava com o que receberia do preboste por seu epitálamo para pagar o mestre Guillaume Doulx-Sire, arrematante habitual dos impostos sobre animais de Paris, os seis meses que lhe devia, isto é, doze soldos parisis; doze vezes o valor do que ele possuía no mundo, incluindo seus calções, sua camisa e seu chapéu de feltro. Depois de refletir por um momento, provisoriamente abrigado sob a pequena janela da prisão da tesouraria da Sainte-Chapelle, no alojamento que ele elegeria para a noite, tendo todas as calçadas de Paris à disposição, ele se lembrou de ter avistado, na semana anterior, na Rua de la Savaterie, na porta de um conselheiro do parlamento, uma escada de apoio para subir em mulas e de ter pensado que essa pedra seria, na ocasião, um excelente travesseiro para um mendigo ou para um poeta. Ele agradeceu à providência por lhe ter enviado essa boa ideia. Mas, quando se preparava para atravessar a Praça do Palácio e chegar ao labirinto tortuoso da Cité, por onde serpenteiam todas essas velhas irmãs que são as ruas da Barillerie, a Vieille-Draperie, a Savaterie, a Juiverie, etc., ainda hoje de pé com suas casas de nove andares, ele avistou a procissão do papa dos bufos, que também tinha saído do palácio e seguia pelo pátio em meio a fortes gritos, grande claridade de tochas e tocando a música do próprio Gringoire. Essa visão reavivou as feridas de seu amor-próprio e ele fugiu. Na amargura da sua desventura dramática, tudo o que lhe lembrava a festa do dia o deixava amargo e fazia sua ferida sangrar.

Ele quis seguir pela Ponte Saint-Michel, onde crianças corriam para lá e para cá com estalos e rojões.

– Malditos fogos de artifício! – disse Gringoire, e ele desviou para a Pont-au-Change. Três bandeiras representando o rei, o delfim e Marguerite de Flandres tinham sido penduradas nas primeiras casas da ponte, com suas bandeirolas com retratos do duque da Áustria, do cardeal de Bourbon e do senhor de Beaujeu, e também os da senhora Jeanne de France, do senhor bastardo de Bourbon, e de mais outro alguém, todas iluminadas por tochas. A multidão as admirava.

– Feliz pintor Jehan Fourbault! – disse Gringoire, com um grande suspiro, e virou as costas para as bandeiras e bandeirolas. Havia uma rua à sua frente, e ela estava tão escura e tão abandonada que ele esperava escapar de todos os sons e esplendores da festa. Entrou nela. Depois de alguns momentos, seu pé bateu em um obstáculo. Ele tropeçou e caiu. Era uma réstia de flores-de-maio que os clérigos da *basoche* tinham colocado de manhã à porta de um presidente do parlamento, em honra à solenidade do dia. Gringoire superou heroicamente esse novo encontro. Ele levantou-se e caminhou até a beira da água. Depois de deixar para trás a torre civil e criminal, e caminhando ao longo da grande muralha dos jardins do rei, naquela calçada não pavimentada onde a lama chegava até seu tornozelo, chegou à ponta ocidental da Cité e considerou por algum tempo a Ilhota do Passeur-aux-Vaches, que logo desapareceu sob o cavalo de bronze e a Ponte Neuf. Na penumbra, a ilhota aparecia como uma massa escura, além da estreita corrente de água esbranquiçada que a separava. Era possível reconhecer, pelo brilho de uma pequena luz, uma espécie de cabana em forma de colmeia onde o barqueiro de vacas se abrigava à noite.

– Feliz barqueiro de vacas! – pensou Gringoire. – Não pensa em glória e não faz epitálamos! O que lhe interessam os reis que se casam e as duquesas da Borgonha? Não conhece outras margaridas senão aquelas que a sua relva de abril oferece à pastagem de suas vacas! E eu, poeta, sou vaiado, tremo de frio e devo doze contos, e meu solado está tão transparente que pode servir de lente para seu lampião. Obrigado, barqueiro de vacas! Sua cabana descansa meus olhos e me faz esquecer de Paris!

Ele foi despertado de seu êxtase quase lírico por um sonoro duplo rojão de Saint-Jean que irrompeu bruscamente da bem-aventurada cabana. Era o barqueiro de vacas que compartilhava das festividades daquele dia e disparava fogos de artifício.

Esse estouro fez Gringoire ficar arrepiado.

– Maldita festa! – ele esbravejou. – Vai me perseguir por toda parte? Ó, meu Deus! Até o barqueiro de vacas!

Então ele olhou para o Rio Sena aos seus pés e uma tentação horrível tomou conta dele:

– Oh! – ele disse. – Eu me afogaria de bom grado se a água não estivesse tão fria!

Então ele tomou uma resolução desesperada. Como não podia se livrar do papa dos bufos, das bandeirolas de Jehan Fourbault, das réstias de flores-de-maio, dos estalos e fogos de artifício, mergulharia então de cabeça no coração da festa e iria à Praça da Grève.

– Pelo menos – pensou ele – terei um tição da fogueira para me aquecer e poderei cear alguma migalha dos três grandes brasões de açúcar real que devem ter colocado no bufê público da cidade.

A Praça da Grève

Hoje, resta apenas um vestígio imperceptível da Praça da Grève tal como ela era na época. É a charmosa torrezinha que ocupa o ângulo norte da praça e que, já enterrada sob o ignóbil betume que engrossa as vivas arestas de suas esculturas, logo terá também desaparecido, submersa por essa inundação de novas casas que tão rapidamente devora todas as fachadas antigas de Paris.

Pessoas que, como nós, nunca passam pela Praça da Grève sem dar uma olhada de piedade e simpatia a essa pobre torrezinha estrangulada entre dois casebres do tempo de Luís XV podem facilmente reconstruir em seus pensamentos o conjunto de construções a que ela pertencia e ter uma ideia completa da velha praça gótica do século XV.

Era, como hoje, um trapézio irregular, em que havia o cais em um dos lados, e nos outros três, uma série de casas altas, estreitas e sombrias. Durante o dia, podia-se admirar a variedade de suas construções, todas esculpidas em pedra ou madeira e já apresentando amostras de diferentes arquiteturas domésticas da Idade Média, que remontam do século XV ao século XI, desde o arco cruzeiro, que começava a destronar a ogiva, até o completo cimbre românico suplantado pela ogiva, e que ainda ocupava, mais abaixo, o primeiro andar da antiga casa da Torre Roland, no ângulo que a praça fazia com o Rio Sena, junto à Rua de la Tannerie. À noite, só se podia distinguir dessa massa de construções o escuro recorte denteado dos telhados que rodeavam a praça, em uma cadeia de ângulos agudos. Porque é uma das diferenças radicais entre as cidades daquela época e as cidades de hoje, já que nas de hoje são as fachadas que dão para as praças e ruas, mas antigamente eram as empenas. Há dois séculos, as casas tiveram seus lados invertidos.

No centro, na parte oriental da praça, havia uma construção pesada e híbrida formada por três habitações justapostas. Ela tinha três nomes que explicam sua história, seu destino e sua arquitetura: a Casa do Delfim, porque Carlos V, delfim, tinha vivido nela; a Mercadoria, porque serviu como uma prefeitura; a Casa dos Pilares (*domus ad piloria*), devido a um conjunto de pilares que sustentavam os três andares. Lá se encontrava tudo o que é necessário para uma boa cidade como Paris: uma capela, para orar a Deus; um tribunal, para realizar uma audiência ou censurar os funcionários do rei, se necessário; e, no sótão, um arsenal repleto de artilharia. Os burgueses de Paris sabem que não basta, em todas as conjunturas, rezar e pleitear as franquias da Cité, e eles sempre têm em reserva, em um sótão da Prefeitura, um bom estoque de arcabuzes enferrujados.

A Grève tinha, portanto, um aspecto sinistro que se mantém até hoje pela abominável ideia que ela desperta e pela sombria Prefeitura de Dominique Boccador, que substituiu a Casa dos Pilares. É preciso dizer que uma forca e um pelourinho permanentes – uma justiça e uma escada, como se dizia na época –, erguidos lado a lado no meio da praça, contribuíam muito para que os olhos se desviassem desse lugar fatal onde tantos seres cheios de saúde e vida agonizaram; onde nasceria, cinquenta anos mais tarde, essa febre de Saint-Vallier, doença causada pelo terror do patíbulo, a mais monstruosa de todas as doenças, porque ela não vem de Deus, mas do homem.

É uma ideia confortante, diga-se de passagem, considerar que a pena de morte há mais de trezentos anos obstruía com suas rodas de ferro, seus patíbulos de pedra e todos os seus apetrechos de tortura o pavimento da Praça da Grève, do Halles, a Praça Dauphine, a Croix du-Trahoir, o Marché-aux-Pourceaux, o horrível Montfaucon, a Barreira dos Sargentos, a Praça aux-Chats, a Porta Saint-Denis, Champeaux, a Porta Baudets, a Porta Saint-Jacques, sem contar as inúmeras escadas dos prebostes, do bispo, dos cabidos, dos abades, dos priores com direito de justiça, para não mencionar os afogamentos legais no Rio Sena. É consolador que hoje, depois de ter perdido sucessivamente todas as peças de sua armadura, seu aparato de suplícios, suas penalidades imaginativas e fantasiosas, sua tortura, que era reformada a cada cinco anos, uma cama de couro no Grand-Châtelet, essa velha soberana da sociedade feudal, quase banida das nossas leis e das nossas cidades, perseguida de regulamento em regulamento, caçada de uma praça a outra, tenha agora em nossa imensa Paris somente um infame espaço na Grève, uma mísera guilhotina, furtiva, inquieta, vergonhosa, que parece temer ser pega em flagrante a todo momento, tanto que desaparece rapidamente após seu espetáculo!

“Besos para golpes”[24]

Quando Pierre Gringoire chegou à Praça da Grève, estava enregelado. Ele tinha seguido pela Pont-aux-Meuniers para evitar a multidão da Pont-au-Change e as bandeirolas de Jehan Fourbault, mas as rodas dos moinhos do bispo o enlamearam em sua passagem, e suas roupas estavam encharcadas. Além disso, ele tinha a sensação de que o fracasso de sua peça causava-lhe ainda mais frio. Então ele se apressou para aproximar-se da fogueira que ardia lindamente no meio da praça, mas havia uma multidão considerável em volta dela.

– Malditos parisienses! – ele disse a si mesmo, porque Gringoire, como um verdadeiro poeta dramático, era adepto de monólogos. – Aí estão eles obstruindo meu acesso ao fogo! Mas eu realmente preciso de um lugar perto dessa fogueira. Meus sapatos estão encharcados por causa de todos aqueles moinhos que jorraram água em mim! Diabo de bispo de Paris com seus moinhos! Eu adoraria saber o que um bispo pode fazer com um moinho! Será que ele espera tornar-se um bispo moleiro? Se ele só precisa

[24] “Beijos por golpes”. (N.T.)

da minha imprecação para isso, ele a tem, e sua catedral e seus moinhos, também! Vejamos se esses parvos se importam! Eu gostaria de saber o que eles fazem aqui! Eles se aquecem? Grande coisa! Eles observam uma grande quantidade de lenha a queimar? Grande espetáculo!

Ao observar mais de perto, ele percebeu que o círculo era muito maior do que precisaria para se aquecer com o fogo do rei e que esse influxo de espectadores não havia sido atraído somente pela beleza das centenas de gravetos que trepidavam na fogueira.

Em um grande espaço deixado livre entre a multidão e o fogo, uma jovem dançava.

Se essa jovem era um ser humano, ou uma fada, ou um anjo, é o que Gringoire, filósofo cético e poeta irônico que era, não podia decidir no primeiro momento, de tão fascinado que estava com aquela visão deslumbrante.

Ela não era alta, mas parecia ser, pois sua cintura fina se retorcia afoitamente. Era morena, mas era possível imaginar que durante o dia sua pele devia ter esse belo reflexo dourado das andaluzas e romanas. Seu pé pequeno também era andaluz, porque parecia ao mesmo tempo cerrado e confortável em sua graciosa sapatilha. Ela dançava, girava, rodopiava sobre um velho tapete da Pérsia, estendido descuidadamente sob seus pés; e, sempre que sua figura radiante passava diante de um espectador ao girar, seus grandes olhos negros relampejavam.

Todos os olhares ao redor dela estavam vidrados, todas as bocas permaneciam abertas enquanto ela dançava daquele jeito, ao som do pandeiro, com seus dois braços roliços e puros erguidos acima da cabeça delicada, frágil e viva como uma vespa, vestida com seu corpete dourado sem vincos, seu vestido bordado que por vezes se abria, seus ombros nus, suas pernas finas que às vezes se revelavam, seus cabelos negros, seus olhos flamejantes. Era uma criatura sobrenatural.

– Em verdade – pensou Gringoire –, é uma salamandra, uma ninfa, uma deusa, uma bacante do Monte Mênalo!

Nesse momento, uma das tranças dos cabelos da "salamandra" soltou-se, e uma peça de cobre amarelo que a prendia rolou pelo chão.

– Ah, não! – ele disse. – É uma cigana.

Toda a sua ilusão desapareceu.

Ela começou a dançar outra vez. Pegou do chão duas espadas cujas pontas ela colocou sobre a testa e as fez girar em um sentido enquanto girava ao contrário. Era de fato uma simples cigana. Mas, ainda que Gringoire tivesse ficado decepcionado, toda aquela cena tinha seu prestígio e sua magia. A fogueira iluminava a apresentação com uma luz crua e vermelha que cintilava intensamente nos rostos da multidão à sua volta e na fronte bronzeada da jovem e lançava no fundo da praça um pálido reflexo que se misturava às oscilações de suas sombras, atingindo, de um lado, a velha fachada escura e enrugada da Casa dos Pilares e, do outro, o braço de pedra do patíbulo.

Entre os milhares de rostos que esse brilho escarlate tingia, havia um que parecia ainda mais absorto do que todos os outros na contemplação da dançarina. Era uma figura humana austera, calma e sombria. Esse homem, cujas roupas estavam escondidas pela multidão em torno dele, não aparentava ter mais do que trinta e cinco anos de idade. No entanto, ele era careca, havia em suas têmporas apenas alguns raros tufos de cabelos já grisalhos. Sua grande testa já deixava à mostra algumas rugas, mas seus olhos escuros transpareciam uma juventude em flor, uma vida ardente e uma paixão profunda. Esses olhos estavam vidrados na cigana, e, enquanto a louca jovem de dezesseis anos dançava e girava para o deleite de todos, seu devaneio pessoal parecia ficar cada vez mais sombrio. De tempos em tempos, um sorriso e um suspiro se encontravam em seus lábios, mas o sorriso era mais doloroso do que o suspiro.

A jovem, sem fôlego, finalmente parou, e as pessoas a aplaudiram com fervor.

– Djali – disse a cigana.

Gringoire viu então se aproximar uma bela cabritinha branca, alerta, desperta, brilhosa, com chifres e pés dourados e com um colar dourado, que ele ainda não tinha notado e que estava, até aquele momento, deitada em um canto do tapete vendo sua dona dançar.

– Djali – repetiu a dançarina –, é a sua vez.

E, sentando-se, ela graciosamente apresentou à cabra seu pandeiro.

– Djali – continuou –, em que mês estamos?

A cabra levantou o pé da frente e bateu uma vez no pandeiro. Estávamos de fato no primeiro mês do ano. A multidão aplaudiu.

– Djali – disse novamente a jovem, girando seu pandeiro para o outro lado –, em que dia do mês estamos?

Djali levantou seu pequeno pé dourado e bateu seis vezes no pandeiro.

– Djali – prosseguiu a cigana, sempre com um novo movimento de pandeiro –, que horas são?

Djali bateu sete vezes. No mesmo instante, o relógio da Casa dos Pilares soou sete horas.

As pessoas ficaram maravilhadas.

– Há alguma feitiçaria por trás disso – disse uma voz sinistra na multidão. Era a voz do homem careca que não tirava os olhos da cigana.

Ela vacilou e voltou-se, mas os aplausos eclodiram e cobriram a exclamação rabugenta tão completamente de sua mente que ela continuou a fazer perguntas à cabra.

– Djali, como é que mestre Guichard Grand-Remy, capitão dos pistoleiros da cidade, faz na procissão da Chandeleur?

Djali ficou em pé sobre os pés traseiros e começou a balir, caminhando com uma gravidade tão graciosa que todo o círculo de espectadores irrompeu em risos da paródia da devoção interessada do capitão dos pistoleiros.

– Djali – disse a jovem, encantada com o sucesso crescente –, como o mestre Jacques Charmolue, procurador do rei, prega na corte da igreja?

A cabra sentou-se sobre o próprio traseiro e começou a balir enquanto agitava as pernas da frente de uma forma tão estranha que, apesar do mau francês e do mau latim, todo o resto, gestos, sotaque, atitude, era idêntico a Jacques Charmolue.

E a multidão aplaudiu ainda mais efusivamente.

– Sacrilégio! Profanação! – retomou aos berros o homem careca.

A cigana virou-se uma vez mais.

– Ah! – ela disse. – É aquele homem mau! – Então, estendendo seu lábio inferior por cima do superior, ela fez uma pequena careta que lhe parecia familiar, girou sobre o calcanhar e começou a recolher em seu pandeiro as contribuições do público.

Choveram moedas de todos os tipos e valores. De repente, ela passou diante de Gringoire, que pôs a mão no bolso tão desajeitadamente que ela parou.

– Diabo! – disse o poeta ao encontrar no fundo de seu bolso a realidade, isto é, o vazio.

No entanto, a moça bonita estava lá, olhando para ele com seus grandes olhos, segurando seu pandeiro e esperando. Gringoire começou a suar. Se ele tivesse o Peru no bolso, certamente o teria dado à dançarina; mas Gringoire não tinha o Peru; além disso, a América ainda não havia sido descoberta.

Felizmente, um incidente inesperado veio em seu socorro.

– Já está de partida, gafanhoto do Egito? – gritou uma voz azeda vinda do canto mais escuro da praça.

A jovem virou-se, assustada. Já não era a voz do homem careca, era a voz de uma mulher, uma voz devota e perversa.

Esse grito, que assustou a cigana, trouxe alegria a uma trupe de crianças que vagueavam por lá.

– É a reclusa da Torre Roland – as crianças gritaram com risos desordenados –, é a Sachette resmungona! Será que ela ainda não comeu? Vamos levar-lhe algumas sobras do bufê da cidade!

Todos correram para a Casa dos Pilares.

Gringoire aproveitou a perturbação da dançarina para desaparecer. Os gritos das crianças lhe fizeram lembrar que ele também não havia jantado. Então ele correu para o bufê. Mas aqueles pirralhos tinham pernas melhores do que as dele e, quando chegou, eles tinham acabado com tudo. Não sobrou sequer um mísero biscoito de cinco soldos a dúzia. Na parede havia apenas as esbeltas flores-de-lis, entremeadas de roseiras, pintadas em 1434 por Mathieu Biterne. Era uma ceia mirrada.

É incômodo dormir sem jantar, e é uma coisa ainda menos risível não jantar e não saber onde dormir. Essa era a realidade de Gringoire. Sem pão, sem cama. Ele sentia-se pressionado por todos os lados pela necessidade e achava a necessidade brutal. Há muito tempo havia descoberto essa verdade, a de que Júpiter criou homens em um acesso de misantropia e que, ao longo da vida do sábio, seu destino manteve sua filosofia em estado de sítio. Mas Gringoire nunca tinha visto o bloqueio tão completo. Ele ouvia seu estômago roncar e achava muito inapropriado que o mau destino lhe apresentasse sua filosofia por meio da fome.

Esse devaneio melancólico o absorvia cada vez mais quando um estranho canto, embora repleto de doçura, veio de repente arrebatá-lo. Era a jovem egípcia que cantava.

Sua voz era tão fascinante quanto sua dança e sua beleza. Era indefinível e encantadora, algo puro, sonoro, aéreo, alado por assim dizer. Eram desabrochares contínuos, melodias, cadências inesperadas seguidas de frases simples semeadas com notas agudas e sibilantes, com saltos de escalas que teriam tonteado um rouxinol, mas cuja harmonia era sempre mantida. Ondulações suaves de oitavas subiam e desciam acompanhando o peito da jovem cantora. Seu belo rosto mantinha com uma mobilidade singular todos os caprichos de sua canção, desde a inspiração mais desordenada até a dignidade mais casta. Era possível chamá-la ao mesmo tempo de louca e de rainha.

As palavras que ela cantava eram de uma língua desconhecida por Gringoire e que parecia desconhecida também por ela, tanto que a expressão que ela dava à canção tinha pouco a ver com o significado da letra. Estes quatro versos em sua boca tinham uma insana alegria:

Un cofre de gran riqueza
Hallaron dentro un pilar,
Dentro del, nuevas banderas
Con figuras de espantar.[25]

E, um instante depois, o sotaque que ela empregou nesta estrofe:

Alarabes de cavallo
Sin poderse menear,
Con espadas, y los cuellos,
Ballestas de buen echar.[26]

Gringoire sentia as lágrimas chegar a seus olhos. Mas a canção exalava, acima de tudo, alegria, e ela parecia cantar, como o pássaro, por serenidade e indolência.

A canção da cigana havia perturbado o sonho de Gringoire da mesma forma como o cisne perturba a água. Ele a ouvia com uma espécie de arrebatamento e abandono de tudo. Depois de algumas horas, aquela era a primeira vez que não sofria.

Foi um curto momento. A mesma voz de mulher que havia interrompido a dança da cigana veio agora interromper seu canto.

– Por que não se cala, cigarra do inferno? – ela vociferou do mesmo canto sombrio da praça.

A pobre "cigarra" silenciou de imediato. Gringoire tapou os ouvidos.

– Oh! – ele exclamou. – Maldita serra mal afiada que vem partir a lira!

---

[25] Um cofre de grande riqueza / Encontraram dentro de um pilar, / Dentro dele, novas bandeiras / Com figuras de espantar. (N.T.)

[26] Árabes a cavalo / Sem poder menear, / Com espadas a tiracolo, / Balestras de bem atirar. (N.T.)

Os outros espectadores murmuravam como ele:

– Aos diabos com essa Sachette! – diziam alguns. E a velha estraga-prazeres invisível teria se arrependido de suas agressões contra a cigana se a população não tivesse se distraído naquele exato momento com a procissão do papa dos bufos, que, depois de ter percorrido ruas e encruzilhadas, chegava agora à Praça da Grève com suas tochas e seus rumores.

Essa procissão, que nossos leitores viram partir do Palácio, tinha sido organizada ao longo do caminho e recrutado tudo o que havia em Paris de patifes, ladrões ociosos e vagabundos disponíveis; assim, apresentou-se sob uma aparência respeitável quando chegou à Grève.

À frente vinha o Egito. O duque do Egito, na dianteira, a cavalo, com seus condes a pé, segurando-lhe as rédeas e o estribo. Atrás deles, os egípcios e as egípcias misturadas com suas crianças gritando sobre seus ombros. Todos, duque, condes e a gente miúda em farrapos e ouropéis. Depois vinha o reino da Gíria, ou seja, todos os ladrões da França, organizados por ordem de dignidade, com os menores à frente. Assim desfilavam de quatro em quatro, com as várias insígnias de seus *status*, naquela estranha faculdade, a maioria estropiada, alguns coxos, outros manetas, larápios atarracados, mendigos de todo tipo, gaiatos, hipócritas, falsos enfermos, contrabandistas, fanfarrões, órfãos, capangas; enfim, toda uma estirpe de entediar Homero. No centro do conclave de capangas e ladrões, era difícil distinguir o rei da Gíria, o grande chefe daquela trupe, agachado em uma pequena charrete puxada por dois grandes cachorros. Depois do reino da Gíria vinha o império da Galileia. Guillaume Rousseau, imperador do império da Galileia, caminhava majestosamente com sua túnica púrpura manchada de vinho, precedido por bufões que esbarravam uns nos outros enquanto dançavam pírricas, rodeados por maceiros, capangas e clérigos da câmara dos condes. Só então vinha a *basoche*, com suas coroas de flores primaveris, suas vestes pretas, sua música digna de sabás e suas compridas velas de cera amarela. No centro dessa multidão, os grandes oficiais da confraria dos bufos carregavam sobre os ombros uma padiola mais repleta de círios do que o relicário de Sainte-Geneviève em tempos de peste. E sobre a padiola resplandecia, com o báculo, de capa e mitra, o novo papa dos bufos, o sineiro da Notre Dame, Quasímodo, o Corcunda.

Cada uma das seções dessa procissão grotesca tinha sua própria música. Os egípcios faziam soar seus balafos e tamborins africanos. Os do reino da Gíria, uma gente bem pouco musical, ainda se limitavam à viola, à corneta feita de chifre e à gótica rabeca do século XII. O império da Galileia não era muito mais avançado, só se distinguia, e não sem dificuldade, uma mísera rabeca da infância da arte, ainda limitada ao *ré-lá-mi*. Mas era em torno do papa dos bufos que se concentravam, em uma magnífica cacofonia, todas as riquezas musicais da época. Eram altos de arrabil, contraltos de arrabil, baixos de arrabil, sem contar flautas e metais. Ai de mim! Nossos leitores devem lembrar-se do que era a orquestra de Gringoire.

É difícil dar uma ideia do grau de felicidade orgulhosa e calma que a feição triste e hedionda de Quasímodo assumiu no caminho entre o palácio e a Grève. Era o primeiro gozo de amor-próprio que ele experimentava na vida. Até então, ele só tinha conhecido humilhação, desprezo por sua condição e nojo por sua pessoa. Assim, por mais surdo que fosse, ele saboreava como um verdadeiro papa os clamores da multidão que odiava por se sentir odiado. Que seu povo fosse um bando de tolos, criminosos, ladrões, mendigos, não importa! Eles continuavam sendo um povo, e ele, um soberano. Quasímodo levou a sério todos os aplausos irônicos, todo o respeito irrisório da multidão ao qual, é importante dizer, se misturava um medo real. Porque o corcunda era robusto, o coxo era ágil, o surdo era mau: três qualidades que temperam o ridículo.

Aliás, é difícil imaginar que o novo papa dos bufos tenha se dado conta dos seus próprios sentimentos e dos sentimentos que inspirava. O espírito alojado naquele corpo falho também tinha algo de incompleto e surdo. O que ele sentia naquele momento era para ele absolutamente vago, indistinto e confuso. Apenas a alegria era percebida, e o orgulho o dominava. Em torno da sombria e infeliz figura, tudo resplandecia.

Não foi, portanto, sem surpresa e sem medo que de repente se viu, no momento em que Quasímodo, em sua semiembriaguez, passava triunfalmente em frente à Casa dos Pilares, um homem brotar da multidão e arrancar-lhe das mãos, com um gesto de raiva, sua crossa de madeira dourada, insígnia de seu papado bufão.

Esse homem, temerário, era o personagem careca que, momentos antes, misturado ao grupo da cigana, tinha feito a pobre jovem estremecer com suas palavras de ameaça e ódio. Ele vestia trajes eclesiásticos. Quando saiu da multidão, Gringoire, que não havia reparado nele antes, reconheceu-o:

– Ora! – ele disse, espantado. – É meu mestre em Hermès, dom Claude Frollo, o arquidiácono! Que diabo quer ele com esse horrível caolho? Ele vai ser devorado.

Um grito de terror, de fato, foi ouvido. O formidável Quasímodo desceu apressadamente da padiola, e as mulheres desviaram o olhar para não o ver dilacerar o arquidiácono. Ele saltou na direção do padre, olhou para ele e caiu de joelhos.

O padre arrancou-lhe a tiara, partiu-lhe a crossa e por fim rasgou sua capa brilhosa.

Quasímodo permaneceu de joelhos, baixou a cabeça e juntou as mãos.

Então um estranho diálogo de sinais e gestos foi estabelecido entre eles, pois nenhum dos dois falava. O sacerdote, de pé, irritado, ameaçador, imperioso, e Quasímodo, prostrado, humilde, suplicante. No entanto, é certo que Quasímodo poderia esmagar o padre com o polegar.

Finalmente, o arquidiácono, sacudindo violentamente o poderoso ombro de Quasímodo, pediu que ele levantasse e o seguisse.

Quasímodo levantou-se.

Então a confraria dos bufos, depois de se recuperar do primeiro estupor, quis defender o seu papa tão subitamente destronado. Os egípcios, os representantes do reino da Gíria e toda a *basoche* puseram-se a berrar em volta do padre.

Quasímodo postou-se diante do sacerdote, exibiu os músculos de seus punhos atléticos e olhou para os agressores com o ranger de dentes de um tigre enfurecido.

O padre recuperou sua gravidade sombria, acenou para Quasímodo e se retirou em silêncio.

Quasímodo se pôs a caminhar na frente dele, abrindo caminho em meio à multidão.

Quando atravessaram a praça e se desvencilharam da plebe, a nuvem de curiosos e ociosos quis segui-los. Quasímodo então tomou a retaguarda e seguiu o arquidiácono por trás, atarracado, mal-humorado, monstruoso, feroz, articulando seus membros, lambendo suas presas de javali, uivando como uma fera selvagem e imprimindo idas e vindas na multidão com um simples gesto ou um olhar.

A multidão então permitiu que eles adentrassem uma rua estreita e escura, onde ninguém ousou se arriscar a segui-los de tanto que a simples quimera de Quasímodo rangendo os dentes bloqueava a entrada.

– Isso tudo foi maravilhoso – disse Gringoire –, mas onde diabos vou encontrar algo para jantar?

Os inconvenientes de seguir uma mulher bonita à noite pelas ruas

Gringoire se pôs a seguir a cigana ao acaso. Ele viu quando ela entrou na Rua da Coutellerie com sua cabra e seguiu pelo mesmo caminho.

– Por que não? – ele pensou.

Gringoire, um filósofo prático das ruas de Paris, percebeu que não havia nada mais propício aos devaneios do que seguir uma mulher bonita sem saber para onde ela estava indo. Há nessa voluntária abdicação de seu livre arbítrio, nessa fantasia de se submeter à outra fantasia, que é completamente desconhecida, uma mistura de independência fantasiosa e obediência cega, um não sei quê de intermediário entre a escravidão e a liberdade que agradava a Gringoire, espírito essencialmente misto, indeciso e complexo, que vai ao limite de todos os extremos, incessantemente suspenso entre todas as propensões humanas e neutralizando uma à outra. Ele gostava de se comparar ao túmulo de Maomé, atraído em sentidos opostos por dois ímãs e que hesita eternamente entre o alto e o baixo, entre a abóbada e o chão, entre a queda e a ascensão, entre o zênite e o nadir.

Se Gringoire fosse nosso contemporâneo, conseguiria manter-se em um belo equilíbrio entre o clássico e o romântico!

Mas ele não era primitivo o suficiente para viver trezentos anos, o que é uma pena. Sua ausência é um vazio demasiado sentido hoje.

Além disso, para seguir os transeuntes pelas ruas (e especialmente as transeuntes), o que Gringoire fazia com prazer, não há melhor disposição do que não saber onde dormir.

Ele caminhava pensativo enquanto seguia a jovem, que acelerava o passo e fazia trotar sua linda cabra, vendo recolher-se os burgueses e fechar-se as tavernas, únicos comércios que ficavam abertos em dias como aquele.

– Afinal – ele pensou –, ela deve estar hospedada em algum lugar, e as ciganas têm um bom coração. Quem sabe?...

E havia nessas reticências que acompanhavam as hesitações de seu espírito algumas ideias bastante graciosas.

No entanto, de vez em quando, passando pelos últimos grupos de burgueses que fechavam suas portas, ele captava algumas migalhas de conversas que vieram quebrar a cadeia de suas alegres hipóteses.

Algumas vezes eram dois velhos que se abordavam.

– Mestre Thibaut Fernicle, sabia que está frio?

(Gringoire sabia disso desde o início do inverno.)

– Sim, muito frio, mestre Boniface Disome! Será que teremos um inverno como há três anos, quando a lenha chegou a custar quatro soldos o estéreo?

– Ora, mestre Thibaut! Isso não é nada perto do inverno de 1407, que congelou tudo, da Saint-Martin até a Chandeleur, e com tanta fúria que a pena do escrivão do parlamento congelava, na grande câmara, a cada três palavras que escrevia! E também interrompeu os registros da justiça.

Mais adiante, havia vizinhos à janela segurando velas que o nevoeiro fazia crepitar.

– Seu marido contou-lhe sobre o infortúnio, senhora La Boudraque?

– Não. O que aconteceu, senhora Turquant?

– O cavalo do senhor Gilles Godin, notário do Châtelet, assustado com os flamengos e com sua procissão, derrubou mestre Philippot Avrillot, oblato dos Celestinos.

– Verdade?

– Verdadeira.

– Um cavalo burguês! Essa é muito boa. Se fosse um cavalo de cavalaria, ainda seria de se esperar!

E as janelas voltavam a se fechar. Mas Gringoire não perdera o fio das suas ideias.

Felizmente, ele as reencontrava rapidamente e as reorganizava sem grandes dificuldades graças à cigana e a Djali, que continuavam caminhando à sua frente. Duas finas, delicadas e charmosas criaturas cujos pequenos pés ele admirava por suas belas formas e graciosas maneiras, quase as confundindo em sua contemplação. Pela inteligência e boa amizade, eram duas jovens meninas; pela leveza, agilidade e destreza ao caminhar, eram duas cabras.

As ruas, no entanto, estavam ficando mais escuras e mais desertas a cada instante. O toque de recolher tinha soado há um bom tempo, e já começavam a encontrar apenas em longos intervalos um transeunte pelas ruas, uma luz nas janelas. Gringoire havia penetrado, seguindo a egípcia, naquele labirinto inextricável de ruelas, cruzamentos e becos sem saída que formam o antigo sepulcro dos Saints-Innocents e que parece um novelo de lã emaranhado por um gato.

– Estas ruas têm muito pouca lógica! – dizia Gringoire, perdido naqueles mil circuitos que pareciam voltar constantemente ao mesmo lugar, mas onde a jovem seguia por um caminho que lhe parecia bem conhecido, sem hesitação e com um passo cada vez mais rápido. Quanto a ele, teria perfeitamente ignorado onde estava se não tivesse visto passar, ao cruzar uma rua, a massa octogonal do pelourinho do Halles, cujo topo descoberto destacava nitidamente seu recorte escuro sobre uma janela ainda iluminada da Rua Verdelet.

Já havia algum tempo que ele tinha atraído a atenção da jovem; ela virou a cabeça em direção a ele algumas vezes, preocupada, e uma das vezes chegou a parar, aproveitando um raio de luz que escapava de uma padaria entreaberta para observá-lo atentamente, de cima a baixo. Após esse olhar de relance, Gringoire a viu fazer o pequeno biquinho que ele já havia notado, e ela seguiu em frente.

Esse biquinho fez Gringoire ficar reflexivo. Havia certamente desdém e escárnio naquela graciosa careta. Então ele começou a caminhar de cabeça baixa, a contar os paralelepípedos e a seguir a jovem de um pouco mais longe, quando, ao virar uma esquina que o fez perdê-la de vista, ouviu um grito agudo.

Ele apertou o passo.

A rua estava coberta pela escuridão. No entanto, uma estopa embebida em óleo, que queimava em uma grade de ferro aos pés da Santa Virgem, na esquina da rua, permitiu que Gringoire distinguisse a cigana se debatendo nos braços de dois homens que tentavam sufocar seus gritos. A pobre cabra, assustada, estava com os chifres abaixados e balia.

– Agora é entre nós, cavalheiros da emboscada – Gringoire gritou e avançou corajosamente. Um dos homens que segurava a jovem se voltou em sua direção. Era o formidável Quasímodo.

Gringoire não fugiu, mas não deu mais um passo.

Quasímodo foi até ele, atirou-o sobre os paralelepípedos com um só golpe de sua mão e rapidamente mergulhou na sombra, carregando a jovem curvada sobre um de seus braços, como uma echarpe de seda. Seu companheiro o seguiu, e a pobre cabra correu atrás deles balindo desesperadamente.

– Socorro! Socorro! – gritava a infeliz cigana.

– Parem aí, miseráveis, e soltem essa mulher! – gritou de repente, com uma voz de trovão, um cavaleiro que surgiu de um cruzamento próximo dali.

Era um capitão dos Arqueiros da Ordem do Rei, armado dos pés à cabeça e empunhando uma espada.

Ele arrancou a cigana dos braços de Quasímodo, que ficou perplexo, e a colocou sentada de lado em sua sela. O temível corcunda se recuperou da surpresa e se precipitou sobre ele para recuperar a prisioneira, mas quinze ou dezesseis arqueiros, que seguiam de perto seu capitão, surgiram empunhando seus gládios. Era um esquadrão da Ordem do Rei que estava de vigia, por ordem do senhor Robert d'Estouteville, guarda do prebostado de Paris.

Quasímodo foi cercado, preso e amarrado. Ele rugia, espumava, mordia, e, se estivessem à luz do dia, não há dúvida de que somente a visão de seu rosto, ainda mais hediondo pela raiva, teria feito todo o esquadrão fugir dali. Mas à noite ele estava desarmado de sua arma mais temível, a fealdade.

Seu companheiro desapareceu no meio da confusão.

A cigana ajeitou-se graciosamente sobre a sela do oficial, apoiou as duas mãos sobre os ombros do jovem e olhou para ele por alguns segundos, como se encantada com sua boa aparência e com a ajuda que ele tinha acabado de prestar. Então, rompendo o silêncio, ela disse, tornando ainda mais suave sua doce voz:

– Como se chama, senhor gendarme?

– Capitão Phoebus de Châteaupers, ao seu dispor, minha bela! – respondeu o oficial com uma saudação.

– Obrigada – disse ela.

E, enquanto o capitão Phoebus ajeitava seu bigode borguinhão, ela deslizou pela traseira do cavalo, como uma flecha que cai ao chão, e fugiu.

Um relâmpago não teria desaparecido tão depressa.

– Pelo umbigo do papa! – disse o capitão, apertando as correntes que prendiam Quasímodo. – Eu preferiria ter ficado com aquela mulher.

– O que o senhor queria, capitão? – gracejou um gendarme. – A toutinegra voou para longe, permaneceu o morcego.

A sequência dos inconvenientes

Gringoire, atordoado pela queda, tinha permanecido no chão, de frente para a Virgem, na esquina da rua. Pouco a pouco, ele recuperou os sentidos, mas permaneceu alguns minutos flutuando em uma espécie de devaneio meio sonolento que tinha seu encanto, onde as figuras aéreas da cigana e da cabra revezavam com o peso do punho de Quasímodo. Mas esse estado durou pouco. Uma sensação bastante vívida de frio na parte do corpo que estava em contato com o chão o despertou de repente e trouxe seu espírito de volta à superfície.

– De onde vem esse frescor? – ele se perguntou secamente. E então percebeu que estava no meio de uma valeta de esgoto.

– Diabo de ciclope corcunda! – ele esbravejou entre os dentes enquanto tentava se levantar. Mas ainda estava muito tonto e muito dolorido e foi forçado a permanecer onde estava. Sua mão estava suficientemente livre para que pudesse tapar o nariz e se resignar.

– A lama de Paris – ele pesou (pois acreditava que a sarjeta decididamente seria sua morada, e o que fazer numa situação como esta senão sonhar?[27]) – é particularmente fedorenta. Deve conter muito sal volátil e nitroso. Esta é, aliás, a opinião do mestre Nicolas Flamel e dos herméticos...

A palavra herméticos o fez lembrar, de repente, do arquidiácono Claude Frollo. Ele se lembrou da cena violenta que tinha acabado de entrever, que a cigana se debatia entre dois homens, que Quasímodo tinha um companheiro, e a figura sombria e arrogante do arquidiácono passou confusamente por sua memória.

– Isso seria estranho! – ele pensou e começou a arquitetar, com essa informação e sobre essa base, um fantasioso edifício de hipóteses, um castelo de cartas de filósofos. Então, de repente, voltando novamente à realidade: – Ah, e mais isso! Estou congelando! – exclamou.

O lugar, de fato, tornava-se cada vez mais insustentável. Cada molécula de água da sarjeta roubava uma molécula de calor dos rins de Gringoire, e o equilíbrio entre sua temperatura corporal e a temperatura daquela água começava a se estabelecer de maneira rude.

Um tédio de uma natureza completamente diferente de repente tomou conta dele.

Um grupo de crianças, aqueles pequenos selvagens desabrigados que desde sempre vagueiam pelas ruas de Paris sob o nome de *pivetes* e que, quando também éramos crianças, atiravam pedras contra nós na saída da escola porque nossas calças não estavam rasgadas, um enxame deles correu para o cruzamento onde jazia Gringoire, com risos e gritos que pareciam pouco se importar com o sono dos vizinhos. Eles arrastavam atrás si não sei que saco disforme, e só o som das solas de seus sapatos já era suficiente para despertar um morto. Gringoire, que ainda não estava totalmente morto, ergueu-se um pouco.

---

27. La Fontaine, *Fábulas*, II, 14, "A lebre e as rãs". (N.T.)

– Ei, Hennequin Dandèche! Ei, Jehan Pincebourde! – eles berravam. – O velho Eustache Moubon, mercador de ferro local, acabou de morrer. Pegamos o saco de dormir dele e vamos fazer uma fogueira. Hoje é o dia dos flamengos!

E eis que eles jogaram o saco de dormir precisamente sobre Gringoire, de quem eles tinham se aproximado sem notar a presença dele. Ao mesmo tempo, um deles pegou um punhado de palha e foi acendê-lo no pavio aos pés da Santa Virgem.

– Pela morte de Cristo! – murmurou Gringoire. – Será que vou morrer de calor agora?

O momento era crítico. Ele estava encurralado entre o fogo e a água. Fez um esforço sobrenatural, um esforço de um falsificador de moedas que vai ser escaldado e que tenta escapar. Então se pôs de pé, atirou a palha sobre os pivetes e fugiu.

– Virgem Santíssima! – os garotos gritaram. – O mercador de ferro ressuscitou!

E fugiram para o outro lado.

O colchão permaneceu soberano do campo de batalha. Belleforêt, o padre Le Juge e Corrozet garantem que no dia seguinte ele foi encontrado com grande pompa pelo clero do bairro e levado para o tesouro da Igreja de Sainte-Opportune, onde o sacristão, até 1789, fez uma bela renda com o grande milagre da estátua da Virgem, na esquina da Rua Mauconseil, que tinha, por sua única presença, na memorável noite de 6 para 7 de janeiro de 1482, exorcizado o defunto Eustache Moubon, que, para fazer nicho para o diabo, tinha, ao morrer, maliciosamente escondido a alma em seu colchão.

A moringa quebrada

Depois de correr a toda velocidade por algum tempo, sem saber para onde, esbarrando em muitas esquinas, saltando pelos esgotos, atravessando ruelas, adentrando em becos, passando por cruzamentos, procurando saídas e passagens através de todos os meandros das velhas calçadas do Halles, explorando, com medo e pânico, o que o belo latim das leis chama *tota via, cheminum et viaria*[28], nosso poeta parou de repente, primeiro com falta de ar, depois porque de certa forma ele foi tomado por um dilema que surgiu em sua mente.

– Parece-me, mestre Pierre Gringoire – ele disse para si mesmo, apoiando o dedo indicador na testa –, que você está correndo feito um desmiolado. Aqueles pestinhas tiveram tanto medo de você quanto você deles. E me parece também que você ouviu o som das solas de sapato deles fugir para um lado, enquanto você corria para o lado contrário. Agora, das duas, uma: ou eles fugiram, e, portanto, o colchão que eles devem ter esquecido em meio ao susto é, precisamente, a cama hospitaleira que você

[28] "Todas as vias, os caminhos e as passagens". (N.T.)

está procurando desde esta manhã, e que a Virgem milagrosamente lhe enviou para recompensá-lo por ter feito, em sua honra, uma moralidade acompanhada de triunfos e brincadeiras; ou as crianças não fugiram e atearam fogo na palha, e esse é precisamente o excelente fogo de que você precisa para se manter alegremente seco e aquecido. Em ambos os casos, bom fogo ou boa cama, a palha é um presente do céu. A bem-aventurada Virgem Maria, que fica na esquina da Rua Mauconseil, tenha talvez matado Eustache Moubon só para isso, e é insensato você fugir assim, desgovernado, como um picardo diante de um francês, deixando para trás o que procura encontrar adiante. Você é um tolo!

Então ele voltou pelo caminho percorrido, orientando-se e espreitando, com o faro aguçado e os ouvidos atentos, tentando encontrar o bendito colchão. Mas foi em vão. Não havia nada além de intersecções de casas, becos e encruzilhadas no meio das quais ele hesitava e duvidava o tempo todo, mais preso e envolvido nesse emaranhado de becos escuros do que estaria no próprio labirinto do Palácio de Tournelles. Finalmente ele perdeu a paciência e solenemente gritou:

– Malditos sejam esses cruzamentos! Foi o diabo quem os fez, à imagem de seu tridente.

Essa exclamação o aliviou um pouco, e uma espécie de reflexo avermelhado que avistou nesse momento, no final de uma comprida e estreita ruela, acabou por elevar seu ânimo.

– Louvado seja Deus! – ele disse. – Ali está ele! Ali está meu colchão em chamas. – E, comparando-se com o timoneiro que vaga na noite, acrescentou devotamente:

– *Salve, salve, stella maris*![29]

Será que ele dirigia esse fragmento de ladainha à santa Virgem ou ao colchão? É o que ignoramos.

---

[29] "Ave, estrela do mar!", em latim. (N.T.)

Ele tinha dado apenas alguns passos na direção da comprida ruela, que era inclinada, não pavimentada e cada vez mais lamacenta e íngreme, quando notou algo bastante singular. Ela não estava deserta. Aqui e ali, por toda a sua extensão, rastejavam não sei que massas vagas e disformes, todas indo em direção ao clarão que oscilava no final da rua, como pesados insetos que se arrastam à noite de ramo em ramo, da grama até a fogueira de algum pastor.

Nada nos torna mais aventurosos do que não encontrar o lugar do porta-níqueis no bolso. Gringoire continuou a avançar e logo se juntou a uma dessas larvas que se arrastam preguiçosamente atrás das outras. Ao se aproximar, viu que não passava de um miserável aleijado que saltava sobre as mãos, como uma espécie de aranha ferida a quem restam apenas duas patas. No momento em que passou por essa espécie de aranha com rosto humano, ela se dirigiu a ele com uma voz lamentosa:

– *La buona mancia, signor! La buona mancia!*[30]

– Que o diabo o carregue – disse Gringoire – e que me leve com você, se eu sei o que quer dizer!

E seguiu em frente.

Aproximou-se de outra dessas massas ambulantes e examinou-a. Era um paralítico, ao mesmo tempo coxo e maneta, e tão coxo e tão maneta que o complicado sistema de muletas e pernas de pau que o sustentava deixava-o com o aspecto de um andaime de pedreiros em movimento. Gringoire, que fazia comparações nobres e clássicas, comparou-o em pensamento ao tripé vivo de Vulcano.

Esse tripé vivo o saudou ao passar, postou seu chapéu na altura do queixo de Gringoire, como uma bacia de barbear, e gritou em seus ouvidos:

– *Señor caballero, para comprar un pedaso de pan!*[31]

---

30 "Uma boa esmola, senhor! Uma boa esmola!", em italiano. (N.T.)

31 "Senhor cavaleiro, para comprar um pedaço de pão!", em espanhol. (N.T.)

– Parece – disse Gringoire – que este aqui também fala; mas é uma linguagem rude, e ele é mais feliz do que eu se a entende.

Então, batendo na testa com uma súbita transição de ideia:

– A propósito, que diabos eles queriam dizer esta manhã com aquele *Esmeralda*?

Ele quis acelerar o passo, mas pela terceira vez algo bloqueou seu caminho. Esse algo, ou melhor, esse alguém, era um homem cego, um pequeno cego de traços judeus e barbudo que, remando pelo espaço com um bastão e rebocado por um grande cachorro, disse com uma voz anasalada e um sotaque húngaro:

– *Facitote caritatem*![32]

– No momento certo! – disse Pierre Gringoire. – Ao menos um que fala uma língua cristã. Devo ter uma aparência muito generosa para que me peçam caridade no estado de magreza em que se encontra minha bolsa. Meu amigo (ele se voltou para o cego), vendi na semana passada a minha última camisa, ou seja, uma vez que você só entende a língua de Cícero: *Vendidi hebdomade nuper transita meam ultimam chemisam.*

Dito isso, deu as costas ao cego e seguiu seu caminho. Mas o cego começou a caminhar acompanhando seus passos, e eis que o paralítico e o aleijado surgiram ao seu lado com grande pressa, produzindo fortes barulhos de gamelas e muletas contra o chão. Então os três, trombando uns contra os outros atrás do pobre Gringoire, recomeçaram suas ladainhas:

– *Caritatem!* – dizia o cego.

– *La buona mancia!* – pedia o aleijado.

E o coxo seguia a mesma melodia, repetindo:

– *Un pedaso de pan!*

Gringoire tapou os ouvidos.

– Ah, que torre de Babel! – ele exclamou.

[32] "Por caridade!", em latim. (N.T.)

E começou a correr. O cego correu. O coxo correu. O aleijado correu.

Então, à medida que ele penetrava na rua, aleijados, cegos e coxos pululavam à sua volta, manetas, caolhos e leprosos com suas feridas saíam de casa, das ruelas adjacentes, dos respiradouros das caves gritando, berrando de maneira estridente, todos mancando, aos solavancos, avançando em direção à luz e chafurdando na lama como lesmas depois da chuva.

Gringoire, sempre seguido por seus três perseguidores, e sem saber muito o que ia acontecer, caminhava assustado, desviando dos coxos, pulando por cima dos aleijados, os pés entrelaçados nesse formigueiro de estropiados como o capitão inglês que se afogou no meio de um bando de caranguejos.

Então ele teve a ideia de voltar por onde tinha vindo. Mas era tarde demais. Toda aquela legião se fechou atrás dele, e seus três mendigos o seguravam. Ele continuou, impulsionado ao mesmo tempo pelo irresistível fluxo, pelo medo e por uma vertigem que fazia tudo aquilo parecer um terrível pesadelo.

Finalmente, chegou ao fim da rua. Ela dava em uma praça imensa, onde milhares de luzes dispersas vacilavam em meio ao confuso nevoeiro da noite. Gringoire correu até ela na esperança de escapar, pela velocidade de suas pernas, dos três espectros enfermos que tinham se agarrado a ele.

– *Onde vas, hombre?*[33] – gritou o paralítico, jogando suas muletas e correndo atrás dele com as duas pernas mais sadias que já percorreram um passo geométrico pelas ruas de Paris.

Enquanto isso, o aleijado, de pé, cobriu a cabeça de Gringoire com sua pesada gamela de metal, e o cego o olhou nos olhos com uma expressão flamejante.

– Onde estou? – perguntou o poeta, aterrorizado.

[33] "Aonde você vai, homem?", em espanhol. (N.T.)

– No Pátio dos Milagres – respondeu um quarto espectro que tinha se aproximado deles.

– Pela minha alma – disse Gringoire –, estou vendo o cego enxergar e o coxo correr, mas onde está o Salvador?

Eles responderam com uma explosão de risadas sinistras.

O pobre poeta olhou à sua volta. De fato, encontrava-se naquele temível Pátio dos Milagres, onde nenhum homem honesto entraria àquela hora; círculo mágico onde os oficiais do Châtelet e os sargentos do prebostado que lá se aventuravam desapareciam aos pedaços. Cidade dos ladrões, feiosa verruga na face de Paris, esgoto de onde escapava toda manhã e para onde retornava podre a cada noite o córrego de vícios, de mendicância e de vagabundagem que sempre transbordava pelas ruas das capitais; monstruosa colmeia para onde voltavam todas as noites com sua colheita os zangões da ordem social. Enganoso hospital onde o cigano, o monge despadrado, o estudante perdido, os patifes de todas as nações, espanhóis, italianos e alemães, e de todas as religiões, judeus, cristãos, muçulmanos, idólatras, cobertos de feridas falsas, mendigos durante o dia se transformavam à noite em ladrões. Imenso vestiário, em poucas palavras, onde se vestiam e se despiam naquela época todos os atores dessa eterna comédia que o roubo, a prostituição e o assassinato representam pelas ruas de Paris.

Era uma praça ampla, irregular e mal pavimentada, como todas as praças de Paris na época. Fogueiras em volta das quais grupos estranhos se aglomeravam brilhavam aqui e ali. Todo aquele bando ia, vinha e gritava. Ouviam-se gritos agudos, vagidos de crianças e vozes de mulheres. As mãos e as cabeças daquela multidão, negras sobre o fundo luminoso, entrecortavam a sombra com mil gestos estranhos. Às vezes, no chão, onde tremeluzia a claridade das chamas, misturada com grandes sombras indefinidas, podia-se ver um cão que parecia um homem, ou um homem que parecia um cão. Os limites entre as raças e as espécies pareciam desaparecer naquela cidade como em um pandemônio. Homens, mulheres, bestas, idade, sexo, saúde, doenças, tudo parecia ser comum entre essas pessoas. Tudo seguia junto, misturado, confuso, sobreposto, e todos compartilhavam tudo.

O brilho vacilante e pobre das fogueiras permitia que Gringoire distinguisse, confusamente, em toda a imensa praça, um horrível enquadramento de casas antigas cujas fachadas carcomidas, enrugadas, mirradas e perfuradas, cada uma com uma ou duas claraboias acesas que, na sombra, pareciam grandes cabeças de mulheres idosas, dispostas em roda, monstruosas e repugnantes, que assistiam ao sabá com os olhos piscando.

Era como um novo mundo, desconhecido, estranho, disforme, rastejante, pululante, fantástico.

Gringoire, cada vez mais assustado, preso pelos três mendigos como por três tenazes, ensurdecido por uma multidão de outros rostos emaranhados que ladravam em torno dele, tentou recuperar sua presença de espírito para lembrar se aquele dia era um sábado. Mas seus esforços foram em vão. O fio de sua memória e de seu pensamento estava rompido e, duvidando de tudo, oscilando entre o que via e o que sentia, ele se fez esta pergunta insolúvel:

– Se eu existo, isso existe? Se isso existe, eu existo?

Nesse momento, um grito distinto surgiu da multidão de zumbis que o encurralava:

– Vamos levá-lo ao rei! Vamos levá-lo ao rei!

– Santa Virgem! – murmurou Gringoire. – O rei daqui deve ser um bode.

– Ao rei! Ao rei! – as vozes repetiam em uníssono.

E o arrastaram. Todos queriam pôr as garras nele. Mas os três mendigos não o largavam e o arrancaram dos outros, gritando:

– Ele é nosso!

O gibão já roto do poeta deu o último suspiro nessa luta.

Enquanto atravessava a horrível praça, sua vertigem se dissipou. Depois de alguns passos, ele recuperou o sentido da realidade e começou a se adaptar à atmosfera do lugar. Em um primeiro momento, de sua cabeça de poeta, ou talvez, muito simplesmente e muito prosaicamente, de seu estômago vazio, começou a subir uma fumaça, um vapor, por assim dizer, que, espalhando-se entre os objetos e ele, permitia que ele entrevisse apenas a incoerente névoa do pesadelo, os tenebrosos sonhos que fazem estremecer todos os contornos, exagerar todas as formas, aglomerar os objetos em grupos desmedidos, dilatando as coisas em quimeras e os homens em fantasmas. Pouco a pouco, essa alucinação deu lugar a um olhar menos vago e menos exagerado. O real se iluminava em torno dele, esmagando seus olhos, seus pés e demolindo peça por peça toda a pavorosa poesia que ele de início acreditava que o envolvia. Foi necessário se dar conta de que não caminhava pelo Estige, mas na lama, que não esbarrava em demônios, mas em ladrões, que não era sua alma que estava em perigo, mas sua vida (pois lhe faltava o precioso conciliador que se interpõe entre o bandido e o homem honesto: a bolsa). Finalmente, examinando a orgia mais de perto e com mais sangue-frio, ele foi do sabá ao cabaré.

O Pátio dos Milagres era, na verdade, apenas um cabaré, mas um cabaré de bandidos, tão vermelho de sangue quanto de vinho.

O espetáculo que se ofereceu a ele, quando sua escolta em farrapos finalmente o deixou no final de seu trajeto, não foi capaz de trazê-lo de volta à poesia, nem mesmo à poesia do inferno. Mais do que nunca, aquela era a realidade prosaica e brutal da taberna. Se não estivéssemos no século XV, diríamos que Gringoire tinha descido de Michelangelo a Callot.

Em torno de uma grande fogueira que queimava sobre uma laje arredondada, e cujas chamas lambiam as hastes vermelhas de um tripé que estava vazio no momento, havia algumas mesas capengas espalhadas aqui e ali, ao acaso, sem que ao menos um lacaio medidor se dignasse a ajustar seu paralelismo ou garantir que pelo menos elas não se interpusessem em ângulos bastante incomuns. Sobre as mesas, reluziam algumas jarras de onde escorriam vinho e cerveja, e ao redor delas agrupavam-se rostos báquicos enrubescidos pelo fogo e pelo vinho. Havia um homem barrigudo de rosto jovial que beijava ruidosamente uma jovem prostituta, rechonchuda e carnuda. Esse homem era uma espécie de soldado falso, um fanfarrão, como costumavam dizer, que desmanchava as ligaduras de sua falsa ferida enquanto assobiava e desentorpecia seu joelho saudável e vigoroso, atado desde a manhã com mil ligaduras. Ao contrário, era um enfermo que preparava com quelidônia e sangue de boi sua "perna de Deus"[34] para o dia seguinte. Duas mesas mais adiante, um mendigo, em seu traje completo de peregrino, soletrava a ladainha de Santa Reine sem se esquecer de salmodiar e nasalizar. Em outros lugares, um jovem gaiato acompanhava uma lição sobre epilepsia, na qual um velho lhe ensinava a arte de espumar mastigando um pedaço de sabão. Ao lado, um hidrópico se esvaziava e fazia quatro ou cinco ladras que disputavam na mesma mesa uma criança roubada durante a noite tapar o nariz. Todas as circunstâncias que, dois séculos depois, "pareceram tão ridículas à corte", como diz Sauval, "e que serviram como um passatempo para o rei e de preliminar para o balé real de *A noite,* dividido em quatro partes e dançado no Teatro Petit--Bourbon"[35]. "Nunca", acrescentou uma testemunha ocular de 1653, "as súbitas metamorfoses do Pátio dos Milagres foram tão alegremente representadas. Benserade nos preparou para isso com versos bastante galantes".

A grande gargalhada ecoou por todos os lados, assim como a canção obscena. Todos cuidavam de suas próprias atividades, criticavam e praguejavam sem ouvir o vizinho. As jarras trincavam, e as querelas nasciam do choque dessas jarras, e aquelas rachadas eram usadas para rasgar ainda mais os farrapos.

Um cachorro grandalhão, sentado sobre o próprio rabo, olhava o fogo. Algumas crianças se misturavam à orgia. Era a criança roubada, que chorava e gritava. Um menino de uns quatro anos balançava as pernas sentado em

[34] Falsa perna mutilada. (N.T.)

[35] Sauval, I, 512. (N.T.)

um banco muito alto e com a mesa chegando até o queixo. Ele nada dizia. Uma terceira criança, com semblante sisudo, espalhava com o dedo a cera derretida que escorria da vela sobre a mesa. A última era um garotinho agachado na lama, quase perdido em um caldeirão que ele raspava com um pedaço de telha e do qual ele tirava um som capaz de fazer Stradivarius desmaiar.

Um barril estava junto ao fogo, e havia um mendigo sobre ele. Era o rei sobre seu trono.

Os três que cuidavam de Gringoire o posicionaram diante desse barril, e todo o bacanal ficou em silêncio por um momento, exceto o caldeirão habitado pela criança.

Gringoire não ousava respirar nem levantar os olhos.

– *Hombre, quita tu sombrero*[36] – disse um dos três que o seguravam; e, antes que ele entendesse o que isso significava, outro já havia tirado seu chapéu. Chapéu miserável, é verdade, mas bom ainda para um dia ensolarado ou para um dia chuvoso. Gringoire suspirou.

Enquanto isso, o rei, do alto de seu barril, dirigiu-lhe a palavra.

– Quem é esse biltre?

Gringoire estremeceu. Essa voz, embora acentuada pela ameaça, lembrou-lhe outra voz que na mesma manhã havia dado o primeiro golpe ao seu mistério, implorando no meio da apresentação:

– Caridade, por favor!

Ele ergueu a cabeça. Era realmente Clopin Trouillefou.

Clopin Trouillefou, vestido com sua insígnia real, não vestia um só trapo a mais ou a menos. A ferida do braço já tinha desaparecido. Ele tinha na mão um desses chicotes com tiras de couro branco que os sargentos usavam para controlar a multidão e que chamavam de *boullaye*. A cabeça tinha uma espécie de penteado circular e fechado no topo, mas era difícil

[36] "Homem, tire teu chapéu", em espanhol. (N.T.)

distinguir se era um barrete de criança ou uma coroa de rei, de tanto que aquilo se parecia com ambas as coisas.

No entanto, Gringoire, sem saber por quê, tinha recuperado alguma esperança ao reconhecer no rei do Pátio dos Milagres o maldito mendigo do grande salão.

– Mestre – ele balbuciou – ... Monsenhor... *Sire*... Como devo chamá-lo? – ele então disse, tendo atingido o clímax de seu crescendo e não sabendo mais como subir ou descer.

– Monsenhor, Sua Majestade, ou camarada, chame-me como quiser. Mas diga logo. O que tem a dizer em sua defesa?

"Em sua defesa!", pensou Gringoire. "Não gosto disso". E retomou gaguejando:

– Eu sou aquele que esta manhã...

– Pelas unhas do diabo! – interrompeu Clopin. – Diga seu nome, biltre, e nada mais. Eu vou contar. Você está diante de três poderosos soberanos: eu, Clopin Trouillefou, rei de Thunes, sucessor do grande chefe, supremo suserano do reino da Gíria; Mathias Hungadi Spicali, duque do Egito e da Boêmia, o velho homem amarelado que você vê ali com um pano ao redor da cabeça; Guillaume Rousseau, imperador da Galileia, o homem gordo que não nos ouve e que acaricia uma mulher lasciva. Somos os juízes. Você adentrou o reino da Gíria sem ser um homem das gírias, violou os privilégios da nossa cidade. Deve, portanto, ser punido, a menos que seja covarde, um falso enfermo ou um falso sobrevivente de um incêndio, isto é, na gíria de pessoas honestas, ladrão, mendigo ou vagabundo. Você é uma dessas coisas? Justifique. Decline suas qualidades.

– Ai de mim – disse Gringoire –, não tenho essa honra. Eu sou o autor...

– Já basta – disse Trouillefou, sem deixá-lo terminar. – Você será enforcado. É simples, senhores burgueses honestos! Assim como vocês tratam os nossos em sua casa, nós tratamos os seus em nossa casa. A lei que vocês aplicam aos bandidos, os bandidos aplicam a vocês. A culpa é sua por ela ser tão dura. É preciso ver, de tempos em tempos, a expressão de pavor no rosto de um homem honesto acima do colar de cânhamo; isso torna a coisa honrosa. Vamos, amigo, partilhe alegremente seus trapos com estas senhoritas. Vou mandar enforcá-lo para divertir os bandidos, e você dará a eles sua bolsa para que bebam. Se tem alguma momice a fazer, há um bom Deus-Pai de pedra no moinho que roubamos de Saint-Pierre-aux-Boeufs. Tem quatro minutos para encomendar sua alma.

A arenga era formidável.

– Pela minha alma, muito bem dito! Clopin Trouillefou prega como um santo padre, um papa! – exclamou o imperador da Galileia quebrando sua jarra para escorar a mesa.

– Senhores imperadores e reis – disse Gringoire a sangue-frio (pois, não sei como, ele havia conseguido retomar a firmeza e falar resolutamente) –, vocês não imaginam isso. Eu me chamo Pierre Gringoire, sou o poeta cuja moralidade foi representada esta manhã no Grande Salão do Palácio.

– Ah! É você, mestre! – exclamou Clopin. – Eu estava lá, em nome de Deus! Pois bem, camarada! Então pensa que, por nos haver aborrecido esta manhã, não será enforcado esta noite?

“Vou ter problemas para me safar”, pensou Gringoire. Mas ele ainda tentou mais um esforço.

– Não vejo motivo – disse ele –, os poetas não estão classificados entre os bandidos. Vagabundo, Esopo foi; Homero, mendigo; ladrão, Mercurius era...

Clopin o interrompeu:

– Acho que você quer nos embromar com esse seu grimório. Céus, deixe-se enforcar e não invente tantas histórias!

– Perdão, senhor rei de Thunes. – respondeu Gringoire, disputando o terreno palmo a palmo. – Será que isso vale a pena... Um momento!... Ouçam-me... não me condenem sem me ouvir...

Sua voz infeliz, de fato, estava coberta pelo alarido que se fazia ao seu redor. O menino agora raspava o caldeirão com mais entusiasmo, e, para completar, uma velha senhora tinha acabado de colocar sobre o tripé ardente uma panela cheia de gordura que crepitava no fogo fazendo um barulho parecido com os gritos de uma trupe de crianças perseguindo um mascarado.

Enquanto isso, Clopin Trouillefou parecia conversar um momento com o duque do Egito e o imperador da Galileia, que estava completamente bêbado. Então ele gritou de maneira áspera:

– Silêncio!

E, como o caldeirão e a panela não o escutaram e continuaram seu dueto, ele saltou de seu barril, chutou o caldeirão, que saiu rolando com a criança dentro, chutou a panela, que derramou toda a gordura no fogo, e subiu de volta em seu trono sem se importar com o choro abafado da criança nem com os resmungos da velha cujo jantar partia em belas chamas brancas.

A um sinal de Trouillefou, o duque, o imperador, os mestres da malandragem e os capangas se dispuseram em torno dele formando uma ferradura na qual Gringoire, com o corpo ainda rudemente teso, ocupou o centro. Era um semicírculo de farrapos, trapos, brilhos, forquilhas, machados, pernas avinhadas, gordos braços nus, figuras sórdidas, pálidas e atordoadas. No meio dessa mesa redonda da miséria, Clopin Trouillefou, como o doge do senado, o rei do pariato ou o papa do conclave, dominava, primeiro, pela altura de seu barril, depois por certo ar arrogante, feroz e formidável que fazia brilhar sua retina e realçava em sua figura selvagem os traços bestiais da raça dos bandidos. Era como uma cabeça de javali no meio de cabeças de porcos.

– Ouça – disse ele a Gringoire, acariciando seu queixo deformado com a mão calejada –, não vejo por que você não seria enforcado. É verdade que isso parece enojá-lo. E é muito simples: vocês, burgueses, não estão habituados a isso e têm apenas uma vaga ideia do que isso seja. Mas, como não lhe queremos mal, eis uma maneira de salvá-lo por ora: quer ser um dos nossos?

Pode-se julgar o efeito que essa proposta teve sobre Gringoire, que via a vida lhe escapar e já começava a desistir dela. Ele se agarrou energicamente à sugestão.

– Eu quero, certamente – disse ele.

– Você concorda em se juntar ao povo da pequena lâmina? – prosseguiu Clopin.

– Da pequena lâmina. Precisamente – respondeu Gringoire.

– Reconhece-se como membro da franca burguesia? – interrogou o rei de Thunes.

– Da franca burguesia.

– Súdito do reino da Gíria?

– Do reino da Gíria.

– Bandido?

– Bandido.

– De alma?

– De alma.

– É importante lembrar – disse o rei – que você não deixará de ser enforcado por isso.

– Diabos! – reagiu o poeta.

– Você apenas será enforcado mais tarde – continuou Clopin, imperturbável –, com mais cerimônia, à custa da boa cidade de Paris, em um belo patíbulo de pedra, e por pessoas honestas. É um consolo.

– De acordo – respondeu Gringoire.

– Há ainda outras vantagens. Na qualidade de franco-burguês, você não terá que pagar pela lama nem pelos pobres ou pelos lampiões, coisa a que os burgueses de Paris estão sujeitos.

– Que assim seja – disse o poeta. – Concordo. Sou um bandido, da Gíria, um franco-burguês, uma pequena lâmina, tudo o que quiser. E eu já estava muito à frente, senhor rei de Thunes, pois sou um filósofo; *et omnia in philosophia, omnes in philosopho continentur*[37], como o senhor sabe.

O rei de Thunes franziu a sobrancelha.

– Quem você pensa que sou, amigo? Que tipo de gíria de judeu húngaro você está cantarolando? Não entendo hebraico. Para ser bandido, não é necessário ser judeu. Já nem roubo mais; estou acima disso, eu mato. Cortador de garganta, sim; cortador de bolsa, não.

Gringoire tentou entremear alguma desculpa àquelas breves palavras que a raiva fazia estremecer cada vez mais.

– Desculpe, meu senhor. Não é hebraico, é latim.

– E eu digo – disse Clopin, furioso – que não sou judeu e que vou enforcá-lo, seu barriga de sinagoga! E também esse pequeno contrabandista da Judeia ao seu lado, que espero ver pregado um dia num balcão, como uma moeda falsa que ele é!

Falando assim, ele apontava para o pequeno judeu húngaro barbudo que havia se aproximado de Gringoire com seu *facitote caritatem* e que, não compreendendo nenhuma outra língua, observava com surpresa o mau humor do rei de Thunes transbordando sobre ele.

Finalmente monsenhor Clopin se acalmou.

– Biltre! – disse ele ao nosso poeta – Então quer ser um bandido?

– Sem dúvida – respondeu o poeta.

– Não basta querer – disse o rabugento Clopin. – A boa vontade não põe uma cebola a mais na sopa e só serve para ir ao paraíso. Mas paraíso e Gíria são duas coisas diferentes. Para ser recebido na Gíria, você deve provar que é bom em alguma coisa e, para isso, deve vasculhar o manequim.

– Eu vasculho o que o senhor quiser – respondeu Gringoire.

Clopin fez um sinal. Alguns homens da Gíria se separaram do grupo e retornaram instantes depois, trazendo dois postes que tinham, na

---

[37] "Todas as coisas estão contidas na filosofia, e todos os homens, no filósofo". (N.T.)

extremidade inferior, duas vigas achatadas que os mantinham facilmente em pé no chão. Na extremidade superior dos dois postes, eles adaptaram uma viga transversal, e o todo resultava em uma bela forca portátil que Gringoire teve a satisfação de ver ser armada diante de si num piscar de olhos. Não faltava nada, nem mesmo a corda, que balançava graciosamente abaixo da viga transversal.

– Aonde querem chegar? – perguntou-se Gringoire com certa preocupação. Um barulho de sinos que ele ouviu no mesmo momento pôs fim à sua ansiedade. Era um manequim que os bandidos suspendiam pelo pescoço à corda, uma espécie de espantalho vestido de vermelho e tão carregado de guizos e sinos que seria possível ornar umas trinta mulas castelhanas. Esses milhares de sinos tremeram por algum tempo sob as oscilações da corda, depois se acalmaram pouco a pouco e ficaram finalmente silenciosos quando o boneco voltou à imobilidade por essa lei do pêndulo que destronou a clepsidra e a ampulheta.

Em seguida, Clopin, apontando para Gringoire um velho escabelo cambaleante colocado abaixo do boneco, ordenou:

– Suba.

– Pela morte do diabo! – objetou Gringoire. – Vou quebrar o pescoço. Esse escabelo oscila mais do que um dístico de Marcial. Tem um pé hexâmetro e um pé pentâmetro.

– Suba – repetiu Clopin.

Gringoire subiu no escabelo e conseguiu, não sem algumas oscilações de cabeça e braços, encontrar seu centro de gravidade.

– Agora – continuou o rei de Thunes –, vire seu pé direito em torno de sua perna esquerda e fique na ponta do pé esquerdo.

– Monsenhor – disse Gringoire –, o senhor realmente quer que eu quebre algum membro?

Clopin balançou a cabeça.

– Ouça, amigo, você fala demais. Em poucas palavras, é disso que se trata: você vai ficar na ponta do pé, como eu disse. Dessa forma, vai conseguir chegar ao bolso do manequim, vai procurar, vai tirar dele uma bolsa que ali está, e, se conseguir tudo isso sem que escutemos o som de um só sino, muito bem, você será um dos nossos. Então vamos espancá-lo durante oito dias.

– Por Deus! Eu não quero fazer isso – admitiu Gringoire. – E se os sinos tocarem?

– Então você será enforcado. Compreendeu?

– Eu não compreendo nada – respondeu Gringoire.

– Ouça mais uma vez. Você vai revistar o manequim e pegar sua bolsa; se um único sino se mover durante a operação, você será enforcado. Entendeu agora?

– Bem – disse Gringoire –, isso eu entendi. E depois?

– Se você conseguir remover a bolsa sem os guizos tocarem, você será então um bandido e será espancado por oito dias consecutivos. Agora você compreendeu?

– Não, monsenhor, já não entendo mais nada. Qual é a minha vantagem? Enforcado num caso, espancado no outro...

– E bandido? – repetiu Clopin – E bandido? Isso não é nada? É do seu interesse que nós o espanquemos, para que você possa endurecer com os golpes.

– Muitíssimo obrigado – respondeu o poeta.

– Vamos, depressa – disse o rei, batendo com o pé no barril, que ressoou como um bumbo. – Reviste o manequim e acabe logo com isso. Aviso uma última vez que, se eu ouvir um único guizo, você ficará no lugar do manequim.

O bando da Gíria aplaudiu as palavras de Clopin e se alinhou em um círculo em torno da forca, com um riso tão impiedoso que Gringoire percebeu que ele os divertia tanto que não tinha motivo para temê-los de imediato. Não lhe restava mais nenhuma esperança, exceto a frágil chance de ter sucesso na duvidosa operação que lhe foi imposta. Ele decidiu arriscar, mas não sem primeiro dirigir uma oração fervorosa ao manequim que ele ia roubar e que teria sido mais fácil de fazer compadecer-se do que os bandidos. Essa miríade de sinos com as suas pequenas línguas de cobre parecia bocas de áspides abertas, prontas para morder e assobiar.

– Oh! – ele disse em voz baixa. – Será possível que minha vida dependa da menor vibração desses guizos? Oh! – ele acrescentou com as mãos juntas. – Sininhos, não soem! Badalinhos, não badalem! Guizos, não guizalhem!

Ele tentou um último apelo a Trouillefou.

– E se o vento soprar? – ele perguntou.

– Você será enforcado – respondeu o outro, sem hesitação.

Vendo que não havia trégua, nem adiamento, nem outra saída possível, ele corajosamente iniciou a ação. Ele girou o pé direito em torno do pé esquerdo, endireitou-se sobre o pé esquerdo e estendeu o braço; mas, no momento em que tocou no manequim, seu corpo, que estava equilibrado apenas sobre o pé esquerdo, cambaleou sobre o escabelo, que tinha apenas três pés. Ele tentou apoiar-se instintivamente sobre o manequim, perdeu o equilíbrio e caiu pesadamente no chão, tendo a queda abafada pela fatal vibração dos mil sinos do manequim, que, cedendo ao impulso de sua mão, descreveu uma rotação sobre si mesmo para, em seguida, balançar-se majestosamente entre os dois postes.

– Maldição! – ele gritou enquanto caía, e permaneceu com a cara no chão, como se estivesse morto.

Mas ele ouviu a temível badalada acima de sua cabeça, o riso maligno dos bandidos e a voz de Trouillefou, que disse:

– Levantem esse engraçadinho e pendurem-no sem compaixão.

Ele se levantou. O manequim já havia sido retirado para lhe ceder o lugar.

Os homens da Gíria fizeram-no subir sobre o escabelo. Clopin veio até ele, passou a corda em torno de seu pescoço e bateu em seu ombro:

– Adeus, amigo! Você não pode mais escapar, ainda que tivesse no ventre os intestinos do papa.

A palavra misericórdia escapou dos lábios de Gringoire. Ele passeou com os olhos à sua volta. Mas, nenhuma esperança, todos riam.

– Bellevigne de l'Étoile – disse o rei de Thunes a um enorme bandido que saiu das fileiras e subiu em uma viga transversal.

Depois de um momento, Gringoire, levantando os olhos, viu-o com terror agachado na barra transversal acima de sua cabeça.

– Agora – disse Clopin Trouillefou –, assim que eu der o sinal, Andry le Rouge, você deve derrubar o escabelo com uma joelhada; Francisco Chante-Prune, você deve segurar os pés do bandido; e você, Bellevigne, deve se pendurar sobre os seus ombros. E os três ao mesmo tempo, entenderam?

Gringoire estremeceu.

– Preparados? – perguntou Clopin Trouillefou aos três homens da Gíria prontos para precipitar-se sobre Gringoire como três aranhas em uma mosca. O pobre paciente teve um momento horrível de espera, enquanto Clopin calmamente empurrava com a ponta do pé na direção do fogo alguns gravetos que a chama não tinha atingido. – Preparados? – ele repetiu e abriu as mãos para bater. Mais um segundo e a coisa estaria feita.

Mas ele parou, como tomado por uma ideia súbita.

– Um momento! – ele disse. – Eu já estava me esquecendo! É costume não enforcarmos um homem sem perguntar se há uma mulher que o queira. Camarada, esse é o seu último recurso. Ou você desposa uma bandida ou acaba enforcado com a corda.

Essa lei cigana, por mais estranha que possa parecer ao leitor, ainda hoje figura na antiga legislação inglesa. É só consultar *Burington's Observations*.

Gringoire respirou fundo. Era a segunda vez que ele voltava à vida no intervalo de meia hora. Mas não se atreveu a confiar muito nisso.

– Olá! – gritou Clopin do alto de seu barril. – Olá! Mulheres, fêmeas, há entre vocês, desde a bruxa até sua gata, alguma vigarista que queira esse patife? Olá, Colette La Charonne! Élisabeth Trouvain! Simone Jodouyne! Marie Piédebou! Thonne la Longue! Bérarde Fanouel! Michelle Genaille! Claude Ronge-Oreille! Mathurine Girorou! Olá! Isabeau la Thierrye! Venham e vejam! Um homem, de graça! Quem quer?

Gringoire, naquele estado miserável, era sem dúvida desinteressante. As mulheres se mostraram pouco comovidas com a proposta. O infeliz as ouviu responder:

– Não! Não! Enforquem-no, vai ser divertido para todos.

Três saíram da multidão e vieram cheirá-lo. A primeira era uma jovem gorda de rosto quadrado. Ela examinou atentamente o deplorável gibão do filósofo. A blusa estava gasta e mais furada que uma frigideira de torrar castanhas. A jovem fez uma careta.

– Trapos velhos! – ela resmungou, dirigindo-se a Gringoire – Vejamos sua capa!

– Perdi-a – disse Gringoire.

– O chapéu?

– Tomaram-no de mim.

– Os sapatos?

– Já estão quase sem sola.

– A bolsa?

– Ai de mim! – balbuciou Gringoire. – Já não me resta mais um níquel.

– Permita-se enforcar e agradeça por isso! – respondeu a jovem, dando-lhe as costas.

A segunda, velha, enrugada, hedionda, de uma feiura de incomodar até o Pátio dos Milagres, caminhou em torno de Gringoire. Ele quase tremia imaginando que ela o quisesse. Mas ela disse entre os dentes:

– Ele é magro demais! – E foi-se embora.

A terceira era uma jovem de algum frescor e não muito feia.

– Salve-me! – o pobre-diabo implorou num sussurro. Ela o considerou por um momento com pena, então baixou os olhos, dobrou sua saia e permaneceu indecisa. Ela seguia todos os seus movimentos com os olhos; era seu último vislumbre de esperança.

– Não – disse enfim a jovem –, não! Guillaume Longuejoue me bateria. – E ela se juntou à multidão.

– Camarada – disse Clopin –, você está em apuros.

Então, voltando a subir no barril:

– Ninguém o quer? – ele gritou com um falso tom de leiloeiro, para a grande alegria de todos. – Ninguém o quer? Dou-lhe uma, dou-lhe duas, dou-lhe três! – E voltando-se para a forca com um aceno: – Vendido!

Bellevigne de l'Étoile, Andry le Rouge, François Chante-Prune se aproximaram de Gringoire.

Nesse momento, um grito surgiu entre as Gírias:

– A Esmeralda! A Esmeralda!

Gringoire estremeceu e se voltou para o lado de onde vinha o clamor. A multidão abriu-se dando passagem a uma figura pura e deslumbrante.

Era a cigana.

– Esmeralda! – disse Gringoire estupefato, mergulhado em um turbilhão de emoções pela maneira repentina com que essa palavra mágica interligava todas as lembranças de seu dia.

Essa criatura rara parecia impor, mesmo no Pátio dos Milagres, o império de seu charme e de sua beleza. Homens e mulheres da Gíria se alinhavam calmamente enquanto ela passava, e suas figuras brutais enterneciam-se ao vê-la.

Ela aproximou-se da vítima com seu caminhar suave. A bela Djali a seguia. Gringoire estava mais morto do que vivo. Ela o observou por um momento em silêncio.

– Vocês vão enforcar este homem? – ela perguntou a Clopin com um ar grave.

– Sim, irmã – respondeu o rei de Thunes –, a menos que você o queira como esposo.

Ela fez seu biquinho com o lábio inferior.

– Eu aceito – disse ela.

Gringoire acreditava piamente que estava em um sonho desde aquela manhã e que o que agora acontecia era sua continuação.

A peripécia, de fato, embora graciosa, era violenta.

O nó da corda foi desfeito, e o poeta desceu do escabelo. Ele foi forçado a se sentar de tão emocionado que estava.

O duque do Egito, sem dizer uma palavra, trouxe um jarro de barro. A cigana o entregou a Gringoire.

– Atire-o no chão – disse ela.

O jarro se partiu em quatro pedaços.

– Irmão – disse o duque do Egito, colocando as mãos sobre sua fronte –, ela é sua esposa; irmã, ele é seu esposo. Durante quatro anos. Podem ir.

Uma noite de núpcias

Depois de alguns instantes, nosso poeta se encontrava em uma pequena sala abobadada em ogiva, bem isolada, muito quente, sentado de frente para uma mesa que não parecia muito convidativa às provisões de uma despensa suspensa perto dela, tendo uma boa cama em perspectiva, e frente a frente com a bela jovem. A aventura mantinha seu encanto. Ele começava a acreditar de fato que havia se transformado em um personagem de conto de fadas. De tempos em tempos, olhava ao seu redor como se procurasse pela carruagem de fogo atrelada a duas quimeras aladas e que seria a única capaz de transportá-lo tão rapidamente do tártaro ao paraíso. Por vezes, ele também fixava seu olhar obstinadamente nos buracos de seu gibão, a fim de se agarrar à realidade e não perder completamente o chão. Sua razão, lançada em espaços imaginários, só estava presa a esse fio.

A jovem não parecia prestar atenção nele. Ela ia e vinha, mudava algum banquinho de lugar, conversava com sua cabra e fazia pequenas caretas. Finalmente, ela veio sentar-se à mesa, e Gringoire pôde observá-la calmamente.

Você já foi criança, caro leitor, e talvez tenha a felicidade de ainda ser uma. Então, mais de uma vez (e, no meu caso, passei dias inteiros fazendo isso, os mais úteis da minha vida), você seguiu de moita em moita, na beira de um curso de água, em um dia de sol, alguma bela libélula verde ou azul quebrando seu voo de ângulos bruscos e tocando as pontas de todos os galhos. Você deve lembrar com que curiosidade amorosa seu pensamento e seu olhar apegavam-se a esse pequeno turbilhão que assobiava e zumbia, com suas asas púrpuras e azuis entre as quais flutuava uma forma inapreensível pela própria rapidez de seu movimento. O ser aéreo que se desenhava confusamente através desse tremer de asas parecia-lhe quimérico, imaginário, impossível de tocar, impossível de ver. Mas, quando a libélula finalmente pousava na ponta de um junco e você podia examinar, prendendo a respiração, suas longas asas de gaze, seu longo manto esmaltado, seus dois globos de cristal, que sensação de espanto você experimentava e que medo de ver a forma novamente se perder pela sombra e ser somente uma quimera! Lembre-se dessas impressões, e você vai facilmente perceber o que Gringoire sentia ao contemplar em sua forma visível e palpável a Esmeralda que ele havia até então apenas entrevisto em meio a um turbilhão de dança, canto e tumulto.

Mergulhado cada vez mais em seu sonho, "Então", pensou ele, seguindo-a vagamente com seus olhos, "essa é *a* Esmeralda! Uma criatura celestial! Uma dançarina das ruas! Tanto e tão pouco! Foi ela quem deu o golpe de misericórdia ao meu mistério nesta manhã, é ela quem me salva a vida nesta noite. Meu gênio mau! Meu bom anjo! Uma bela mulher, eu afirmo! E que deve me amar loucamente para ter me escolhido de tal maneira. A propósito", ele prosseguiu levantando-se repentinamente com esse sentimento verdadeiro que estava no fundo de sua personalidade e filosofia, "eu não sei muito bem como isso aconteceu, mas sou seu esposo!".

Com essa ideia na cabeça e no olhar, ele aproximou-se da jovem de forma tão militar e galante que ela recuou.

– O que você quer de mim? – ela balbuciou.

– Pode me perguntar isso, adorável Esmeralda? – Gringoire respondeu com um tom tão apaixonado que ele mesmo surpreendeu-se ao se ouvir.

A cigana arregalou os olhos.

– Não sei do que você está falando.

– Ora! – replicou Gringoire, animando-se cada vez mais e pensando que a reação dela nada passava de um pudor do tipo do Pátio dos Milagres. – Não sou seu, doce amiga? E você não é minha?

E, ingenuamente, ele a segurou pela cintura.

O corpete da cigana deslizou entre suas mãos como o couro de uma enguia. Com um salto ela foi parar na outra extremidade do quarto, abaixou-se e levantou-se com um pequeno punhal na mão, antes mesmo que Gringoire tivesse tempo para ver de onde ele vinha. Irritada e orgulhosa, os lábios inchados, as narinas abertas, as bochechas vermelhas como uma maçã suculenta, as pupilas radiantes como relâmpagos. Ao mesmo tempo, a cabra branca se posicionou diante dela e apresentou a Gringoire uma frente de batalha, armada com dois belos chifres dourados e pontiagudos. Tudo isso aconteceu num piscar de olhos.

A libélula havia se transformado em vespa e estava disposta a picar.

Nosso filósofo ficou paralisado, passeando seu olhar ora pela cabra, ora pela jovem, bestificado.

– Virgem Santíssima! – ele disse finalmente, quando a surpresa lhe permitiu falar. – Aí estão duas figuras corajosas!

A cigana rompeu o silêncio de sua parte.

– Você é um tipo ousado e bem atrevido!

– Desculpe, senhorita. – disse Gringoire com um sorriso. – Mas por que então me aceitou como esposo?

– Preferia que eu deixasse que o enforcassem?

– Então – respondeu o poeta, um pouco decepcionado com suas esperanças amorosas –, você não teve outro pensamento ao me desposar além de me salvar do patíbulo?

– E que outro pensamento eu teria?

Gringoire mordiscou os lábios.

– Bem – disse ele –, ainda não sou um cupido tão triunfante quanto pensava. Mas, então, por que partir aquele pobre jarro?

O punhal de Esmeralda e os chifres da cabra ainda estavam em posição de ataque.

– Senhorita Esmeralda – disse o poeta –, façamos um acordo. Não sou escriturário no Châtelet e não vou me incomodar se carregar um punhal como esse por Paris, apesar das ordens e proibições do senhor preboste. Mas a senhorita certamente não ignora que Noël de Lescripvain foi condenado, há oito dias, a dez soldos parisis por portar um chifarote. Isso não é da minha conta, e vou direto ao assunto. Juro, por meu lugar no paraíso, que não me aproximarei de você sem seu consentimento e permissão, mas dê-me algo para comer.

No fundo, Gringoire, assim como o senhor Despréaux, era "bem pouco voluptuoso". Ele não era esse tipo de cavaleiro e mosqueteiro que toma as jovens de assalto. Em matéria de amor, como em qualquer outro assunto, ele era voluntariamente adepto da temperança e dos meios-termos. E uma boa refeição a dois parecia-lhe, especialmente quando estava com fome, um entreato excelente entre o prólogo e o desenlace de uma aventura amorosa.

A cigana nada respondeu. Ela fez a sua pequena careta de desdém, ergueu a cabeça como um pássaro e depois explodiu em risos, e o pequeno punhal desapareceu da mesma forma como surgiu, sem que Gringoire fosse capaz de ver onde a abelha escondia seu ferrão.

Um instante depois, havia sobre a mesa um pão de centeio, uma fatia de toucinho, algumas maçãs já enrugadas de tão murchas e um caneco de cerveja. Gringoire se pôs a comer com avidez. Pelo barulho furioso de seu garfo de ferro e de seu prato de faiança, era possível dizer que todo o seu amor tinha se transformado em apetite.

A jovem sentada diante dele o observava em silêncio, visivelmente preocupada com outro pensamento que a fazia sorrir de vez em quando, enquanto sua mão suave acariciava a cabeça inteligente da cabra molemente deitada entre seus joelhos.

Uma vela de cera amarela iluminava essa cena de voracidade e devaneio.

Os primeiros ruídos de seu estômago acalmaram-se, e Gringoire sentiu uma falsa vergonha ao ver que restava apenas uma maçã.

– Você não vai comer, senhorita Esmeralda?

Ela respondeu com um aceno negativo, e seu olhar pensativo fixou-se na abóbada do cômodo.

"Com que diabos ela está ocupada?", pensou Gringoire, e, olhando para o que ela olhava: "É impossível que seja o sorriso desse anão esculpido em uma pedra angular que esteja absorvendo assim sua atenção. Mas que diabos! Com ele eu ganho qualquer comparação!"

Ele levantou a voz:

– Senhorita!

Ela não parecia ouvir.

Ele repetiu mais alto:

– Senhorita Esmeralda!

Nada feito. O pensamento da jovem estava distante, e a voz de Gringoire não tinha o poder de trazê-lo de volta. Felizmente, a cabra interveio. Ela começou a puxar sutilmente sua dona pela manga:

– O que você quer, Djali? – perguntou vividamente a cigana, como se tivesse despertado de surpresa.

– Ela está com fome – disse Gringoire, feliz por começar a conversa.

Esmeralda começou a esfarelar o pão, que Djali graciosamente comia da concha de sua mão.

Além disso, Gringoire não lhe deixou tempo para retornar ao devaneio. Ele arriscou fazer uma pergunta delicada.

– Então você não me quer como esposo?

A jovem olhou fixamente para ele e respondeu:

– Não.

– Como amante? – prosseguiu Gringoire.

Ela fez uma careta e respondeu:

– Não.

– Como amigo? – Gringoire continuou.

Ela olhou fixamente para ele novamente e disse, depois de um momento de reflexão:

– Talvez.

Esse *talvez*, tão caro aos filósofos, encorajou Gringoire.

– Sabe o que é amizade? – ele perguntou.

– Sim – respondeu a cigana. – É ser irmão e irmã, duas almas que se tocam sem se confundir, os dois dedos da mão.

– E o amor? – Gringoire continuou.

– Oh! O amor! – disse ela; e sua voz tremia, e seu olho brilhava. – É ser dois e ser apenas um. Um homem e uma mulher que se fundem num anjo. É o céu.

Falando dessa forma, a dançarina das ruas tinha uma beleza que atingia Gringoire singularmente e parecia-lhe em perfeita conexão com a exaltação quase oriental de suas palavras. Seus lábios cor-de-rosa, puros, sorriam ligeiramente; seu rosto sereno e cândido às vezes perturbava-se com seu pensamento, como um espelho embaçado pelo sopro; e de seus longos cílios negros caía uma espécie de luz inefável que dava ao seu perfil a suavidade ideal que Rafael encontrou na intersecção mística entre a virgindade, a maternidade e a divindade.

Gringoire não parou.

– O que se deve fazer então para agradá-la?

– Tem de ser homem.

– E eu – disse ele –, o que sou?

– Um homem tem um elmo na cabeça, uma espada em punho e esporas douradas nos calcanhares.

– Compreendo... – disse Gringoire. – Sem cavalo, sem homem. Você ama alguém?

– Amor de verdade?

– Amor de verdade.

Ela permaneceu um momento pensativa, então disse com uma expressão particular:

– Eu logo saberei isso.

– Por que não nesta noite? – perguntou ternamente o poeta. – Por que não eu?

Ela o fitou com gravidade.

– Só poderia amar o homem que me protegesse.

Gringoire corou e se deu por vencido. Era evidente que a jovem estava aludindo ao pouco apoio que ele lhe tinha dado nas circunstâncias críticas em que ela se encontrava duas horas antes. Essa lembrança, apagada pelas outras aventuras da noite, voltou-lhe à memória. Ele bateu na testa.

– É verdade, senhorita, eu deveria ter começado por aí. Perdoe as minhas distrações malucas. Como a senhorita fez para escapar das garras de Quasímodo?

Essa pergunta fez a cigana estremecer.

– Oh! O horrível corcunda! – ela disse escondendo o rosto entre as mãos; e ela tremia como se sentisse muito frio.

– Horrível, de fato! – disse Gringoire, sem abandonar sua ideia. – Mas como você conseguiu escapar?

Esmeralda sorriu, suspirou e ficou em silêncio.

– Sabe por que ele a seguiu? – Gringoire retomou, tentando retornar à sua ideia por um desvio.

– Não sei – disse a jovem. E acrescentou: – Mas você também estava me seguindo. Por quê?

– De toda a minha boa-fé – respondeu Gringoire –, eu também não sei.

Houve um silêncio. Gringoire talhava a mesa com sua faca. A jovem sorria e parecia olhar para algo através da parede. De repente ela começou a cantar com uma voz mal articulada:

Quando las pintadas aves
Mudas están, y la tierra...[38]

Ela parou abruptamente e começou a acariciar Djali.

– Você tem um belo animal – disse Gringoire.

– É minha irmã – ela respondeu.

– Por que chamam você de **Esmeralda**? – perguntou o poeta.

– Não sei.

– Mas é gratuito?

Ela tirou de seu peito uma espécie de saquinho oblongo pendurado em seu pescoço por uma corrente de grãos de plátano. O saquinho exalava um forte odor de cânfora e estava coberto com uma seda verde. Em seu centro, uma grande fechadura verde imitava uma esmeralda.

– Talvez seja por causa disso – disse ela.

Gringoire quis pegar o saquinho. Ela recuou.

– Não toque nele. É um amuleto, você poderia quebrar o encanto, ou o encanto lhe faria mal.

A curiosidade do poeta só aumentava.

– Quem lhe deu?

Ela pôs um dedo no lábio e escondeu o amuleto no seio. Ele tentou fazer outras perguntas, mas ela mal respondeu.

– O que significa a palavra "Esmeralda"?

– Não sei – disse ela.

– A que língua pertence?

---

[38] Abel Hugo, *Romances históricos*, Paris, 1822: "Quando os pássaros multicor / Estão mudos, e a terra...". (N.T.)

– É egípcio, eu acho.

– Eu suspeitei – disse Gringoire. – Você não é da França?

– Não sei.

– Tem família?

Ela começou a cantar uma velha canção:

Meu pai é um passarinho,
Minha mãe é uma passarinha,
Eu passo pela água sem cesto,
Eu passo pela água sem barco,
Minha mãe é uma passarinha.
Meu pai é um passarinho.

– Está bem – disse Gringoire. – Com que idade veio para a França?

– Bem pequena.

– E para Paris?

– Ano passado. No momento em que nós entrávamos pela Porta Papal, vi a toutinegra do junco partir pelos ares; era final de agosto. Eu disse: o inverno será rigoroso.

– E foi – disse Gringoire, encantado com esse início de conversa. – Eu passei o inverno todo soprando meus dedos para mantê-los aquecidos. Então você tem o dom da profecia?

Ela voltou ao seu laconismo.

– Não.

– Esse homem a quem vocês chamam de duque do Egito é o chefe da sua tribo?

– Sim.

– Foi ele quem nos casou – observou timidamente o poeta.

Ela fez seu belo biquinho habitual.

– Só não sei o seu nome.

– O meu nome? Se você deseja saber, eu me chamo Pierre Gringoire.

– Conheço um mais bonito – disse ela.

– Malvada! – respondeu o poeta. – Não tem problema, você não vai me irritar. Veja, talvez você passe a me amar quando me conhecer melhor. Além disso, você me contou sua história com tanta confiança que agora é minha vez de contar um pouco da minha. Saiba, então, que meu nome é Pierre Gringoire e que eu sou filho do fazendeiro do tabelionato de Gonesse. Meu pai foi enforcado pelos burgúndios, e minha mãe, estripada pelos picardos durante o cerco de Paris, vinte anos atrás. Aos seis anos, eu fiquei órfão, tendo apenas o chão de Paris como solado para meus pés. Não sei como atravessei o intervalo dos seis aos dezesseis anos. Uma vendedora de frutas me oferecia uma ameixa aqui, um padeiro me jogava algumas migalhas ali; à noite eu era pego pelos policiais que me levavam à prisão, e lá eu encontrava uma pilha de palhas onde dormir. Tudo isso não me impediu de crescer e perder peso, como você pode ver. No inverno, eu me aquecia ao sol, debaixo do alpendre do Palácio de Sens, e achava ridículo que as fogueiras de São João fossem reservadas à época de maior calor. Aos dezesseis anos, quis aprender uma profissão. Experimentei um pouco de tudo. Tornei-me soldado, mas não era suficientemente corajoso. Tornei-me monge, mas não era suficientemente devoto. Além disso, não bebo muito. Por desespero, tornei-me aprendiz de carpinteiro, mas não era suficientemente forte. Eu estava mais inclinado a ser professor. É verdade que eu não sabia ler, mas isso não é um empecilho. Depois de um tempo percebi que sempre me faltava alguma coisa para qualquer profissão. E, vendo que não era bom em nada, de bom grado me tornei poeta e compositor de ritmos. É uma situação sempre possível quando se é um vagabundo, e é melhor do que roubar, como me aconselhavam alguns dos meus jovens amigos gatunos. Conheci um belo dia dom Claude Frollo, o reverendo arquidiácono de Notre Dame. Ele interessou-se por mim, e é a ele que eu devo o fato de ser hoje um verdadeiro literato, conhecedor do latim desde o *Livro dos ofícios* de Cícero até o *Necrológio* dos padres celestinos, e não ser bárbaro em escolástica, nem em poética, tampouco em ritmo e nem mesmo em hermética, essa sofia das sofias. Eu sou o autor do mistério representado hoje com grande triunfo e enorme público no grande salão do Palácio. Eu também sou autor de um livro que terá seiscentas páginas, sobre o prodigioso cometa de 1465 que fez um homem enlouquecer. Já tive outros sucessos. Sendo um pouco carpinteiro de artilharia, trabalhei na grande bombarda de Jean Maugue, que, como você provavelmente sabe, foi destruída na Ponte Charenton no dia do teste e matou vinte e quatro curiosos. Você pode perceber que não sou tão mau partido para um casamento. Conheço excelentes truques para ensinar a sua cabra. Por exemplo, imitar o bispo de Paris, aquele maldito fariseu cujos moinhos molham os transeuntes ao longo de toda a Pont-aux-Meuniers. Além disso, meu mistério me dará muito dinheiro, se me pagarem. Enfim, estou às suas ordens, eu, meu espírito, minha ciência, minhas letras, todos prontos para viver com você, donzela, da maneira como desejar, com alegria ou pudor, como marido e mulher, se assim o quiser, como irmão e irmã, se achar melhor.

Gringoire calou-se, esperando o efeito de sua arenga sobre a jovem. Os olhos dela estavam fixos no chão.

– Phoebus – ela disse em voz baixa. Então, voltando-se para o poeta: – Phoebus, o que isso significa?

Gringoire, sem compreender muito bem a relação que poderia existir entre seu discurso e essa pergunta, não hesitou em dar brilho a sua erudição. Ele respondeu, regozijando-se:

– É uma palavra latina que significa sol.

– Sol! – ela repetiu.

– Esse é o nome de um belo arqueiro, que era um deus – acrescentou Gringoire.

– Um deus! – repetiu a cigana. E havia no seu tom algo de pensativo e apaixonado.

Nesse momento, um de seus braceletes abriu e caiu. Gringoire abaixou--se rapidamente para pegá-lo. Quando se levantou, a jovem e a cabra tinham desaparecido. Ele ouviu o barulho de uma fechadura. Era uma pequena porta que provavelmente levava a um quarto próximo e que se fechava por fora.

– Será que ela ao menos me deixou uma cama? – questionou nosso filósofo.

Ele deu a volta no cômodo. Não havia nenhum móvel adequado para o sono, a não ser uma comprida arca de madeira, mas a tampa havia sido esculpida, o que causou em Gringoire, quando ele se deitou sobre ela, uma sensação parecida com a que teve Micrômegas quando se deitou sobre os Alpes.

– Bem – disse ele, tentando acomodar-se da melhor forma –, preciso me resignar. Mas esta é uma estranha noite de núpcias. Uma pena. Havia algo de ingênuo e antediluviano que me agradava nesse casamento de jarro partido.

LIVRO TRÊS

Notre Dame

Sem dúvida, é ainda hoje um edifício majestoso e sublime a Igreja de Notre Dame de Paris. Mas, por mais bela que tenha sido conservada ao envelhecer, é difícil não suspirar, não se indignar com as degradações, as inúmeras mutilações a que, simultaneamente, o tempo e os homens submeteram o venerável monumento, sem respeito por Carlos Magno, que assentou a primeira pedra, ou por Filipe Augusto, que assentou a última.

Na face dessa velha rainha das nossas catedrais, ao lado de uma ruga há sempre uma cicatriz. *Tempus edax, homo edacior.*[39] O que eu traduziria do seguinte modo: o tempo é cego, o homem é estúpido.

Se tivéssemos a oportunidade de examinar um a um com o leitor os vários traços de destruição imprimidos na antiga igreja, a proporção de tempo seria a menor, e a pior seria dos homens, especialmente os homens da arte. Devo enfatizar **homens da arte**, já que houve alguns desses indivíduos que assumiram a função de arquitetos nos últimos dois séculos.

[39] "O tempo devora, e o homem, mais ainda." A expressão *tempus edax* é encontrada duas vezes em Ovídio: *Metamorfoses*, XV, 234, e *Pontiques*, IV, 10,7. (N.T.)

E, em primeiro lugar, para citar apenas alguns exemplos capitais, é certo que poucas páginas arquiteturais apresentam fachada mais bela do que essa, onde, de forma sucessiva e de uma só vez, os três portais entrecruzados em ogiva, a fieira bordada e rendada dos vinte e oito nichos reais, a imensa rosácea central ladeada por duas janelas laterais, como o diácono e o subdiácono, a alta e frágil galeria de arcos em trevo, que sustenta uma pesada plataforma sobre suas delgadas colunetas, por fim, duas negras e maciças torres com seus dosséis de ardósia, partes harmoniosas de um conjunto magnífico, sobrepostas em cinco andares gigantescos desvendam-se sob nossos olhos, em profusão e sem desordem, com os seus inúmeros detalhes de estatuária, escultura e cinzelamento, ligados harmonicamente com a grandeza do conjunto. Uma grande sinfonia em pedra, por assim dizer; obra colossal de um homem e de um povo, todos formando um todo único e complexo, como as ilíadas e os romanceiros dos quais elas são irmãs; produto maravilhoso da junção de todas as forças de uma época, onde em cada pedra se vê brotar de cem maneiras diferentes a fantasia do artesão disciplinado pela genialidade do artista, uma espécie de criação humana. Em poucas palavras, potente e fecunda, como a criação divina de que ela parece ter roubado o caráter duplo: variedade e eternidade.

O que dizemos sobre a fachada deve ser dito sobre toda a igreja; e o que dizemos sobre a igreja Catedral de Paris deve ser dito sobre todas as igrejas da cristandade medieval. Tudo se sustenta nessa arte de estilo próprio, lógica e bem proporcional. Medir o dedão do pé é medir o gigante.

Voltemos à fachada da Notre Dame tal como a vemos agora, quando vamos devotamente admirar a grave e poderosa catedral que, de acordo com os seus historiógrafos, aterroriza: *quæ mole sua terrorem incutit spectantibus*[40].

[40] "Cuja massa desperta o terror naqueles que a contemplam." O historiógrafo mencionado é Jacques Du Breul (*Le Théâtre des Antiquités de Paris*, Paris, Chevalier, 1612). (N.T.)

Faltam hoje três coisas importantes nessa fachada. Primeiro, a altura de onze degraus que, antigamente, a distanciava do solo; em seguida, a série inferior de estátuas que ocupavam os nichos de três portais; e a série superior dos vinte e oito mais antigos reis da França, que adornavam a galeria do primeiro andar, de Childebert a Filipe Augusto, segurando nas mãos a "maçã imperial".

Os degraus desapareceram com o tempo, que elevou com um progresso irresistível e lento o nível do solo da Cité. Mas, mesmo devorando um a um, por essa maré crescente das calçadas de Paris, os onze degraus que se somavam à altura majestosa do edifício, o tempo deu mais à igreja talvez do que tirou dela, pois foi ele que espalhou pela fachada aquela cor sombria dos séculos, que faz da velhice dos monumentos a idade de sua beleza.

Mas quem colocou abaixo as duas fileiras de estátuas? Quem deixou os nichos vazios? Quem esculpiu essa nova e bastarda ogiva bem no meio do portal central? Quem se atreveu a enquadrar a porta de madeira enfadonha e pesada, esculpida à Luís XV, ao lado dos arabescos de Biscornette? Os homens, os arquitetos, os artistas dos dias atuais.

Se passarmos para o interior do edifício, quem derrubou esse colossal São Cristóvão, proverbial entre as estátuas, da mesma forma que o Grande Salão do Palácio entre os demais salões do Palácio, ou como a flecha de Strasbourg entre os campanários? E essa miríade de estátuas que habitavam todas as entrecolunas da nave e do coro, de joelhos, em pé, em posição equestre, homens, mulheres, crianças, reis, bispos e guardas, em pedra, mármore, ouro, prata, cobre e cera, quem brutalmente as devastou? Não foi o tempo.

Quem substituiu o antigo altar gótico, esplendidamente recoberto de urnas e relicários, esse pesado sarcófago de mármore com cabeças de anjos e nuvens, que parece uma amostra deslocada do Val-de-Grâce ou dos Inválidos? Quem selou estupidamente esse pesado anacronismo de pedra no pavimento carolíngio de Hercandus? Não foi Luís XIV cumprindo o desejo de Luís XIII?

Quem pôs frias janelas brancas no lugar daqueles vitrais "muito coloridos" que faziam o olhar dos nossos pais hesitar, maravilhados com a rosa do grande portal e as ogivas da abside? E o que diria um subchantre do século XVI ao ver a bela pintura amarela com que nossos arcebispos vândalos borraram sua catedral? Ele se lembraria de que essa era a cor com que o carrasco assinalava os edifícios "celerados"; ele se recordaria do Palácio do Petit-Bourbon, todo enviscado de amarelo também pela traição do condestável, "amarelo no fim das contas de tão boa qualidade", diz Sauval, "e tão bem recomendado, que mais de um século depois ainda não perdeu sua cor". Ele pensaria que o santo lugar havia se tornado infame, e fugiria.

Se subirmos até o topo da catedral, sem focar nas mil barbáries de todos os tipos, o que foi feito com aquele pequeno e encantador campanário que se apoiava no ponto de interseção do cruzeiro e que, não menos frágil e não menos ousado do que a flecha vizinha (também destruída) da Saint-Chapelle, lançava-se no céu mais alto do que as torres, delgada, aguda, sonora, recortando a luz do dia? Um arquiteto de bom gosto (1787) amputou-o e acreditava que isso seria o suficiente para mascarar a ferida com um largo emplastro de chumbo que se assemelha à tampa de um caldeirão.

Foi assim que a maravilhosa arte da Idade Média foi tratada em quase todos os países, especialmente na França. É possível distinguir em suas ruínas três tipos de danos, que se aplicam em diferentes profundidades: primeiro o tempo, que insensivelmente amossou e enferrujou aqui e ali toda a superfície; em seguida, as revoluções políticas e religiosas que, cegas e coléricas por natureza, lançaram-se em tumulto sobre ela, rasgaram sua rica roupagem de esculturas e cinzeladuras, perfuraram suas rosáceas, quebraram seus colares de arabescos e figurinos, arrancaram suas estátuas, ora por sua mitra, ora por sua coroa; finalmente, as modas, cada vez mais grotescas e insensatas, que, desde os anárquicos e esplêndidos desvios do Renascimento, sucederam-se na decadência da arquitetura. As modas causaram mais danos do que as revoluções. Foram direto ao ponto, atacaram a estrutura óssea da arte, cortaram, talharam, desorganizaram, mataram o edifício, na forma como na simbologia, na lógica como na beleza. E depois o refizeram, pretensão que nem o tempo nem as revoluções tinham, pelo menos. De modo provocativo, ajustaram, com "bom gosto", sobre as feridas da arquitetura gótica, suas miseráveis bagatelas de um dia, suas faixas de mármore, seus ornamentos de metal, verdadeira lepra de óvalos, volutas, adornos, drapeados, guirlandas, franjas, flamas de pedra, nuvens de bronze, amores rechonchudos, querubins gorduchos que começavam a devorar a face da arte no oratório de Catherine de Médicis e a fizeram expirar, dois séculos mais tarde, atormentada e expressiva, na antecâmara da Dubarry.

Assim, para resumir os pontos que acabamos de mencionar, três tipos de devastações hoje desfiguram a arquitetura gótica. Rugas e verrugas na epiderme são o trabalho do tempo; agressões, brutalidades, contusões e fraturas são obras das revoluções, de Lutero até Mirabeau. Mutilações, amputações, deslocamento da membrana, **restaurações** são trabalhos gregos, romanos e bárbaros dos professores, de acordo com Vitrúvio e Vignola. Essa magnífica arte que os vândalos produziram as academias destruíram. Ao longo dos séculos, às revoluções, que devastam pelo menos com imparcialidade e grandeza, veio se juntar a revoada de arquitetos da escola, patenteados, juramentados e diplomados, degradando com discernimento e pela escolha, pelo mau gosto, substituindo as chicórias de Luís XV pelas rendas góticas, para a maior glória do Partenon. É o pontapé do asno no leão moribundo. É o velho carvalho que começa a formar sua coroa e que, para piorar, é atacado, mordido, retalhado por lagartas.

Como está longe disso a época em que Robert Cenalis, comparando a Notre Dame de Paris ao famoso templo de Diana, em Éfeso – tão celebrado pelos antigos pagãos –, que imortalizou Eróstrato, achava a catedral gaulesa "mais excelente em comprimento, largura, altura e estrutura".

A Notre Dame de Paris não é mais aquilo que se pode chamar de um monumento completo, definido e classificado. Não é mais uma igreja românica, ainda não é uma igreja gótica. Esse edifício não é um modelo. A Notre Dame de Paris não tem, como a Abadia de Tournus, a constituição grave e massiva, a abóbada redonda e ampla, a nudez glacial, a majestosa simplicidade dos edifícios que têm o cimbre pleno por gerador. Não é, como a Catedral de Bourges, o produto magnífico, leve, multifacetado, denso, sobrecarregado e eflorescente da ogiva. É impossível classificá-la na antiga família de igrejas sombrias, misteriosas, baixas como se esmagadas pelo cimbre; quase egípcia até próximo da altura do teto; todas hieroglíficas, todas sacerdotais, todas simbólicas; mais carregadas em seus ornamentos de losangos e ziguezagues do que de flores, de flores do que de animais, de animais do que de homens; obra arquitetural menos do que de bispo; primeira transformação da arte, toda impregnada de disciplina teocrática e militar, que tem suas raízes no baixo e termina em Guilherme, o Conquistador. É impossível colocar nossa catedral nessa outra família de igrejas altas, arejadas, ricas em vitrais e esculturas; agudas nas formas, ousadas nas atitudes; comunais e burguesas como símbolos políticos livres, caprichosas, desmedidas, como uma obra de arte; segunda transformação da arquitetura, não mais hieroglífica, imutável e sacerdotal, mas artística, progressiva e popular, que começa com o retorno das Cruzadas e termina com Luís XI. A Notre Dame de Paris não é de raça pura romana como as primeiras nem de raça pura árabe como as segundas.

É uma construção de transição. O arquiteto saxão estava terminando de construir os primeiros pilares da nave quando a ogiva que chegava da cruzada veio se estabelecer triunfante sobre os grandes capitéis romanos que deveriam sustentar apenas cimbres plenos. A ogiva, soberana desde então, constituía o resto da igreja. No entanto, inexperiente e tímida no início, ela se evade, se alarga, ainda de forma contida, e não se atreve a se lançar em flechas e lancetas, como se fez mais tarde em tantas maravilhosas catedrais. É como se ela se ressentisse da vizinhança dos pesados pilares romanos.

A propósito, esses edifícios da transição do romano para o gótico não são menos valiosos para estudar do que os tipos puros. Eles expressam uma nuance da arte que se perderia sem eles. Representam o enxerto da ogiva no cimbre pleno.

A Notre Dame de Paris é, em particular, uma amostra curiosa dessa variedade. Cada face, cada pedra do venerável monumento é uma página não só da história do país, mas também da história da ciência e da arte. Assim, para indicar aqui apenas os detalhes principais, enquanto a pequena porta vermelha atinge quase os limites das delicadezas góticas do século XV, os pilares da nave, por seu volume e gravidade, recuam até a abadia carolíngia de Saint-Germain-des-Prés. Pareciam existir seis séculos entre a porta e as pilastras. Até mesmo os herméticos encontraram nos símbolos do grande portal um resumo satisfatório de sua ciência, da qual a Igreja de Saint-Jacques-de-la-Boucherie era um hieróglifo bastante completo. Assim, a abadia românica, a igreja filosofal, a arte gótica, a arte saxã, o pesado pilar arredondado que lembra Grégoire VII, o simbolismo hermético por meio do qual Nicolas Flamel preludiava Lutero, a unidade papal, o cisma, Saint-Germain-des-Prés, Saint-Jacques-de-la-Boucherie, tudo está fundido, combinado, amalgamado na Catedral de Notre Dame. Essa igreja central e geradora é, entre as antigas igrejas de Paris, uma espécie de quimera: tem a cabeça de uma, os membros de outra, o traseiro de outra e um pouco de todas.

Repetimos, essas construções híbridas não são menos interessantes para o artista, para o antiquário ou para o historiador. Elas nos fazem perceber quão primitiva é a arquitetura, pois demonstram – como demonstram também os vestígios dos ciclopes, as pirâmides do Egito, os gigantescos pagodes hindus – que os maiores produtos de arquitetura são menos obras individuais do que obras sociais; são, ao contrário, o nascimento do trabalho de um povo, e não a inspiração de homens geniais; o legado deixado por uma nação; os amontoados de que resultam os séculos; o resíduo de sucessivas evaporações da sociedade humana; em uma palavra, são formações. Cada fluxo de tempo sobrepõe sua aluvião, cada raça deposita sua camada sobre o monumento, cada indivíduo acrescenta sua pedra. Assim fazem os castores, as abelhas, e assim fazem os homens. O grande símbolo da arquitetura, Babel, é uma colmeia.

Os grandes edifícios, como as grandes montanhas, são obras dos séculos. Muitas vezes a arte é transformada quando ainda está em processo: *pendent opera interrupta*[41]; eles seguem acompanhando pacificamente a arte transformada. A nova arte se apodera do monumento tal como o encontra, incrusta-se nele, assimila-o, desenvolve-o à sua fantasia e o completa, se possível. A coisa é realizada sem desordem, sem esforço, sem reação, de acordo com uma lei natural e tranquila. É um enxerto que ocorre, uma seiva que circula, uma vegetação que recomeça. É certo que há material para muitos livros, e muitas vezes para a história universal da humanidade, nessas sucessivas fusões de várias artes, em vários níveis, no mesmo monumento. O homem, o artista, o indivíduo são todos apagados nessas grandes massas sem o nome do autor; a inteligência humana é nela resumida e totalizada. O tempo é o arquiteto, o povo, o pedreiro.

Ao considerarmos aqui apenas a arquitetura europeia cristã, essa irmã mais nova das grandes alvenarias orientais, ela aparece aos olhos como uma imensa formação dividida em três zonas bem definidas que se sobrepõem: a zona romântica[42], a zona gótica e a zona renascentista,

[41] Virgílio, *Eneida* IV, 88: "o trabalho interrompido permanece pendente". (N.T.)

[42] É a mesma que também é chamada, dependendo dos lugares, dos climas e das espécies, lombarda, saxã e bizantina. São quatro arquiteturas irmãs e paralelas, cada uma tendo seu próprio caráter particular, mas derivando do mesmo princípio, o pleno cimbre.

Facies non omnibus una,
Non diversa tamen, qualem, etc.

Ovídio, *Metamorfoses*, II, 13: "Aparência igual não tem, mas não diversificada...". (N.T.)

a que poderíamos chamar tranquilamente de greco-romana. A camada românica, que é a mais antiga e mais profunda, está ocupada pelo pleno cimbre, que ressurge sustentado pela coluna grega na camada moderna e superior do Renascimento. A ogiva está entre duas camadas. Os edifícios que pertencem exclusivamente a uma dessas três camadas são perfeitamente distintos, unos e completos. Como a Abadia de Jumièges, a Catedral de Reims, a Sainte-Croix de Orléans. Mas as três zonas se misturam e se amalgamam pelas bordas, como as cores no espectro solar. Disso resultam os complexos monumentos e os edifícios de nuance e de transição. Um é romano nos pés, gótico no meio, greco-romano na cabeça. Foram necessários seiscentos anos para construí-lo. É uma variedade rara. O torreão de Étampes é um exemplo disso. Mas os monumentos com duas formações são mais comuns. Como a Notre Dame de Paris, edifício ogival que afunda seus primeiros pilares nessa zona românica onde estão imersos o portal de Saint-Denis e a nave de Saint-Germain-des-Prés. Como também a encantadora sala capitular semigótica de Bocherville, na qual a camada românica chega até a metade. É a Catedral de Rouen, que seria inteiramente gótica se não banhasse a extremidade de sua flecha central na zona da renascença[43].

Além disso, todas essas nuances e diferenças afetam apenas a superfície dos edifícios. Foi a arte que mudou de pele. A constituição da igreja cristã em si não está sob ataque. É sempre a mesma estrutura interior, a mesma disposição lógica das partes. Qualquer que seja o invólucro esculpido e bordado de uma catedral, há sempre por baixo, pelo menos em estado embrionário e rudimentar, a basílica romana. Ela se desenvolve eternamente no terreno de acordo com a mesma lei. São duas naves imperturbáveis que se entrecruzam e cuja extremidade superior, arredondada em abside, forma o coro. São sempre bermas, para as processões interiores

[43] Essa parte da flecha, que era de carpintaria, é precisamente aquela que foi consumida pelo fogo do céu em 1823. (N.T.)

nas capelas, tipos de passeios laterais onde a nave central se desafoga pelos entrecolunamentos. Feita essa consideração, o número de capelas, portais, campanários e pináculos muda infinitamente, de acordo com a fantasia do século, do povo, da arte. O serviço do culto uma vez estabelecido e assegurado, a arquitetura faz o que bem entende. Estátuas, vitrais, rosáceas, arabescos, dentilhões, capitéis, baixos-relevos, todas essas imaginações se combinam de acordo com o logaritmo que lhe convém. Daí a prodigiosa variedade externa desses edifícios, no fundo dos quais se encontra tanta ordem e unidade. O tronco da árvore é imutável, a vegetação é caprichosa.

Paris em sobrevoo

Acabamos de tentar restaurar para o leitor essa admirável Igreja Notre Dame de Paris. Indicamos brevemente a maior parte das belezas que ela tinha no século XV e que hoje lhe faltam; mas omitimos o principal, que é a vista de Paris que descobríamos do alto das suas torres.

De fato, depois de tatear por um longo tempo a tenebrosa espiral que penetra perpendicularmente a espessa muralha dos campanários, finalmente se chega a uma das duas plataformas elevadas, inundadas pela luz do dia e pelo ar. Era um belo panorama que se desdobrava de uma só vez e de todos os lados diante os olhos. Um espetáculo *sui generis* de que podem facilmente ter uma ideia aqueles nossos leitores que tiveram o prazer de ver uma cidade gótica inteira, completa e homogênea, como ainda há algumas – em Nuremberg, na Baviera; Vitoria, na Espanha, ou mesmo amostras menores, mas bem conservadas, como Vitré, na Bretanha, e Nordhausen na Prússia.

A Paris de trezentos e cinquenta anos atrás, a Paris do século XV, já era uma cidade gigantesca. Em geral, nós, parisienses, estamos enganados em relação ao terreno que acreditamos ter ganhado desde então. Paris, desde

Luís XI, não cresceu muito mais do que um terço e perdeu muito mais em beleza do que ganhou em grandeza.

Paris nasceu, como sabemos, na velha Ilha de la Cité, que tem a forma de um berço. A praia dessa ilha foi seu primeiro cerco, e o Rio Sena, seu primeiro fosso. Paris permaneceu por vários séculos na condição de ilha, com duas pontes, uma ao norte, outra ao sul, e dois acessos à ponte, que eram ao mesmo tempo suas portas e suas fortalezas, o Grand-Châtelet na margem direita, e o Petit-Châtelet na margem esquerda. Então, desde os reis da primeira estirpe, muito apertada em sua ilha e incapaz de se mexer, Paris atravessou o rio. Além do Grand e além do Petit-Châtelet, uma primeira cercadura de muralhas e torres começou a invadir o campo em ambos os lados do Sena. Desse antigo cercamento ainda havia alguns vestígios no século passado. Hoje resta apenas a lembrança, e aqui e ali uma tradição, como a Porta Baudets ou Baudoyer, a Porta Bagauda. Pouco a pouco, o fluxo de casas, sempre empurrado do coração da cidade para o exterior, transbordou, corroeu, desgastou e apagou a linha murada. Filipe Augusto construiu um novo dique. Ele aprisionou Paris em uma cadeia circular de torres robustas, altas e sólidas. Por mais de um século, as casas se comprimiram, acumularam-se e elevaram-se em altura nessa bacia, como água em um reservatório. Elas começaram a tornar-se profundas, a sobrepor pisos sobre pisos, amontoaram-se umas sobre as outras, jorrando alto como seiva comprimida, e precisavam passar por cima de suas vizinhas para obter um pouco de ar. As ruas entrecruzaram-se e estreitaram-se cada vez mais, com todos os lugares sendo preenchidos e desaparecendo. As casas enfim subiram além do muro de Filipe Augusto e se espalharam alegremente e desordenadamente pela planície, como fugitivas. Lá elas se espalharam e esculpiram jardins nos campos, à vontade. A partir de 1367, a cidade se expandiu tanto pelo subúrbio que uma nova cercadura foi necessária, especialmente na margem direita. Carlos V a construiu. Mas uma cidade como Paris está em uma cheia perpétua.

Apenas cidades como essa se tornam capitais. Esses são os funis onde vêm desembocar todas as vertentes geográficas, políticas, morais e intelectuais de um país, todas as inclinações naturais de um povo; poços de civilização, por assim dizer, e também sistemas de esgotos onde o comércio, a indústria, a inteligência, a população, tudo o que é seiva, tudo o que é vida, tudo o que é a alma de uma nação, é filtrado e acumulado, gota a gota, século a século, sem cessar. A muralha de Carlos V teve então o mesmo destino da muralha de Filipe Augusto. A partir do final do século XV, foi atravessada, ultrapassada, e o subúrbio expandiu-se um pouco mais. No século XVI, pareceu recuar a olhos vistos e adentrar cada vez mais na cidade velha, de tanto que uma nova cidade já se avolumava mais além. Assim, para nos determos no século XV, desde então Paris tinha utilizado os três círculos concêntricos de muralhas que, já na época de Julien, o Apóstata, estavam, por assim dizer, germinados no Grand-Châtelet e no Petit-Châtelet. A poderosa cidade tinha sucessivamente rachado seus quatro cintos de muros, como uma criança que cresce e rasga suas roupas do ano anterior. Sob Luís XI, podia-se ver, em certos lugares, naquele mar de casas, surgir alguns grupos de torres em ruínas das antigas muralhas, como os picos das colinas em uma inundação, como os arquipélagos da velha Paris submergida sob a nova.

Desde então, Paris foi novamente transformada, infelizmente para os nossos olhos, mas atravessou apenas mais uma muralha, a de Luís XV, o mísero muro de lama e cuspe digno do rei que o construiu, digno do poeta que o cantou:

O muro murando Paris faz Paris murmurar.

No século XV, Paris ainda era dividida em três cidades completamente distintas e separadas, cada uma tendo sua própria fisionomia, sua especialidade, seus hábitos, seus costumes, seus privilégios, sua história: a Cité, a

Universidade e a Cidade. A Cité, que ocupava a ilha, era a mais antiga, a menor e a mãe das outras duas, cerrada entre elas, se nos permitem a comparação, como uma pequena senhora idosa entre duas grandes e belas jovens. A Universidade cobria a margem esquerda do Sena, da Tournelle à Torre de Nesle, pontos que correspondem, na Paris de hoje, ao Mercado de Vinho e à Casa da Moeda. Sua muralha chanfrava amplamente esses campos onde Julien havia construído suas termas. A Montanha de Sainte-Geneviève ficava inteiramente do lado de dentro. O ponto culminante dessa curva de muralhas era a Porta Papal, ou seja, aproximadamente a localização atual do Panteão. A Cidade, que era a maior das três divisões de Paris, ficava à margem direita. Seu cais, embora rompido ou interrompido em vários lugares, corria ao longo do Sena, da Torre de Billy até a Torre du Bois, ou seja, de onde hoje se localiza o Grenier de abundância até as Tuileries. Esses quatro pontos onde o Sena cortava a muralha da capital, com a Tournelle e a Torre de Nesle à esquerda e a Torre de Billy e a Torre du Bois à direita, eram chamados, por excelência, de **as quatro torres de Paris**. A Cidade adentrava essas terras ainda mais profundamente do que a Universidade. O ponto culminante do cerco da Cidade (a de Carlos V) estava nas portas de Saint-Denis e Saint-Martin, cuja localização permanece a mesma.

Como acabamos de dizer, cada uma dessas três grandes divisões de Paris era uma cidade, mas uma cidade muito peculiar para ser completa, uma cidade que não poderia manter-se sem as outras duas. Tinha também três aspectos completamente distintos. Na Cité, abundavam igrejas, na Cidade, palácios, e na Universidade, colégios. Para negligenciar aqui as originalidades secundárias da antiga Paris e os caprichos do direito de urbanização, vamos dizer, de um ponto de vista geral, considerando apenas os conjuntos e as massas no caos das jurisdições comunais, que a ilha pertencia ao bispo, a margem direita, ao preboste dos comerciantes, e a margem esquerda, ao reitor. O preboste de Paris, oficial real e não municipal, respondia pelos três. A Cité tinha a Notre Dame, a Cidade, o Louvre e a Prefeitura, e a Universidade, a Sorbonne. A Cidade tinha os Halles, a Cité, o Hôtel-Dieu, e a Universidade, o Pré-aux-Clercs. O delito cometido pelos estudantes na margem esquerda, em seu Pré-aux-Clercs, era julgado na ilha, no Palácio de Justiça, e a punição era aplicada na margem direita, em Montfaucon. A menos que o reitor, sentindo a Universidade forte e o rei fraco, interviesse, pois era um privilégio dos estudantes serem enforcados em seu próprio território.

(A maioria desses privilégios, a propósito, e havia melhor do que isso, tinha sido extorquida aos reis por revoltas e motins. Essa é a marcha imemorial. O rei só cede quando o povo arranca, há uma antiga carta que diz isso ingenuamente, sobre a fidelidade: *Civibus fidelitas in reges, quae famen aliquoties seditionibus interrupta, multa peperit privilegia*[44].)

No século XV, o Sena banhava cinco ilhas dentro muralha de Paris: a Ilha Louviers, onde então havia árvores e onde resta agora somente madeira; a Ilha aux Vaches e a ilha de Notre Dame, completamente desertas, a não ser por alguns casebres, ambas feudos do bispo (no século XVII, essas duas ilhas eram uma só, que foi urbanizada e que chamamos de Ilha São Luís); finalmente, a Cité, e, em sua ponta, o ilhéu do atravessador de vacas que, danificado posteriormente, agora é uma península da Pont-Neuf. A cidade tinha então cinco pontes: três à direita, Notre Dame e Pont-au-Change, feitas de pedra, e Pont-aux-Meuniers, feita de madeira; duas à esquerda, Petit-Pont, de pedra, e Ponte Saint-Michel, de madeira, todas com casas construídas sobre elas. A Universidade tinha seis portões construídos por Filipe Augusto: eram, a partir da Tournelle, o portão de Saint-Victor, o portão de Bordelle, o portão Papal, o portão de Saint-Jacques, o portão de Saint-Michel e o portão de Saint-Germain. A cidade tinha seis portões construídos por Carlos V; eram eles, a partir

[44] "A fidelidade dos cidadãos aos reis, embora muitas vezes interrompida por sedições, garantiu-lhes muitas vantagens". (N.T.)

da Torre de Billy, o portão Saint-Antoine, o portão do Temple, o portão Saint-Martin, o portão Saint-Denis, o portão Montmartre e o portão Saint-Honoré. Todos esses portões eram fortes, e bonitos também, o que não estraga sua força. Uma vala larga e profunda, com uma forte correnteza nas inundações de inverno, lavava o pé das muralhas em torno de Paris; o Sena fornecia a água. À noite os portões eram fechados, o rio era bloqueado em ambas as extremidades da cidade com grandes correntes de ferro, e Paris dormia pacificamente.

Vistos de cima, esses três burgos, a Cité, a Universidade e a Cidade, apresentavam cada um uma inextricável malha de ruas estranhamente entrecruzadas. No entanto, em um primeiro momento, percebia-se que esses três fragmentos da cidade formavam um só corpo. Viam-se de imediato duas longas ruas paralelas, sem rupturas, sem perturbação, quase em linha reta, que atravessavam as três cidades de ponta a ponta, do sul ao norte, perpendicularmente ao rio Sena, e que ligavam, entrecruzavam, fundiam, derramavam, atravessavam a população de uma muralha a outra, transformando os três burgos em apenas um. A primeira dessas duas ruas ia do portão Saint-Jacques até o portão Saint-Martin. Ela se chamava Rua Saint-Jacques na Universidade, Rua de la Juiverie na Cité e Rua Saint-Martin na Cidade e atravessava por sobre a água duas vezes, sob o nome de Petit-Pont e de Ponte Notre Dame. A segunda, que se chamava Rua de la Harpe na margem esquerda, Rua de la Barillerie na ilha, Rua Saint-Denis na margem direita, Ponte Saint-Michel em um braço do Sena e Pont-au-Change no outro, ia do portão de Saint-Michel, na Universidade, ao portão de Saint-Denis, na Cidade. Porém, sob tantos nomes diferentes, eram apenas duas ruas, mas as duas ruas mães, as duas ruas geradoras, as duas artérias de Paris. Todas as outras veias da tripla cidade vinham terminar ou desaguar ali.

Além dessas duas ruas principais, diametrais, que perfuravam Paris de um lado a outro em sua largura, comuns a toda a capital, a Cidade e a

Universidade tinham, cada uma, sua própria grande rua particular, que se estendia na direção de seu comprimento, paralelamente ao Sena, e em sua passagem cortava em ângulos retos as duas ruas arteriais. Assim, na Cidade, descia-se em linha reta do portão Saint-Antoine ao portão Saint-Honoré; na Universidade, do portão Saint-Victor ao portão Saint-Germain. Essas duas grandes vias cruzavam-se com as duas primeiras e formavam o pano de fundo sobre o qual repousava, entrelaçada e cortada em todas as direções, a rede labiríntica das ruas de Paris. No desenho ininteligível dessa rede também se podia distinguir, examinando cuidadosamente, como dois grandes feixes alargados, um na Universidade e o outro na Cidade, dois conjuntos de grandes ruas que se ampliavam das pontes aos portões.

Algo desse plano geométrico subsiste ainda hoje.

Agora, sob que aspecto esse conjunto se apresentava do topo das torres da Notre Dame, em 1482? É o que vamos tentar descrever.

Para o espectador que chegava sem fôlego ao topo, era primeiro o deslumbramento com telhados, chaminés, ruas, pontes, praças, flechas e campanários. Tudo atraía a atenção do olhar ao mesmo tempo, a empena talhada, a cobertura pontiaguda, a torrezinha suspensa nas quinas das paredes, a pirâmide de pedra do século XI, o obelisco de ardósia do século XV, a torre redonda e nua do torreão, a torre quadrada e bordada da igreja, o grande, o pequeno, o maciço, o etéreo. O olhar se perdia profundamente e por muito tempo naquele labirinto onde não havia nada que não tivesse sua originalidade, sua razão, sua genialidade, sua beleza, nada que não viesse da arte, desde a menor casa com a fachada pintada e esculpida, com carpintaria externa, porta rebaixada, andares sobrepostos, até o real Louvre, que tinha então uma colunata de torres. Mas eis as principais massas que se distinguiram quando os olhos começavam a se adaptar a esse tumulto de edifícios.

Primeiro a Cité. Como disse Sauval, através de seu amálgama que às vezes tem essas boas doses de estilo, “a ilha de la Cité é como um grande navio afundado no lodo e encalhado na água bem no meio do Sena"[45]. Acabamos de explicar que, no século XV, esse navio ficava ancorado em ambas as margens do rio por cinco pontes. Essa forma de navio também tinha atraído a atenção dos escribas heráldicos, pois é de lá, e não da sede dos normandos, que vem, de acordo com Favyn e Pasquier, o navio que emblema o antigo brasão de armas de Paris. Para quem sabe decifrar, o brasão é uma álgebra, uma linguagem. Toda a história da segunda metade da Idade Média está escrita no brasão, como a história da primeira parte no simbolismo das igrejas românicas. Esses são os hieróglifos do feudalismo, depois dos da teocracia.

A Cité, portanto, oferecia-se primeiro aos olhos com a popa para o levante e a proa para o poente. Ao se virar para a proa, tinha-se à frente um incontável rebanho de telhados antigos sobre os quais se arredondava a cobertura de chumbo da Sainte-Chapelle, semelhante ao costado de um elefante com uma torre em cima. Só que, neste caso, essa torre era a flecha mais audaciosa, mais elaborada, mais esculpida e mais dilacerada que já entrecortou o céu com seu cone rendado. Bem próximo da Notre Dame, à frente dela, três ruas desembocavam no átrio – uma bela praça com antigas casas. No lado sul dessa praça, inclinava-se a fachada enrugada e carrancuda do Hôtel-Dieu e seu telhado que parece coberto de pústulas e verrugas. Em seguida, à direita, à esquerda, a leste e a oeste, na estreita muralha da Cité, erguiam-se os campanários de suas vinte e uma igrejas, de diferentes épocas, formas, grandezas, desde a baixa e corroída campânula românica de Saint-Denys-du-Pas, *carcer Glaucini*[46], até os finos pináculos de Saint--Pierre-aux-Boeufs e Saint-Landry. Atrás da Notre Dame havia, ao norte, o claustro com suas galerias góticas; ao sul, o palácio semirromânico do bispo; ao leste, a ponta deserta do Terrain. Nesse amontoado de casas o olho ainda distinguia, entre as altas mitras de pedra descobertas que coroavam

[45] Sauval, I, 94. (N.T.)

[46] "Prisão de Glaucin". (N.T.)

então os topos das mais altas janelas dos palácios, a hospedagem oferecida pela cidade, sob o reinado de Carlos VI, a Juvénal des Ursins. Um pouco mais adiante, as choupanas alcatroadas do Marché-Palus. Mais adiante ainda, a nova abside de Saint-Germain-Le-Vieux, estendida, em 1458, até a extremidade da Rua Aux Febves. Ainda, esparsos, um cruzamento lotado de gente, um pelourinho erguido em uma esquina, um belo trecho pavimentado de Filipe Augusto – magnífico lajeamento estriado para os cascos dos cavalos, no meio do caminho, e tão mal substituído no século XVI por miseráveis pedras chamadas de "pavimentação da Liga", um quintal deserto com uma dessas diáfanas torrezinhas de escadas, comuns no século XV, como ainda vemos na rua dos Bourdonnais. Finalmente, à direita da Sainte-Chapelle, em direção ao pôr do sol, o Palácio de Justiça se assentava na beira da água com seu grupo de torres. Os bosques dos jardins do rei, que cobriam a borda ocidental da Cité, mascaravam a ilhota do atravessador. Do alto das torres da Notre Dame, quase não era possível ver as águas de ambos os lados da Cité. O Sena desaparecia sob as pontes, e as pontes, sob as casas.

E, quando o olhar cruzava essas pontes, cujos telhados verdejavam diante dos olhos, mofados precocemente pelos vapores de água, se ele se dirigia para a esquerda, na direção da Universidade, o primeiro edifício que encontrava era um espesso e baixo feixe de torres: o Petit-Châtelet, cuja varanda escancarada devorava a ponta da Petit-Pont. Depois, se o olhar percorria a vista do nascente ao poente, a partir da Tournelle até a Torre de Nesle, encontrava um longo cordão de casas com vigas esculpidas, janelas coloridas, erguendo de andar em andar sobre o piso um interminável zigue-zague de empenas burguesas, cortadas frequentemente pela saída de uma rua, e de vez em quando, também pela fachada ou ainda pela esquina de uma grande residência de pedra que se impunha confortavelmente – com quadras e jardins, alas e sedes – entre a multidão de casas amontoadas e comprimidas, como um grande senhor em meio aos aldeões. Havia cinco ou seis dessas residências no cais, a partir da residência de Lorraine, que compartilhava com os Bernardins o grande recinto adjacente à Tournelle, até a residência de Nesle, cuja torre principal bordeava Paris e cujos telhados pontudos, durante três meses do ano, recortavam com seus triângulos escuros o disco escarlate do sol poente.

Esse lado do Sena, aliás, era o menos mercantil dos dois. Os estudantes faziam mais barulho e tumulto do que os artesãos, e havia um cais propriamente dito apenas da Ponte Saint-Michel até a Torre de Nesle. O restante da margem do Sena era, por vezes, uma praia nua, como além dos Bernardins, outras vezes uma pilha de casas que tinham o pé na água, como entre as duas pontes. Havia um grande alarido de lavadeiras que gritavam, falavam e cantavam, do amanhecer ao entardecer, ao longo da margem, e batiam as roupas com força, como ainda fazem hoje em dia. Era um dos locais mais animados de Paris.

A Universidade formava um bloco. De uma ponta à outra, era um conjunto homogêneo e compacto. Os milhares de telhados, rijos, angulares, aderentes, quase todos compostos pelo mesmo elemento geométrico, apresentavam, vistos de cima, o aspecto de cristalização de uma mesma substância. A ravina caprichosa das ruas não cortava esse bloco de casas em partes demasiadamente desproporcionais. Os quarenta e dois colégios estavam distribuídos por toda parte de uma forma bastante equilibrada. As cumeeiras variadas e divertidas desses belos edifícios eram produto da mesma arte que os simples telhados que elas excediam, e eram, em definitivo, apenas uma multiplicação ao quadrado ou ao cubo de uma mesma figura geométrica, de modo que eles complicavam o todo sem perturbá-lo, completavam-no sem sobrecarregá-lo. A geometria é uma harmonia. Algumas belas moradias também formavam magníficas projeções aqui e ali, sobre os pitorescos sótãos da margem esquerda, a residência de Nevers, de Roma e de Reims, que desapareceram. O Palácio de Cluny subsiste ainda, para consolo do artista, mas sua torre foi estupidamente descoroada alguns anos atrás. Perto de Cluny, esse palácio romano com belos arcos cimbrados, ficavam as Termas de Julien. Havia também muitas abadias de uma beleza mais devota, de uma grandeza mais sóbria do que os edifícios, mas não menos bonitas nem menores. Aqueles que primeiro despertavam a atenção eram os Bernardins com seus três campanários; Sainte-Geneviève, cuja torre quadrada, que ainda existe, faz lamentar pelo restante; a Sorbonne, metade colégio, metade monastério, onde ainda subsiste uma admirável nave, o belo monastério quadrilateral dos Mathurins; seu vizinho, o monastério de Saint-Benoît, entre cujos muros foi feito às pressas um teatro, entre a sétima e a oitava edições deste livro; Cordeliers, com suas três enormes empenas justapostas; os Augustins, cujo gracioso pináculo compunha, após a Torre de Nesle, o segundo rendilhado desse lado de Paris, a partir do oeste. Os colégios, que são de fato o elo intermediário do claustro com o mundo, ocupavam o meio-termo na série monumental entre os edifícios e as abadias, com uma sobriedade cheia de elegância, uma escultura menos vaporosa do que os palácios, uma arquitetura menos sombria do que a dos conventos. Infelizmente, não resta quase nada desses monumentos onde a arte gótica entrecortava com tanta precisão a riqueza e a economia. As igrejas (e elas eram numerosas e esplêndidas na Universidade e distribuíam-se também por todas as idades da arquitetura, desde os cimbres de Saint-Julien até as ogivas de Saint-Séverin) dominavam o todo e, com uma harmonia a mais nessa massa harmônica, atravessavam a todo instante o recorte múltiplo das empenas com flechas talhadas, os campanários abertos e os pináculos soltos, cuja linha era também uma magnífica extrapolação do ângulo agudo dos telhados.

O terreno da Universidade era disforme. O Monte Sainte-Geneviève formava, a sudeste, uma enorme bolha e era uma atração para os olhos, visto do topo da Notre Dame, com sua profusão de ruas estreitas e curvas (hoje o Quartier Latin), esse aglomerado de casas que, espalhadas por todas as direções a partir do topo dessa eminência, precipitavam-se em desordem e quase a pico em seus flancos até a beira da água, parecendo que algumas caíam e outras escalavam, todas tentando sustentar umas às outras. Um fluxo contínuo de mil pontos negros que se cruzavam na calçada deixava a vista embaralhada. Era a população, vista do alto e de longe.

Enfim, nos intervalos desses telhados, dessas flechas, desses incontáveis edifícios irregulares que dobravam, torciam e recortavam de forma estranha a linha extrema da Universidade, era possível vislumbrar, de maneira espaçada, um grande pedaço de muro coberto de musgo, uma espessa torre arredondada, um portão de cidade ameado, parecendo uma fortaleza: era o cerco de Filipe Augusto. Adiante, verdejavam os prados, e, mais além, corriam as estradas ao longo das quais ainda resistiam algumas casas de subúrbio, tanto mais raras quanto mais se afastavam. Alguns desses subúrbios eram importantes. O primeiro, a partir da Tournelle, era o burgo Saint-Victor, com sua ponte de um só arco sobre o Bièvre, sua abadia onde era possível ler o epitáfio de Luís le Gros, *epitaphium Ludovici Grossi*, e sua igreja com um campanário octogonal, ornamentado com quatro torrezinhas do século XI (pode-se ver uma semelhante em Étampes, ela ainda não foi derrubada). Vinha depois a aldeia de Saint-Marceau, que já tinha três igrejas e um convento. Em seguida, deixando à esquerda o moinho dos Gobelins e seus quatro muros brancos, estava o subúrbio Saint-Jacques com a belíssima cruz esculpida em seu entroncamento, a Igreja de Saint-Jacques du Haut-Pas, que era gótica, pontuda e charmosa, Saint-Magloire, bela nave do século XIV, que Napoleão transformou em depósito de feno, e a Notre-Dame-des-Champs, onde havia mosaicos bizantinos. Enfim, depois de deixar para trás o Monastério de Chartreux, um rico edifício contemporâneo do Palácio de Justiça, com seus pequenos jardins compartimentados e suas ruínas mal-assombradas de Vauvert, o olhar seguia para oeste, onde se encontravam os três pináculos românicos de Saint-Germain-des-Prés. O burgo de Saint-Germain, já uma grande comuna, ocupava uns quinze ou vinte quarteirões. O campanário agudo de Saint-Sulpice marcava um dos seus extremos. Ao lado dele estava a muralha quadrilateral da feira Saint--Germain, onde hoje está o mercado; logo depois, o pelourinho do abade, uma pequena e bela torre redonda coberta com um cone de chumbo. A olaria ficava mais adiante, e também a Rua du Four, que levava ao forno banal, e o moinho em sua colina, e a gafaria, uma casinha isolada, malvista. Mas o que mais chamava a atenção dos olhos e os mantinha fixos por muito tempo nesse ponto era a própria abadia. É certo que esse monastério, que tinha uma aparência imponente, como igreja e como senhoria, esse palácio abacial onde os bispos de Paris sentiam-se felizes em poder hospedar-se por ao menos uma noite, esse refeitório a que o arquiteto tinha dado o ar, a beleza e a esplêndida rosácea de uma catedral, essa elegante capela da Virgem, esse monumental dormitório, esses vastos jardins, essas grades de defesa, essa ponte levadiça, esse envelope de ameias que recorta o verde dos prados do entorno, esses pátios onde reluziam os homens com suas armas, misturados às copas douradas, tudo agrupado e reunido em torno das três altas torres com seus arcos semicirculares, apoiados em uma abside gótica, formava uma magnífica figura no horizonte.

Quando finalmente, depois de considerar por muito tempo a Universidade, você se volta para a margem direita, na direção da Cidade, o espetáculo muda bruscamente de aspecto. A Cidade, de fato muito maior do que a Universidade, também parecia menos cidade. À primeira vista, ela se dividia em várias massas singularmente distintas. Primeiro, a leste, nessa parte da Cidade que ainda hoje tem o nome do pântano onde Camulogène atolou César, havia um amontoado de moradias que chegava à beira da água. Quatro palacetes quase colados um ao outro, Jouy, Sens, Barbeau e o da rainha, refletiam no Sena seus telhados de ardósia entrecortados por esbeltas torrezinhas. Esses quatro edifícios preenchiam o espaço da Rua des Nonaindières até a Abadia dos Célestins, cujo pináculo realçava graciosamente sua linha de empenas e ameias. Alguns casebres esverdeados, inclinados sobre a água na frente desses suntuosos palacetes, não impediam avistar os belos ângulos das suas fachadas, suas amplas janelas quadradas com peitoril de pedra, seus alpendres em ogiva sobrecarregados de estátuas, as vívidas arestas de suas paredes sempre bem talhadas e todo o encantador acaso da arquitetura que faz com que a arte gótica pareça renovar suas combinações a cada monumento. Por trás desses palácios, corria em todas as direções, ora fendida, paliçada e recortada como uma cidadela, ora velada por árvores altas como uma cartuxa, a imensa e multifacetada muralha desse miraculoso Palácio de Saint-Pol onde o rei da França tinha o suficiente para hospedar de modo soberbo vinte e dois príncipes da qualidade de Dauphin e do duque da Borgonha, bem como seus criados e séquitos, sem contar os grandes senhores e o imperador, quando ele vinha ver Paris, e os leões, que tinham seu próprio palácio dentro do palácio real. Lembremos que o apartamento de um príncipe não tinha menos de onze cômodos, a contar do quarto de dormir até o oratório, sem mencionar as galerias, os banhos, as estufas e outros "lugares supérfluos" que compunham cada apartamento. E sem mencionar também os jardins privativos de cada hóspede do rei, as cozinhas, adegas, despensas e refeitórios gerais da casa, além dos quintais onde havia vinte e dois laboratórios para atividades gerais, incluindo o almoxarifado e a escançaria. Jogos de mil tipos, como jogos com bola, pela, argolas; aviários, tanques de peixes, zoológicos, estábulos, estrebarias; bibliotecas, arsenais e fundições. Eis o que compunha então uma morada real, um Louvre, um Palácio Saint-Pol. Uma cidade dentro da cidade.

Da torre onde nos encontramos, o Palácio Saint-Pol, semioculto pelas quatro grandes moradias de que acabamos de falar, ainda era considerável e maravilhoso de ver. Distinguiam-se bem, embora habilmente soldados ao edifício principal por longas galerias, com vitrais e colunetas, os três palácios que Carlos V tinha amalgamado ao seu, o Palácio Petit-Muce, com sua balaustrada rendada, que abainhava graciosamente seu telhado; o palácio do abade de Saint-Maur, tendo o contorno de um castelo-forte, uma grande torre, machicólis, seteiras, torrezinhas de ferro e, sobre o grande portão saxão, o emblema do abade entre os dois entalhes da ponte levadiça; o palácio do conde d'Étampes, cujo torreão em ruínas era arrendondado e empertigado como uma crista de galo. Aqui e ali, três ou quatro velhos carvalhos formavam um tufo, como enormes couves-flores, folguedos de cisnes nas águas límpidas dos viveiros, salpicadas de sombra e de luz. Espaço de diversão onde se viam coisas pitorescas. O Palácio Lions, com suas ogivas baixas sobre curtas pilastras saxãs, suas grades de ferro, e seu rugido perpétuo, tudo sobreposto a esse conjunto de flechas escamadas da Ave-Maria. À esquerda, a residência do preboste de Paris, ladeada por quatro torrezinhas sutilmente escavadas; no meio, ao fundo, o Palácio Saint-Pol propriamente dito, com suas múltiplas fachadas, seus sucessivos enriquecimentos desde Carlos V, as excrescências híbridas com que a fantasia dos arquitetos o havia sobrecarregado nos últimos dois séculos, com todas as absides das suas capelas, todas as empenas de suas galerias, mil cataventos aos quatro ventos e suas duas altas torres adjacentes, cujo telhado cônico, circundado por ameias em sua base, pareciam aqueles chapéus pontiagudos com a aba levantada.

Continuando a subir os andares desse anfiteatro de palácios que se estendia ao longe, depois de atravessarmos uma profunda ravina cavada nos telhados da Cidade, que marcava a passagem da Rua Saint-Antoine, o olho – e nós nos contentamos com os principais monumentos – chegava à habitação de Angoulème, uma vasta construção de diversas épocas onde havia partes novas e bastante brancas que não se mesclavam melhor ao conjunto do que um quarto vermelho a um gibão azul. No entanto, o teto singularmente agudo e elevado do moderno palácio, cravejado de goteiras esculpidas, coberto com lâminas de chumbo onde se desenrolavam, em mil caprichosos arabescos, faiscantes incrustações de cobre dourado, esse telhado tão curiosamente damasquinado, lançava-se graciosamente do meio de ruínas acastanhadas do antigo edifício, incluindo as velhas e grandes torres, infladas pela idade como barris caindo sobre elas mesmas de vetustez e se rasgando de cima a baixo, parecendo barrigas gordas sob a camisa desabotoada. Atrás dela estava a floresta de pináculos do Palácio de Tournelles. Não se vê no mundo, nem em Chambord, nem no Alhambra, nada mais mágico, mais aéreo ou de maior prestígio do que esse bosque de flechas, sininhos, chaminés, cata-ventos, espirais, parafusos, luminárias atravessadas pela luz, que pareciam vazadas, pavilhões e torrezinhas espetadas, ou, como se dizia à época, *tournelles*, todas diferentes em forma, altura e atitude. Parecia um gigantesco tabuleiro de pedra.

À direita das Tournelles, um feixe de enormes torres negras como tinta, entrando umas nas outras e amarradas, por assim dizer, por uma vala circular, um torreão muito mais perfurado de seteiras do que de janelas, uma ponte levadiça sempre ereta, um portão sempre caído. Era a Bastilha. Essas espécies de bicos negros que saem por entre as ameias e que de longe parecem calhas são os canhões.

Sob as balas dos canhões, ao pé do formidável edifício, está a Porta Saint-Antoine, enfiada entre as duas torres.

Além das Tournelles, até a muralha de Carlos V, estendia-se um tapete aveludado de culturas e de parques reais, com ricos compartimentos de folhagens e flores, no meio dos quais era possível reconhecer, no seu labirinto de árvores e aleias, o famoso jardim Dedalus que Luís XI havia oferecido a Coictier. O observatório do doutor se elevava acima do dédalo, como uma larga coluna isolada tendo uma casinha como capitel, e nesse local eram tramadas terríveis astrologias.

É onde está hoje a Praça Royale.

Como acabamos de dizer, o bairro do palácio que tentamos descrever ao leitor, ainda que indicando apenas os cumes, preenchia o ângulo que a muralha de Carlos V formava com o Sena a leste. O centro da Cidade estava ocupado por um monte de casas populares. Era ali, de fato, que desembocavam as três pontes da Cité, na margem direita, e as pontes levavam às casas que ficavam antes dos palácios. Esse amontoado de moradias burguesas, prensadas como os alvéolos de uma colmeia, tinha sua beleza. Os telhados de uma capital são tão grandiosos como as ondas do mar. Primeiro as ruas, cruzadas e embaralhadas, criavam no conjunto cem figuras divertidas. Ao redor do Halles, era como uma estrela de mil pontas. As ruas Saint-Denis e Saint-Martin, com suas inúmeras ramificações, erguiam-se uma ao lado da outra como duas grandes árvores que misturam seus ramos. E então viam-se linhas sinuosas, como as ruas de la Plâtrerie, de la Verrerie, de la Tixeranderie, que serpenteavam sobre o conjunto. Havia também belos edifícios que se destacavam na ondulação petrificada desse mar de empenas. Na entrada da Pont-au-Change, atrás da qual era possível ver espumar o Sena sob as rodas do moinho da Pont-aux-Meuniers, estava o Châtelet, não mais torre romana como na época de Julien, o Apóstata, mas torre feudal, torre do século XIII, e feita de uma pedra tão dura que uma picareta, em três horas, não faria um buraco suficiente nem para passar o punho. Também o rico campanário quadrado de Saint-Jacques-de-la-Boucherie, com seus ângulos repletos de esculturas, já admirável, embora ainda não estivesse concluído no século XV. Faltavam-lhe, em particular, esses quatro monstros que, ainda hoje, empoleirados nos cantos de seu telhado, parecem quatro esfinges que apresentam à nova Paris o enigma da antiga. Rault, o escultor, só os colocou em 1526 e recebeu vinte francos por seu esforço. Havia a Maison-aux-Piliers, que dava para a Praça de Grève, da qual já demos alguma ideia ao leitor. Havia Saint-Gervais, que um portal "de bom gosto" estragou depois; Saint-Méry, cujas velhas ogivas eram ainda quase cimbres plenos; Saint-Jean, cujo magnífico pináculo era proverbial; vinte outros monumentos que não desdenhavam da ideia de mergulhar suas maravilhas nesse caos de ruas sombrias, estreitas e profundas. Somem-se a isso as cruzes de pedra esculpidas, mais frequentes ainda nos cruzamentos do que os patíbulos. O Cemitério dos Innocents, cuja muralha arquitetural era vista ao longe por cima dos telhados; o pelourinho do Halles, cujo cume era visto entre as duas chaminés da Rua de la Cossonnerie; a escada da Croix-du-Trahoir, em uma esquina sempre repleta de gente. Havia, ainda, os casebres circulares do mercado de trigo; os restos da antiga muralha de Filipe Augusto que se podia distinguir aqui e ali, afogados nas casas, torres corroídas pelas heras, portas arruinadas, pedaços de parede deformados e despencando; o cais com seus mil pequenos comércios e seus matadouros sangrentos; o Sena apinhado de barcos de Port-au-Foin até For-l'Évêque. Junte tudo isso e você terá um esboço do que era em 1482, o trapézio central da Cidade.

Perto desses dois bairros, um de palácios, outro de casas, o terceiro elemento do aspecto apresentado pela Cidade era uma grande região de abadias que a contornava em quase toda a sua extensão, de leste a oeste, e atrás da muralha de fortificações que fechava Paris e lhe oferecia uma segunda cercadura interna de conventos e capelas. Assim, imediatamente ao lado do Parque de Tournelles, entre a Rua Saint-Antoine e a antiga Rua du Temple, havia Sainte-Catherine com sua imensa área cultivada, limitada apenas pela muralha de Paris. Entre a velha e a nova Rua du Temple havia o Templo, um sinistro feixe de torres, alto, aprumado e isolado no meio de um vasto recinto ameado. Entre a Rua Neuve-du-Temple e a Rua Saint-Martin, havia a Abadia de Saint-Martin, em meio aos jardins, uma bela igreja fortificada cujo cinturão de torres e cuja tiara de campanários só perdiam em força e esplendor para Saint-Germain-des-Prés. Entre as duas ruas, Saint-Martin e Saint-Denis, ficava o recinto Trinité. Por fim, entre a Rua Saint-Denis e a Rua Montorgueil, o Filles-Dieu. Ao lado, era possível distinguir os telhados podres e o recinto não pavimentado da Cour des Miracles. Era o único elo profano que se misturava com a devota cadeia de conventos.

Finalmente, a quarta área que se destacava na aglomeração dos telhados da margem direita, e que ocupava o ângulo ocidental da muralha e a margem rio abaixo, era um novo nó de palácios e palacetes comprimidos aos pés do Louvre. O velho Louvre de Filipe Augusto, esse edifício descomunal, cuja torre central era envolvida por vinte e três torres-mestras, sem contar as torres menores, parecia de longe embutido nos sótãos góticos das residências de Alençon e do Petit-Bourbon. Essa hidra de torres, gigantesca guardiã de Paris, com suas vinte e quatro cabeças sempre atentas, suas garupas monstruosas, chumbadas ou escamadas de ardósia, e todos aqueles reflexos metálicos, arrematava, de forma surpreendente, a configuração da Cidade a oeste.

Assim era o imenso conjunto, que os romanos chamavam de *ínsula*, de casas burguesas, ladeado à direita e à esquerda por dois blocos de palácios coroados, um pelo Louvre, o outro pelos Tournelles, bordeado a norte por um cinturão de abadias e recintos cultivados, tudo amalgamado e fundido sob o olhar. Sobre esses milhares de edifícios, cujos telhados de cerâmica e de ardósia se entrecortavam em estranhas cadeias, estavam os campanários tatuados, gravados em alto relevo e guilhochados das quarenta e quatro igrejas da margem direita; miríades de ruas entrecruzadas que tinham como limites, de um lado, um cerco de altas muralhas com torres quadradas (as da Universidade eram torres redondas) e, do outro lado, o Sena recortado por pontes e navegado por muitos barcos: tal era a Cidade no século XV.

Além das muralhas, alguns subúrbios aglomeravam-se junto às portas, mas menos numerosos e mais dispersos que os da Universidade. Atrás da Bastilha havia vinte casebres apoiados em volta de curiosas esculturas da Croix-Faubin e dos arcobotantes da Abadia de Saint-Antoine des Champs. Em seguida, Popincourt, perdido no meio dos trigais, e La Courtille, um alegre vilarejo de cabarés. O burgo Saint-Laurent, com sua igreja cujo campanário, de longe, parecia juntar-se às torres pontudas da Porta Saint-Martin. O subúrbio Saint-Denis com sua vasta área fechada de Saint-Ladre. Na parte externa da Porta Montmartre, a Grange-Batelière, cercada por muralhas brancas; atrás dela, com suas encostas de giz, estava Montmartre, que tinha na época quase tantas igrejas quanto moinhos, mas que manteve apenas os moinhos, porque a sociedade agora só pede pelo pão que alimenta o corpo. Finalmente, além do Louvre, era possível ver prolongar-se pelos prados o subúrbio Saint-Honoré, já bastante considerável, e a verdejante Petite-Bretagne, e também se estender o Mercado Aux-Pourceaux, no centro do qual se arredondava a horrível fornalha de suplício dos falsificadores de moedas. Entre a Courtille e Saint-Laurent, o olho já podia reparar, na altura de uma elevação assentada em planícies desertas, uma construção que parecia, de longe, uma colunata em ruínas sobre um envasamento rente ao chão. Não era um Partenon nem um templo de Júpiter Olímpico. Era o Montfaucon.

Agora, se a enumeração de tantos edifícios, por mais que tenhamos tentado deixá-la sumária, não pulverizou na mente do leitor, conforme nós a construímos, a imagem geral da velha Paris, vamos tentar resumi-la em poucas palavras. No centro, a Ilha de la Cité, assemelhando-se pela forma a uma tartaruga e ressaltando suas pontes escamadas com telhas como patas, por debaixo de sua carapaça cinza de telhados. À esquerda, o trapézio monolítico, firme, denso, cerrado, grosseiro, da Universidade. À direita, o vasto semicírculo da Cidade, com uma mistura muito maior de jardins e monumentos. Os três blocos, Cité, Universidade e Cidade, marmoreados por incontáveis ruas. Obliquamente, o Sena, "a nutriz Sena", como diz o padre Du Breul, obstruído por ilhas, pontes e barcos. Ao redor, uma planície imensa, remendada com mil tipos de plantações semeadas em belos vilarejos. À esquerda, Issy, Vanvres, Vaugirard, Montrouge, Gentilly, com sua torre redonda e sua torre quadrada, etc.; à direita, vinte outras, de Conflans até Ville-l'Évêque. No horizonte, uma bainha de colinas dispostas em círculo, como o rebordo da bacia. Finalmente, mais distante, a leste, Vincennes e suas sete torres quadrangulares. Ao sul, Bicêtre e suas torrezinhas pontiagudas. Ao norte, Saint-Denis e seu pináculo. A oeste, Saint-Cloud e seu torreão. Essa é a Paris que os corvos viam em 1482 do topo das torres da Notre Dame.

É, no entanto, essa a cidade que Voltaire disse que "antes de Luís XIV tinha apenas quatro belos monumentos"[47]: a cúpula da Sorbonne, o Val-de-Grâce, o Louvre moderno, e não sei mais qual é o quarto, talvez o Luxemburgo. Felizmente, Voltaire não deixou de escrever *Candide* e não deixou de ser, em meio aos grandes homens que o sucederam na longa série de humanidade, aquele que melhor usou do riso diabólico. Isso prova, aliás, que se pode ser um belo gênio e não entender nada de uma arte que não é a sua. Molière não achava que iria honrar Rafael e Michelangelo ao chamá-los de os "Mignards de sua época"[48]?

Voltemos a Paris e ao século XV.

Não era apenas uma bela cidade; era uma cidade homogênea, um produto arquitetônico e histórico da Idade Média, uma crônica de pedra. Era uma cidade formada por apenas duas camadas, a camada românica e a camada gótica, porque a camada românica desaparecera havia muito tempo, exceto nas Termas de Julien, onde ainda perfurava a grossa crosta da Idade Média. Quanto à camada céltica, não era possível sequer encontrar amostras ao escavar poços.

Cinquenta anos mais tarde, quando o Renascimento veio misturar-se com essa unidade tão severa – e, todavia, tão variada – de luxo deslumbrante de fantasias e sistemas, seus excessos de cimbres plenos romanos, suas colunas gregas e seus rebaixamentos góticos, sua escultura tão terna e tão ideal, seu gosto particular por arabescos e acantos, o paganismo arquitetural contemporâneo de Lutero, Paris talvez tenha ficado ainda mais bela, embora menos harmoniosa ao olhar e ao pensamento. Mas esse esplêndido momento durou pouco. O Renascimento não foi imparcial. Ele não apenas construiu, mas também demoliu. É verdade que precisava de espaço. Então a Paris gótica ficou completa por apenas um minuto. Mal

---

[47] Voltaire, *Século de Luís XIV*, Introdução: "Paris não tinha quatrocentos mil homens e não era decorada com quatro belos edifícios". (N.T.)

[48] *A Gloire du Val-de-Grâce*. (N.T.)

se terminava Saint-Jacques-de-la-Boucherie e já se começava a demolição do velho Louvre.

Desde então, a grande cidade foi-se deformando dia após dia. A Paris gótica sob a qual a Paris românica se apagava também foi apagada por sua vez. Mas pode-se dizer qual Paris a substituiu?

Há a Paris de Catherine de Médicis, no Tuileries[49], a Paris de Henrique II, no Hôtel de Ville, dois edifícios de bom gosto; a Paris de Henrique IV, na Praça Royale: fachadas de tijolos com quinas de pedra e telhados de ardósia, com casas tricolores; a Paris de Luís XIII, no Val-de-Grâce: uma arquitetura esmagada e atarracada, com abóbadas como alças de cestos, com um não sei quê de barrigudo na coluna, e de corcunda na cúpula; a Paris de Luís XIV, nos Invalides: grande, rica, dourada e fria; a Paris de Luís XV, em Saint-Sulpice: volutas, nós de fita, nuvens, aletrias e chicórias, tudo de pedra; a Paris de Luís XVI, no Panteão: São Pedro de Roma mal copiada (o edifício empilhou-se de maneira gauche, o que não manteve as linhas harmônicas); a Paris da República, na Escola de Medicina: um mau gosto grego e romano que se assemelha ao Coliseu ou ao Partenon, como a constituição do ano III em relação às leis de Minos, que é chamado, na arquitetura, de estilo messidor; a Paris de Napoleão na Praça Vendôme: essa é sublime, uma coluna de bronze feita de canhões; a Paris da Restauração, na Bourse: uma colunata branca sustentando um friso bem liso, tudo quadrado e com o custo de vinte milhões.

A cada um desses monumentos característicos se liga, por uma semelhança de gosto, maneira e atitude, uma certa quantidade de casas

[49] Vimos com uma dor misturada com indignação que se pensava em ampliar, em refazer, em remodelar, ou seja, em destruir esse admirável palácio. Os arquitetos de hoje têm uma mão demasiado pesada para tocar nessas delicadas obras do Renascimento. Esperamos que não se atrevam a fazer nada. A propósito, essa demolição do Tuileries agora não só seria uma forma brutal de fazer isso, o que ruborizaria até um vândalo bêbado, como seria também um ato de traição. Tuileries já não é simplesmente uma obra-prima da arte do século XVI, é uma página da história do século XIX. Esse palácio já não pertence ao rei, mas ao povo. Deixem-no como está. Nossa revolução o marcou duas vezes na fronte. Em uma de suas duas fachadas há ainda as balas de 10 de agosto; na outra, as balas de 29 de julho. É um edifício sagrado. (N.T.)

espalhadas em vários bairros, que o olho de um especialista distingue e data facilmente. Quando se sabe observar, é possível encontrar o espírito de um século e a fisionomia de um rei, mesmo em uma aldrava de porta.

A atual Paris, portanto, não tem uma fisionomia geral. É uma coleção de amostras de vários séculos, e as mais belas desapareceram. A capital só cresce em casas, e que casas! Nesse ritmo, Paris será renovada a cada cinquenta anos. Assim, o significado histórico de sua arquitetura está desaparecendo a cada dia. Os monumentos estão se tornando cada vez mais raros, e parece que são gradualmente tragados, afogados pelas casas. Nossos pais tinham uma Paris de pedra; nossos filhos terão uma Paris de gesso.

Quanto aos monumentos modernos da nova Paris, dispensamos de bom grado a obrigação de falar deles. Não é como se não os admirássemos como eles merecem. Sainte-Geneviève de M. Soufflot é certamente o mais belo bolo de Savoie que já se esculpiu em pedra. O Palácio da Legião de Honra é também uma distinta amostra de *pâtisserie*. A cúpula do Mercado de Trigo é um boné de jóquei inglês em grande escala. As torres Saint-Sulpice são dois grandes clarinetes, e uma forma como outra qualquer; o telégrafo, torto e exagerado, forma um amável acidente sobre seus telhados. Saint-Roch tem um portal que só é comparável à magnificência de Saint-Tomas d'Aquin. Há nele também um calvário arredondando em um porão e um sol de madeira dourada. São coisas absolutamente maravilhosas. A luminária do labirinto do Jardin des Plantes é também muito engenhosa. Quanto ao Palácio da Bourse, grego por sua colunata, romano pelo cimbre pleno de suas portas e janelas e renascentista por sua grande abóbada rebaixada, é sem dúvida um monumento muito correto e muito puro. A prova é que é coroado com um ático que não se via nem em Atenas, uma bela linha reta graciosamente recortada aqui e ali pelas tubulações de aquecimento. Vale acrescentar que, embora seja uma regra que a arquitetura de um edifício deve ser adaptada ao seu destino, de tal forma que ele se revele por si só na aparência, não é possível maravilhar-se suficientemente por um monumento que pode ser tanto um palácio real, uma câmara legislativa, uma prefeitura, um colégio, uma escola de equitação, uma academia, um armazém, um tribunal, um museu, um quartel, um sepulcro, um templo ou um teatro. E que, entretanto, é uma Bourse[50]. Um monumento também deve ser adequado ao clima. Esse a que nos referimos foi obviamente construído especificamente para o nosso céu frio e chuvoso. Ele tem um telhado quase plano como os do Oriente, o que significa que no inverno, quando neva, deve-se varrer o telhado, e é certo que um telhado é feito para ser varrido. Quanto à destinação de que falamos há pouco, ele a preenche perfeitamente: é a Bourse na França, como teria sido um templo na Grécia. É verdade que o arquiteto teve muitos problemas para ocultar o mostrador do relógio, que teria destruído a pureza das belas linhas da fachada. Em contrapartida, temos essa colunata que circunda o monumento e sob a qual, nos grandes dias de solenidade religiosa, se pode desenvolver majestosamente a profissão dos cambistas e corretores de comércio.

São, sem dúvida, esplêndidos monumentos. Juntemos a ele ruas bonitas, divertidas e variadas, como a Rua de Rivoli, e eu não perco a esperança de que Paris, vista do alto de um balão, um dia apresente aos olhos essa riqueza de linhas, essa opulência de detalhes, essa diversidade de aspectos, esse não sei quê de grandioso na simplicidade e de inesperado na beleza, semelhante a um tabuleiro de damas.

No entanto, por mais admirável que pareça a Paris do presente, imagine a Paris do século XV, reconstrua-a em seu pensamento, olhe para o céu diurno através dessa surpreendente sebe de pináculos, torres e campanários; circule pela imensa cidade; rasgue a ponta das ilhas; dobre os arcos das pontes do Sena, com seus vastos charcos verdes e amarelos, mais mutáveis que a pele de uma serpente; recorte claramente no azul do horizonte o perfil gótico da velha Paris; faça flutuar seu contorno em uma bruma de

[50] A Bolsa de Valores de Paris. (N.T.)

inverno que se agarra a suas numerosas chaminés; mergulhe-a em uma noite profunda e observe o jogo estranho de trevas e luzes nesse sombrio labirinto de edifícios; lance um raio de luar que a desenhe vagamente e faça emergir do nevoeiro os grandes cumes das torres; ou retome essa silhueta sombria, reviva com sombra os mil ângulos agudos das flechas e das empenas, faça-a sobressair, mais entrecortada do que a mandíbula de um tubarão, sobre o céu acobreado do poente. E, depois, compare.

E, se você quiser ter da velha cidade uma impressão que a moderna não pode mais lhe oferecer, suba, em uma manhã de grande celebração, em um amanhecer da Páscoa ou Pentecostes, até algum ponto elevado de onde você domine toda a capital e testemunhe o despertar dos carrilhões. Veja, a um sinal vindo do céu, pois é o sol quem o faz, essas mil igrejas estremecer ao mesmo tempo. Primeiro chegam os tinidos esparsos, indo de uma igreja para outra, como quando os músicos avisam que estamos prestes a começar; depois, de súbito, veja, pois parece que em alguns momentos o ouvido também vê, elevar-se no mesmo momento cada campanário como uma coluna de sons ou uma fumaça de harmonia. Em primeiro lugar, a vibração de cada sino sobe direta, pura e, por assim dizer, isolada das outras no céu esplêndido da manhã. Depois, pouco a pouco, à medida que crescem, elas misturam-se, apagam-se uma na outra, fundem-se num concerto magnífico. Não são nada além de uma massa de vibrações sonoras que emergem constantemente dos inúmeros campanários, que flutuam, ondulam, saltam, rodopiam sobre a cidade e estendem para muito além do horizonte o círculo ensurdecedor de suas oscilações. No entanto, esse mar de harmonia não é um caos. Por maior e mais profundo que seja, ele não perde sua transparência. Você pode ver serpentear à parte cada grupo de notas que escapa das batidas; pode acompanhar o diálogo, sucessivamente grave e estridente, da matraca e do bordão; pode observar as oitavas saltarem de um campanário a outro; pode vê-las lançar-se, aladas, leves e sibilantes do sino de prata, e cair abafadas e surdas do sino de madeira.

Você pode admirar no meio delas a rica gama que desce e sobe sem cessar nos sete sinos de Saint-Eustache; pode ver correr as notas claras e rápidas que fazem três ou quatro ziguezagues luminosos e logo desaparecem como relâmpagos. Lá, mais adiante, está a Abadia Saint-Martin, cantora ácida e fendida; aqui, a voz sinistra e rude da Bastilha; no outro extremo, a grande Torre do Louvre, com seu baixo-barítono. O carrilhão real do Palácio lança incansavelmente, por todos os lados, os trilos resplandecentes sobre os quais caem em intervalos regulares os pesados golpes da atalaia da Notre Dame, que os fazem faiscar como uma bigorna sob o martelo. Em intervalos, você vê passar sons de diversas formas que vêm do triplo repique de Saint-Germain-des-Prés. Então, de vez em quando, essa massa de ruídos sublimes se entreabre e dá passagem ao *stretto* da Ave-Maria que rebenta e cintila como um penacho de estrelas. Abaixo, nas profundezas do concerto, você pode discernir confusamente o canto interior das igrejas, que transpira através dos poros vibrantes de suas abóbadas. É uma ópera que certamente vale a pena ouvir. Habitualmente, o rumor que Paris emite durante o dia é o da cidade que fala; à noite, é o da cidade que respira: aqui, é o da cidade que canta. Então, empreste seus ouvidos a *tutti* campanários e espalhe sobre esse conjunto o murmúrio de meio milhão de homens, a eterna lamentação do rio, os sopros infinitos do vento, o quarteto grave e distante das quatro florestas dispostas sobre as colinas do horizonte como imensos consoles de órgão. Apague, como na meia-penumbra, tudo o que o carrilhão central tem de muito rouco e de muito agudo e diga se você conhece no mundo algo mais rico, mais alegre, mais dourado, mais deslumbrante do que esse tumulto de sinos e campainhas, do que essa fornalha de música, do que essas dez mil vozes de bronze a cantar, ao mesmo tempo, nas flautas de pedra de noventa metros de altura, essa cidade que não é mais do que uma orquestra, do que essa sinfonia que reproduz o som de uma tempestade.

LIVRO QUATRO

As boas almas

Dezesseis anos antes de essa história acontecer, em uma bela manhã de domingo de quasímodo, uma criatura viva foi colocada, após a missa na Igreja Notre Dame, sobre um estrado de madeira no pátio à esquerda, em frente à grande imagem de São Cristóvão, que a estátua de pedra com a figura do cavaleiro Antoine des Essarts fitava, de joelhos, desde 1413 e até que se decidisse pôr abaixo tanto o santo quanto o devoto. Era costume expor sobre esse estrado as crianças abandonadas à caridade pública. Adotava-as quem quisesse. Em frente ao estrado ficava uma bacia de cobre para as esmolas.

A espécie de ser vivo que estava deitada sobre o estrado na manhã de quasímodo do ano do Senhor de 1467 parecia excitar em alto grau a curiosidade do grupo considerável que se tinha reunido em torno do leito. O grupo era formado, em grande parte, por velhas senhoras.

Na primeira fila, e mais inclinadas sobre o estrado, viam-se quatro delas que, por suas cogulas cinza, uma espécie de batina, eram ligadas a alguma irmandade devota. Não vejo por que razão a história não transmitiria à posteridade o nome dessas quatro senhoras discretas e veneráveis. Eram elas

Agnès la Herme, Jehanne de la Tarme, Henriette la Gaultière e Gauchère la Violette, todas viúvas, todas devotas ligadas à capela Étienne-Haudry e que haviam deixado sua sede, com a permissão da madre superiora e em conformidade com os estatutos de Pierre d'Ailly, para ir ouvir o sermão.

Além disso, se essas corajosas *haudriettes*[51] obedeciam, até o momento, os estatutos de Pierre d'Ailly, elas certamente violavam, de bom grado, o de Michel de Brache e o do cardeal de Pisa, que tão inumanamente lhes prescreviam o silêncio.

– O que será que é isso, minha irmã? – interrogou Agnès Gauchère, considerando a pequena criatura exposta que chiava e se retorcia sobre o estrado, assustada com tantos olhares.

– O que nos tornaremos – disse Jehanne –, se é assim que as crianças são feitas agora?

– Eu não conheço muito sobre crianças – observou Agnès –, mas deve ser pecado olhar para esta.

– Não é uma criança, Agnès.

– É um macaco que não deu certo – considerou Gauchère.

– É um milagre – disse Henriette la Gaultière.

– Então – prosseguiu Agnès –, esse já é o terceiro desde o domingo do *Laetare*. Porque não passaram oito dias desde que tivemos o milagre do zombeteiro dos peregrinos, divinamente castigado por Notre Dame d'Aubervilliers, e esse foi o segundo milagre do mês.

– É um verdadeiro monstro abominável esta suposta criança abandonada – afirmou Jehanne.

– Ele berra a ponto de deixar um chantre surdo – prosseguiu Gauchère. – Cale-se, pequeno escandaloso!

– E dizer que foi o senhor de Reims quem enviou esta enormidade ao senhor de Paris! – disse Gaultière, juntando as mãos.

---

[51] Congregação religiosa fundada em Paris no século XIV. (N.T.)

– Eu imagino – disse Agnès la Herme – que seja um bicho, um animal, o produto de um judeu com uma porca[52], enfim, algo que não seja cristão e que deve ser jogado na água ou no fogo.

– Espero que ninguém o queira – disse la Gaultière.

– Ah, meu Deus! – exclamou Agnès. – Pobres amas de leite que estão no lar das crianças abandonadas, na ponta da ruela que desce até o rio, ao lado do monsenhor bispo, se lhes levassem este pequeno monstro para amamentar! Eu preferiria amamentar um vampiro.

– Como é inocente essa pobre Herme! – declarou Jehanne. – Não vê, minha irmã, que este monstrinho tem pelo menos quatro anos e que teria menos apetite por seu peito do que por um espeto de carne?

De fato, aquele "monstrinho" não era um recém-nascido. (Nós também não teríamos como qualificá-lo de outro modo.) Era uma pequena massa bastante angulosa e agitada, aprisionada em um saco de lona endereçado ao senhor Guillaume Chartier, então bispo de Paris, tendo apenas a cabeça de fora. Essa cabeça era muito disforme. Tudo o que conseguíamos ver era uma floresta de cabelo ruivo, um olho, uma boca e dentes. O olho chorava, a boca gritava, e os dentes não pareciam pedir outra coisa senão morder. A coisa toda se debatia no saco, para o grande espanto da multidão, que crescia e se renovava incessantemente à sua volta.

A senhora Aloïse de Gondelaurier, uma rica e nobre mulher que segurava a mão de sua bela filha de cerca de cinco ou seis anos e que arrastava um longo véu preso com um fecho de ouro à sua touca, parou ao passar diante do estrado e considerou por um momento a infeliz criatura, enquanto sua encantadora filha, Fleur-de-Lys de Gondelaurier, vestida de seda e veludo, soletrava com o dedinho o cartaz permanente pendurado no leito: CRIANÇAS ABANDONADAS.

---

52 Naquela época, os cristãos fervorosos atribuíam aberrações a judeus e a outros religiosos que não seguiam a mesma doutrina que a deles. (N.T.)

– Confesso – disse a senhora, virando-se com nojo – que pensava que aqui só se expunham crianças.

Ela virou as costas, atirando na bacia um florim de prata que tilintou entre as outras moedas e fez as pobres devotas da capela Étienne-Haudry arregalar os olhos.

Pouco tempo depois, o sério e erudito Robert Mistricolle, protonotário do rei, passou com um enorme missal sob um braço e sua esposa sob o outro (a senhora Guillemette la Mairesse), tendo, assim, um de cada lado, seus dois controladores, o espiritual e o temporal.

– Criança abandonada! – ele disse após examinar o objeto. – Encontrada, aparentemente, na margem do Rio Flegetonte!

– Só se vê um olho – comentou madame Guillemette. – Ele tem uma verruga no lugar do outro.

– Não é uma verruga – objetou mestre Robert Mistricolle. – É um ovo que contém outro demônio como ele, que por sua vez carrega outro pequeno ovo que contém outro diabo, e assim por diante.

– Como o senhor sabe? – perguntou Guillemette la Mairesse.

– Eu apenas sei – respondeu o protonotário.

– Senhor protonotário – perguntou Gauchère –, que prognóstico o senhor faz para essa suposta criança abandonada?

– Os maiores infortúnios – respondeu Mistricolle.

– Ah! Meu Deus! – exclamou uma velha que estava no meio do público. – Já houve a considerável pestilência do ano passado, e dizem que os ingleses vão desembarcar em grande quantidade em Harefleu.

– Isso poderá talvez impedir a rainha de vir a Paris em setembro – disse outra. – E o comércio já vai tão mal!

– Eu sou da opinião – observou Jehanne de la Tarme – de que será melhor para os camponeses de Paris que este pequeno bruxo seja colocado sobre gravetos em vez de uma tábua.

– Um belo leito de gravetos ardentes! – acrescentou a velha.

– Seria mais prudente – concordou Mistricolle.

Há algum tempo, um jovem sacerdote escutava as ideias das *haudriettes* e as considerações do protonotário. Era uma figura severa, de testa larga e olhar profundo. Ele silenciosamente afastou a multidão, examinou o "pequeno bruxo" e estendeu a mão sobre ele. Já não era sem tempo, porque todas as devotas já lambiam os beiços com a ideia do "belo leito de gravetos ardentes".

– Eu adoto esta criança – disse o padre.

Ele a embrulhou em sua batina e a levou. O público o seguiu com o olhar assombrado. Instantes depois, ele tinha desaparecido através do portão vermelho que levava da igreja ao claustro.

Recuperada do momento de surpresa, Jehanne de la Tarme disse ao ouvido de Gaultière:

– Eu lhe disse, minha irmã, que esse jovem clérigo, o senhor Claude Frollo, é um feiticeiro.

Claude Frollo

De fato, Claude Frollo não era um personagem banal.

Ele pertencia a uma dessas famílias médias chamadas, indiferentemente, na linguagem impertinente do século passado, de alta burguesia ou de baixa nobreza. Essa família tinha herdado dos irmãos Paclet o feudo de Tirechappe, que pertencia ao bispado de Paris, e cujas vinte e uma casas tinham sido objeto de inúmeras disputas judiciais no século XIII. Como proprietário desse feudo, Claude Frollo era um dos 7x21[53] senhores que recebiam a renda anual em Paris e em seus subúrbios. Durante muito tempo, foi possível ver seu nome inscrito, como tal, entre o palácio de Tancarville, pertencente ao mestre François le Rez, e o Colégio de Tours, no cartulário registrado em Saint-Martin-des-Champs.

Desde a infância, os pais de Claude Frollo o direcionaram para a carreira eclesiástica. Ele aprendeu a ler em latim, foi ensinado a baixar os olhos e a falar baixo. Ainda na infância, seu pai o enviou para o internato do Colégio Torchi, na Universidade. Foi lá que ele cresceu, sob o missal e o léxico.

[53] Referência aos sete proprietários particulares de Paris da época que usufruíam de um censo sobre vinte e uma casas. (N.T.)

Ele era, aliás, uma criança triste, grave, séria, que estudava ardentemente e aprendia rápido. Não fazia muito barulho durante as recreações, não se misturava nos tumultos da Rua du Fouarre, não sabia o que era *dare alapas et capillos laniare*[54] e não havia participado do motim de 1463, que os analistas registraram gravemente sob o título de "sexto transtorno da Universidade". Ele raramente zombava dos pobres estudantes de Montagu, chamados de *cappettes*[55], ou dos bolsistas do Colégio de Dormans, por sua tonsura rasa e seu traje tripartido de panos garços, azuis e roxos, *azurini coloris et bruni*, como diz a carta do cardeal de Quatre-Couronnes.

Em contrapartida, frequentava assiduamente as grandes e as pequenas escolas da Rua Saint-Jean-de-Beauvais. O primeiro estudante que o abade de Saint-Pierre de Val, no momento do início de sua leitura de direito canônico, sempre via colado em frente ao seu púlpito, encostado em um pilar da escola Saint-Vendregesile, era Claude Frollo, armado com sua prancheta de chifre, mordiscando sua pluma, rabiscando sobre o joelho gasto, com o inverno soprando em seus dedos. O primeiro ouvinte que o senhor Miles d'Isliers, doutor em Decreto, via chegar todas as segundas-feiras de manhã, sem fôlego, logo na abertura das portas da escola do Chef-Saint-Denis, era Claude Frollo. Por isso, aos dezesseis anos, o jovem clérigo poderia enfrentar, em teologia mística, um padre da igreja, em teologia canônica, um papa dos concílios, em teologia escolástica, um doutor da Sorbonne.

Com a teologia superada, ele mergulhou no Decreto. Do *Mestre das Sentenças* ele passou para os *Capitulares de Carlos Magno*. E, sucessivamente, ele tinha devorado, com seu apetite de ciência, decretais sobre decretais, aquelas de Théodore, bispo de Hispale, as de Bouchard, bispo de Worms, as de Yves, bispo de Chartres; em seguida, o Decreto de Gratien, que sucedeu os *Capitulares* de Carlos Magno; depois, a coletânea de Gregório IX; e então

[54] "Dar bofetadas e arrancar os cabelos". (N.T.)

[55] Em referência às capas que eles usavam para serem facilmente identificados como alunos do colégio. (N.T.)

a epístola *Super specula* de Honório III. Tornou claro e familiar com esse vasto e tumultuoso período do direito civil e do direito canônico, em luta e em trabalho no caos da Idade Média, um período que o bispo Théodore inaugurou em 618 e que o papa Gregório encerrou em 1227.

Com o Decreto digerido, ele se lançou na medicina e nas artes liberais. Estudou a ciência das ervas, a ciência dos unguentos. Tornou-se um especialista em febres e contusões, em ferimentos e em apostemas. Jacques d'Espars o teria recebido como médico fisicista, Richard Hellain, como médico cirurgião. Ele também passou por todos os graus de bacharel, mestrado e doutorado em artes. Estudou línguas – latim, grego e hebraico, um triplo santuário pouco frequentado na época. Tinha uma verdadeira febre em adquirir e acumular assuntos de ciência. Aos dezoito anos, as quatro faculdades tinham ficado para trás. Parecia ao jovem que a vida tinha um propósito único: saber.

Foi por volta dessa época que o excessivo verão de 1466 fez eclodir a grande peste que matou mais de quarenta mil criaturas do viscondado de Paris. Entre outras, disse Jean de Troyes, "o mestre Arnoul, astrólogo do rei, que era um homem de bem, sábio e agradável"[56]. Espalhou-se por toda a Universidade a notícia de que a Rua Tirechappe estava particularmente devastada pela doença. Era lá que os pais de Claude residiam, no feudo familiar. O jovem estudante partiu alarmado para a casa paterna. Ao entrar, encontrou o pai e a mãe mortos desde a véspera. Um irmão muito jovem que ele tinha, vestindo uma camisola, ainda estava vivo e gritava, abandonado em seu berço. Era tudo o que restava da família de Claude. O jovem pegou a criança nos braços e saiu pensativo. Até então ele tinha vivido apenas para a ciência, e agora começava a viver para a vida.

Essa catástrofe foi uma crise na existência de Claude. Órfão, primogênito, chefe de família aos dezenove anos, ele sentiu-se rudemente acordado

[56] Jean de Roye, *Chronique scandaleuse, Coppens*, Bruxelas, 1706-1714. (N.T.)

dos sonhos da escola para as realidades do mundo. Então, comovido pela piedade, tomou por paixão e dedicação aquela criança, seu irmão. Estranha e doce afeição humana para aquele que até então só havia amado os livros.

Essa afeição desenvolveu-se de modo singular. Numa alma tão nova, foi como um primeiro amor. Separado de seus pais desde a infância, a quem ele mal tinha conhecido, enclausurado e, de certo modo, amuralhado por seus livros. Ávido, acima de tudo, por estudar e aprender, exclusivamente dedicado, até então, à própria inteligência, que se expandia na ciência, e à sua imaginação, que crescia nas letras, o pobre estudante ainda não tinha tido tempo para sentir o lugar do coração. Esse jovem irmão, sem pai nem mãe, essa criança que de repente caiu do céu em seus braços, fez dele um novo homem. Ele percebeu que havia mais coisa no mundo além das especulações da Sorbonne e dos versos de Homero. Compreendeu que o homem precisava de afetos, que a vida sem ternura e sem amor não passa de uma engrenagem seca, rangente e dilacerante. Mas acreditou, pois estava na idade em que as ilusões ainda são substituídas apenas por ilusões, que afetos de sangue e família eram os únicos necessários e que um irmão para amar era o suficiente para preencher toda uma existência.

Assim ele lançou-se ao amor por seu pequeno Jehan, com a paixão de uma personalidade já profunda, ardente e concentrada. A pobre criatura, frágil, bonita, loira, corada e encaracolada, o órfão sem outro apoio senão o irmão também órfão, comovia-o até o mais profundo de suas entranhas, e, como um pensador sério que era, Claude começou a refletir sobre Jehan com infinita misericórdia. Ele cuidou do irmão como algo muito frágil e altamente recomendado. Ele era para a criança mais do que um irmão, tornou-se uma mãe.

O pequeno Jehan tinha perdido a mãe que ainda o amamentava. Claude enviou-o então a uma ama de leite. Além do feudo de Tirechappe, herdou de seu pai o feudo do Moulin, que estava ligado à torre quadrada de Gentilly.

Era um moinho sobre uma colina, perto do castelo de Winchestre (Bicêtre). Havia lá uma moleira que alimentava uma bela criança; e não ficava longe da Universidade. Claude levou-lhe pessoalmente seu pequeno Jehan.

Desde então, sentindo o fardo a carregar, levou a vida muito a sério. Os cuidados com seu irmão mais novo tornaram-se não só uma recreação, mas também o objetivo de seus estudos. Ele resolveu dedicar-se inteiramente à tarefa pela qual responderia diante de Deus, e não ter uma esposa ou outro filho, para dedicar-se somente à felicidade e à fortuna de seu irmão. Assim, ele se apegou mais do que nunca à sua vocação clerical. Seu mérito, sua ciência, sua qualidade de súdito imediato do bispo de Paris, tudo isso lhe abriu amplamente as portas da Igreja. Aos vinte anos, por concessão especial do Santo-Pontifício, sagrou-se padre e passou a servir, como o mais novo dos capelães de Notre Dame, ao altar conhecido como *altare pigrorum*[57], por causa da missa tardia que ali foi celebrada.

Lá, mais do que nunca imerso nos queridos livros que ele deixava apenas para correr até o feudo do Moulin, a mistura de saber e austeridade, tão rara em sua idade, rendeu-lhe prontamente o respeito e a admiração do claustro. Do claustro, sua reputação de homem sábio chegou até o povo, onde ela se transformou, pouco a pouco, algo então frequente, em reputação de bruxo.

Foi quando ele voltava, no dia do quasímodo, de sua missa dos preguiçosos, professada no altar que ficava ao lado da porta do coro que dava para a nave, do lado direito, perto da imagem da Virgem, que sua atenção foi despertada por um grupo de velhas faladeiras ao redor do leito das crianças abandonadas.

Ele se aproximou da infeliz criatura, tão odiada e tão ameaçada. Aquele sofrimento, aquela deformidade, aquele abandono o fizeram pensar em seu irmão mais novo, e ele foi tomado pela quimera de que, se morresse,

57 "Altar dos preguiçosos". (N.T.)

seu querido Jehan também poderia ser deixado, miseravelmente, no leito das crianças abandonadas. Tudo isso tomou conta do seu coração, e uma grande piedade fez com que ele levasse a criança consigo.

Quando tirou a criança do saco, viu que ela era mesmo muito deformada. O pobre diabinho tinha uma verruga no olho esquerdo, a cabeça enfiada entre os ombros, a coluna vertebral arqueada, o esterno proeminente e as pernas tortas. Mas parecia vivaz, e, embora fosse impossível saber que língua ele gaguejava, seu grito anunciava certa força e alguma saúde. A compaixão de Claude aumentou diante de tamanha fealdade, e ele fez um voto em seu coração, de criar essa criança por amor ao seu irmão. Assim, quaisquer que fossem as falhas do pequeno Jehan no futuro, ele poderia ter essa caridade feita em sua intenção. Era uma espécie de investimento nas boas obras que ele realizava em nome do irmão mais novo; uma pacotilha de boas ações que queria reservar com antecedência, para o caso de o menininho um dia ficar carente dessa moeda, a única a ser recebida no pedágio do Paraíso.

Seu filho adotivo foi batizado com o nome de *Quasímodo*, ou porque queria deixar gravado o dia em que o havia encontrado, ou porque queria registrar com esse nome a que ponto a pobre criatura era incompleta e malfeita. De fato, Quasímodo, caolho, corcunda e coxo, não passava de um *quase*.

"Immanis pecoris custos immanior ipse"[58]

Em 1482, Quasímodo havia crescido. Ele havia se tornado, há vários anos, o sineiro da Notre Dame graças a seu pai adotivo, Claude Frollo, que se tornara arquidiácono de Josas graças ao seu suserano, o senhor Luís de Beaumont, que se tornara bispo de Paris em 1472, após a morte de Guillaume Chartier, graças a seu chefe Olivier le Daim, barbeiro do rei Luís XI pela graça de Deus.

Quasímodo era, portanto, sineiro da Notre Dame.

Com o tempo, não sei que vínculo íntimo formou-se entre o sineiro e a igreja. Separado para sempre do mundo pela dupla fatalidade de seu nascimento desconhecido e de sua natureza disforme, aprisionado desde a infância nesse duplo cerco intransponível, o pobre infeliz havia se acostumado a não ver nada neste mundo além das religiosas muralhas que o haviam

[58] "Guardião de um rebanho monstruoso, é mais monstruoso ele próprio." Reproduzido de Virgílio, *As bucólicas*, V, 44: "Formosi pecoris Costes formosior ipse". (N.T.)

acolhido em suas sombras. A Notre Dame foi para ele, sucessivamente, conforme cresceu e se desenvolveu, o ovo, o ninho, a casa, a pátria, o universo.

E é certo que havia um tipo de harmonia misteriosa e preexistente entre a criatura e o edifício. Ainda criança, ele arrastava-se tortuosamente e por sobressaltos sob a escuridão de suas abóbadas. Parecia, com o seu rosto humano e sua estrutura física bestial, o réptil natural daquela laje úmida e sombria sobre a qual a sombra dos capitéis românicos projetava tantas formas estranhas.

Mais tarde, na primeira vez que ele instintivamente agarrou-se à corda das torres e pendurou-se nelas, movimentando o sino, isso causou em Claude, seu pai adotivo, o efeito de quando a língua de uma criança desata e ela começa a falar.

Foi assim que, pouco a pouco, sempre crescendo junto da catedral, vivendo e dormindo nela sem quase nunca sair e absorvendo a todo momento uma influência misteriosa, ele passou a assemelhar-se a ela, a incorporar-se nela, por assim dizer, a tornar-se parte integrante dela. Seus ângulos salientes encaixavam-se, que nos desculpem a imagem, nas reentrâncias do edifício, e ele parecia não só habitante, mas conteúdo natural da construção. Quase se poderia dizer que ele tinha assumido a mesma forma, como o caramujo assume a forma de sua concha. Era a morada dele, seu buraco, seu invólucro. Havia entre ele e a igreja uma simpatia instintiva tão profunda, tantas afinidades magnéticas e materiais, que ele de alguma forma aderia a ela como uma tartaruga ao seu casco. A rugosa catedral era sua carapaça.

É inútil advertir o leitor para não considerar ao pé da letra as figuras que somos obrigados a usar aqui para expressar esse singular, simétrico, imediato, quase cossubstancial acasalamento entre um homem e um edifício. É inútil também dizer quão familiar toda a catedral tinha se tornado após uma coabitação tão longa e íntima. Essa era sua morada. Não havia profundidade que Quasímodo não tivesse penetrado nem altura que ele não houvesse escalado, e muitas vezes lhe ocorria subir até a alta fachada apoiando-se apenas nas rugosidades da escultura. As torres, na superfície exterior das quais ele era muitas vezes visto rastejando como um lagarto que desliza em uma parede vertical, essas duas gêmeas gigantes, tão altas, tão ameaçadoras, tão temerosas, não lhe davam vertigem, nem terror, nem tontura. Ao vê-las tão dóceis sob suas mãos, tão fáceis de escalar, era possível afirmar que ele as havia domesticado. De tanto saltar, escalar e se arriscar em meio aos abismos da gigantesca catedral, ele tinha de alguma forma se tornado macaco e camurça, como a criança da Calábria que nada antes de caminhar e brinca, quando ainda bem pequena, no mar.

Afinal de contas, não só seu corpo parecia ter sido moldado de acordo com a catedral, mas também seu espírito. Em que estado essa alma estava, que marcas tinha contraído, que forma tinha tomado sob esse invólucro atado nessa vida selvagem? Isso seria difícil de determinar. Quasímodo nasceu caolho, corcunda, coxo. Foi com grande dificuldade e paciência que Claude Frollo conseguiu ensiná-lo a falar. Mas uma fatalidade estava ligada à pobre criança abandonada. Tocador de sinos da Notre Dame aos catorze anos, uma nova enfermidade somou-se às demais: os sinos perfuraram seu tímpano, e ele ficou surdo. A única porta que a natureza tinha lhe deixado aberta ao mundo se fechou para sempre.

Com isso, ela interceptou o único raio de alegria e luz que ainda penetrava na alma de Quasímodo. E sua alma caiu em profunda escuridão. A melancolia do miserável tornou-se tão incurável e completa quanto sua deformidade. É importante dizer que a surdez de alguma forma o deixou também mudo. Pois, para que não fosse motivo de risadas, a partir do momento em que se percebeu surdo, ele tomou a decisão de manter um silêncio que só era rompido quando estava sozinho. Ele voluntariamente enterrou a língua que Claude Frollo teve tanta dificuldade em fazer desabrochar. Desde então, quando a necessidade o obrigava a falar, sua língua estava dormente, desajeitada, como uma porta cujas dobradiças enferrujaram.

Se tentássemos penetrar agora na alma de Quasímodo, através dessa espessa e dura casca; se pudéssemos sondar as profundezas dessa combinação mal feita; se nos fosse possível vasculhar com uma chama por entre os órgãos opacos e explorar o interior tenebroso dessa criatura sem brilho, elucidar seus recantos obscuros, os absurdos becos sem saída, e lançar uma luz brilhante sobre a psique encerrada no fundo desse antro, sem dúvida encontraríamos a infeliz criatura em alguma atitude pobre, encolhida e raquítica, como os prisioneiros dos chumbos de Veneza, que envelheciam curvados dentro de uma cavidade de pedra muito baixa e muito estreita.

É certo que a mente atrofia-se em um corpo malogrado. Quasímodo mal sentia uma alma feita à sua imagem mover-se cegamente dentro dele. As impressões dos objetos passavam por uma refração considerável antes de chegar ao seu pensamento. Seu cérebro era um ambiente especial: as ideias que o atravessavam saíam retorcidas. A reflexão que provinha dessa refração era necessariamente divergente e extraviada.

Dela resultavam mil ilusões de ótica, mil aberrações de julgamento, mil desvios por onde seu pensamento vagueava, ora louco, ora idiota.

O primeiro efeito dessa organização fatal era perturbar sua visão sobre as coisas. Ele não recebia quase nenhuma percepção imediata. O mundo exterior parecia-lhe bem mais distante do que para nós.

O segundo efeito do seu infortúnio foi a maldade.

Ele era realmente mau, porque era selvagem; ele era selvagem porque era feio. Havia lógica em sua natureza, como na de todos nós.

Sua força, tão extraordinariamente desenvolvida, era mais uma razão para sua maldade. *Malus puer robustus*[59], disse Hobbes.

A propósito, justiça seja feita, talvez a maldade não lhe fosse inata. Desde seus primeiros passos entre os homens, ele sentia-se conspurcado, difamado, repelido. A palavra humana para ele sempre foi um escárnio ou

[59] "A criança robusta é malvada". (N.T.)

uma maldição. Durante seu crescimento, só encontrou ódio à sua volta. E ele o absorveu. Adquiriu a maldade geral. Apossou-se da arma com a qual foi ferido.

Afinal de contas, era apenas a contragosto que ele voltava a face na direção das pessoas. A catedral lhe bastava. Estava povoada por figuras de mármore, reis, santos, bispos, que pelo menos não riam da cara dele e só lhe dirigiam um olhar calmo e benevolente. As outras estátuas, de monstros e demônios, não nutriam ódio por Quasímodo. Eram demasiado parecidas com ele para isso. Elas zombavam dos outros homens. Os santos eram seus amigos e o abençoavam; os monstros eram seus amigos e o protegiam. Então, ele passava longas horas na companhia dessas figuras. Às vezes, ficava horas inteiras agachado em frente a uma dessas estátuas, conversando a sós com ela. Se alguém aparecesse, fugiria como um amante surpreendido em plena serenata.

E a catedral não era para ele somente a sociedade, mas o universo e toda a natureza. Ele não desejava outros respaldos que não fossem os vitrais sempre floridos, outra sombra senão a das folhagens de pedra que floresciam nos tufos dos capitéis saxões, carregadas de pássaros, nem outras montanhas além das torres colossais da igreja, tampouco outro oceano além de Paris, que sussurrava sob seus pés.

O que ele mais estimava no edifício maternal, o que despertava sua alma, que abria então as pobres asas tão miseravelmente encolhidas em sua caverna, o que ainda o fazia feliz, eram os sinos. Ele os amava, acariciava, falava com eles e os compreendia. Do carrilhão da agulha do transepto até o grande sino do pórtico, tudo lhe inspirava ternura. O campanário do transepto e as duas torres eram para ele como três grandes gaiolas cujos pássaros, que ele criou, cantavam apenas para ele. Foram esses mesmos sinos que o deixaram surdo, mas as mães muitas vezes preferem o filho que mais as fez sofrer.

E essas eram as únicas vozes que ele ainda conseguia ouvir. Por isso, o grande sino era o seu predileto. Era o favorito daquela família de filhos barulhentos que vibravam em torno dele em dias festivos. Esse grande sino se chamava Marie. Era o único na torre sul, com sua irmã Jacqueline, um sino menor, trancado em uma gaiola também menor, bem ao lado. O Jacqueline recebeu o nome da esposa de Jean de Montagu, que o ofertou à igreja, o que não o impediu de ser decapitado em Montfaucon. Na segunda torre havia seis outros sinos, e finalmente os seis menores habitavam o campanário do transepto com o sino de madeira, que só era badalado após o jantar da quinta-feira santa, até a manhã da vigília de Páscoa. Então, Quasímodo tinha quinze sinos em seu serralho, mas o grande Marie era seu favorito.

Não dá para mensurar a alegria dele em dias de dobre de sinos. No momento em que o arquidiácono o liberava e dizia "Vá!", ele subia pelo caracol do campanário mais rápido do que qualquer um desceria. Entrava na câmara de ar do grande sino quase sem fôlego; considerava o sino por um momento, com recolhimento e amor, e em seguida dirigia-lhe ternamente a palavra, acariciava-o como a um bom cavalo prestes a se lançar em uma longa cavalgada. E se lamentava pelo esforço que o sino teria de fazer. Depois das primeiras carícias, ele chamava seus ajudantes, que aguardavam no piso inferior da torre, para dar início. Estes se dependuravam nos cabos, o cabrestante gemia, e a enorme cápsula de metal se movia lentamente. Quasímodo, palpitante, acompanhava tudo com o olhar. O primeiro choque do badalo contra a parede de bronze estremecia a viga na qual ele estava instalado. Quasímodo vibrava junto com o sino. "Vá!", ele gritava com um riso insano. Enquanto isso, o movimento do bordão se acelerava, e, à medida que desenhava um ângulo mais aberto, o olho de Quasímodo também se arregalava, mais fosfórico e brilhante. O grande repique enfim começava, toda a torre estremecia, vigas, chumbos, pedras de alvenaria, tudo ressoava ao mesmo tempo, desde os pilares da fundação até os trevos da coroação. Quasímodo espumava de excitação; ele ia e vinha e tremia com a torre, da cabeça aos pés. O sino, descontrolado e furioso, apresentava alternadamente às duas paredes da torre sua bocarra de bronze de onde escapava o sopro tempestuoso possível de ser ouvido a quatro léguas de distância. Quasímodo ficava diante dessa boca aberta, agachava-se e levantava-se seguindo os movimentos do sino, aspirava aquele sopro violento, olhava, consecutivamente, para a praça profunda que fervilhava duzentos pés abaixo dele e para a enorme língua de cobre que vinha, a cada segundo, gritar em seu ouvido. Era a única palavra que ele ouvia, o único som que perturbava seu silêncio universal. Ele se estufava como um pássaro ao sol. De repente, o frenesi do sino o dominava. Seu olhar desvairava. Ele esperava pela passagem do bordão como a aranha espera pela mosca, e se atirava sobre ele sem hesitar. Então, suspenso no abismo, lançado pelo formidável balanço do sino, ele agarrava o monstro de bronze pelas abas salientes, apertava-o entre os joelhos, batia com os calcanhares e redobrava, com todo o choque e peso de seu corpo, a fúria do repique. Quando a torre vacilava, ele gritava e rangia os dentes, seus cabelos ruivos eriçavam, seu peito produzia o mesmo som de um fole de forja, o olhar lançava chamas, o monstruoso sino relinchava sem fôlego embaixo dele. Então já não era mais o bordão da Notre Dame nem Quasímodo, era um sonho, um turbilhão, uma tempestade. A vertigem galopando sobre o trovão, um espírito agarrado a uma garupa voadora, um estranho centauro, metade homem, metade sino, uma espécie de Astolphe horrível levado por um prodigioso hipogrifo de bronze vivo.

A presença do extraordinário fazia circular por toda a catedral certo sopro de vida. Parecia que escapava dele, pelo menos de acordo com as superstições crescentes da multidão, uma emanação misteriosa que animava todas as pedras da Notre Dame e fazia com que as profundas entranhas da velha igreja vibrassem. Bastava saber que ele estava lá para que se acreditasse ver as mil estátuas das galerias e dos pórticos ganhar vida. E, de fato, a catedral parecia uma criatura dócil e obediente sob sua mão. Ela aguardava sua vontade para elevar aquela potente voz, que estava possuída e plena de Quasímodo como de um gênio familiar. Era como se ele fizesse o enorme edifício respirar. Ele estava de fato por toda parte, multiplicava-se por todos os pontos do monumento. Por vezes, via-se com pavor, no topo de uma das torres, um anão bizarro que escalava, rastejava de quatro, descia pelo lado de fora do abismo, saltava de saliência em saliência e ia até o ventre de alguma górgone esculpida. Era Quasímodo que desentocava os corvos. Outras vezes, em um canto escuro da igreja, esbarrava-se em uma espécie de quimera viva, agachada e carrancuda: era Quasímodo, meditativo. Por vezes, ainda, viam-se sob um campanário uma cabeça enorme e um pacote de membros desordenados balançar-se com furor na ponta de uma corda: era Quasímodo tocando as vésperas ou os *angelus*. Muitas vezes, à noite, uma forma hedionda era vista vagando sobre a frágil balaustrada recortada como renda que coroa as torres e contorna o perímetro da abside. Mais uma vez, era o corcunda de Notre Dame. Então, diziam as vizinhas, toda a igreja ganhava algo de fantástico, sobrenatural, horrível. Olhos e bocas abriam-se aqui e ali; podiam-se ouvir os uivos de cães, dragões e tarascas de pedra que vigiavam dia e noite, o pescoço estendido e a boca aberta, em torno da monstruosa catedral. E, se era noite de Natal, enquanto o grande sino, que parecia ameaçador, chamava os fiéis para a missa ardente da meia-noite, espalhava-se um tal clima pela sombria fachada que era possível dizer que o grande portal devorava a multidão sob o olhar da rosácea. E tudo isso vinha de Quasímodo. O Egito o consideraria o deus desse templo; a Idade Média acreditava que ele era o demônio; ele era sua alma.

A tal ponto que, para aqueles que sabem que Quasímodo existiu, a Notre Dame parece agora deserta, inanimada, morta. Parece que alguma coisa desapareceu. Aquele imenso corpo está vazio; é um esqueleto; o espírito o deixou, e agora só se vê o edifício, nada mais. É como um crânio onde ainda há buracos para os olhos, mas não mais o olhar.

O cão e seu dono

Havia uma criatura humana que Quasímodo excluía da maldade e do ódio que nutria pelos outros, e que ele amava muito, talvez mais do que à sua catedral. Era Claude Frollo.

A situação era simples. Claude Frollo o havia acolhido, adotado, alimentado e educado. Quando criança, era nas pernas de Claude Frollo que ele costumava se refugiar quando cães e crianças ladravam atrás dele. Claude Frollo o ensinou a falar, a ler, a escrever. E Claude Frollo fez dele um sineiro. Ora, dar a Quasímodo o grande sino era como dar Julieta a Romeu.

Então, a gratidão de Quasímodo era profunda, apaixonada, ilimitada. E, embora o rosto de seu pai adotivo fosse muitas vezes nebuloso e severo, embora sua fala fosse geralmente breve, dura e imperiosa, a gratidão de Quasímodo nunca deixou de existir, nem por um único momento. O arquidiácono tinha em Quasímodo o escravo mais submisso, o criado mais dócil, o mastim mais vigilante. Quando o pobre sineiro ensurdeceu, estabeleceu-se entre ele e Claude Frollo uma linguagem gestual, misteriosa e compreendida apenas por eles. Dessa forma, o arquidiácono era o único ser humano com quem Quasímodo tinha mantido comunicação.

No mundo, ele se relacionava com apenas duas coisas, a Notre Dame e Claude Frollo.

Nada era comparável à autoridade do arquidiácono sobre o sineiro ou à submissão do sineiro ao arquidiácono. Bastaria um sinal de Claude e a ideia de agradá-lo faria Quasímodo se precipitar do alto das torres da Notre Dame. Era notável que toda a força física de que Quasímodo era dotado, de um modo tão extraordinário, fosse cegamente colocada por ele à disposição de outro. Havia, sem dúvida, uma devoção filial, um apego doméstico, mas havia também fascinação de um espírito pelo outro. Era uma pobre, desajeitada e inábil organização sobreposta em uma figura cabisbaixa e com olhos suplicantes perante uma inteligência altiva e profunda, poderosa e superior. Por último, mas não menos importante, havia a gratidão. Essa gratidão era tamanha que não saberíamos a que compará-la. Essa virtude não é daquelas cujos mais belos exemplos estão entre os homens. Então, pode-se dizer que Quasímodo amava o arquidiácono como jamais um cão, um cavalo ou elefante amou seu mestre.

Continuação de Claude Frollo

Em 1482, Quasímodo tinha cerca de vinte anos de idade, e Claude Frollo, cerca de trinta e seis: um tinha crescido, o outro, envelhecido.

Claude Frollo não era mais o simples estudante do Colégio Torchi, o terno protetor de uma criança, o jovem e sonhador filósofo que sabia muitas coisas e ignorava tantas outras. Ele era um austero, grave e sombrio padre responsável por inúmeras almas. Senhor arquidiácono de Josas, o segundo acólito do bispo, responsável pelos decanatos de Montlhéry e Chateaufort e pelos 174 sacerdotes rurais. Era um personagem imponente e sombrio diante do qual estremeciam as crianças do coro de alba e sobrecapa, os coristas, os confrades de Saint-Augustin e os clérigos matinais da Notre Dame, quando passava lentamente sob altas ogivas do coro, majestoso, pensativo, com os braços cruzados e a cabeça tão curvada sobre o peito que só se via de seu rosto a grande testa que adentrava em sua calvície.

Dom Claude Frollo, todavia, não havia abandonado nem a ciência nem a educação de seu irmão mais novo, as duas ocupações de sua vida. Mas certa amargura misturou-se a essas atividades tão doces. Com o passar do tempo, diz Paul Diacre, até o melhor toucinho fica rançoso. O pequeno Jehan Frollo, apelidado de *Du Moulin* por causa do lugar onde fora amamentado, não cresceu na direção que Claude desejava. O irmão mais velho contava com um pupilo piedoso, dócil, instruído e honrado. Ora, o irmão mais novo, como as árvores jovens que enganam o esforço do jardineiro e se voltam teimosamente para o lado de onde o ar e o sol chegam até elas, esse irmão só fez crescer, multiplicar e florescer belos ramos espessos e exuberantes do lado da preguiça, da ignorância e da libertinagem. Ele era um verdadeiro diabo, muito desordeiro, o que fazia dom Claude franzir a testa, mas muito engraçado e muito sutil, o que fazia o irmão mais velho sorrir. Claude o confiou ao mesmo colégio em Torchi onde passou seus primeiros anos em estudo e meditação, e era doloroso para ele que aquele santuário outrora edificado pelo nome de Frollo hoje ficasse escandalizado ao ouvi-lo. Ele às vezes aplicava a Jehan sermões muito severos e longos, que este absorvia intrepidamente. Afinal, o jovem malandro tinha um bom coração, como é comum em todas as comédias. Mas, passado o sermão, ele retomava calmamente o curso de suas sedições e enormidades. Ora era um *béjaune* (assim chamamos os recém-chegados à Universidade) que ele maltratava com suas boas-vindas – uma preciosa tradição cuidadosamente perpetuada até os dias de hoje, ora ele dava o primeiro impulso a um grupo de estudantes que se lançavam classicamente em um cabaré, *quasi classico excitati*[60], agredindo, em seguida, o taberneiro "com bastões ofensivos" e saqueando festivamente a taberna e os estoques de vinho da cave. Como consequência, era um belo relatório em latim que o submonitor de Torchi, com pesar, apresentava a dom Claude com este doloroso assinalamento: *Rixa; prima causa vinum optimum potatum*[61]. Dizia-se, ainda, o que é um

[60] "Como impulsionados pelo toque da trombeta". (N.T.)

[61] "Rixa cuja origem é que haviam bebido um bom vinho". (N.T.)

horror para uma criança de dezesseis anos, que seus excessos muitas vezes seguiam para a Rua de Glatigny.

Com tudo isso, Claude, desgostoso e desanimado em suas afeições humanas, tinha-se lançado com maior exaltação nos braços da ciência, essa irmã que pelo menos não ri da sua cara e sempre lhe paga, ainda que com uma moeda às vezes pouco valorosa, os cuidados que lhe são destinados. Ele, portanto, tornou-se cada vez mais sábio e, ao mesmo tempo, por uma consequência natural, cada vez mais rígido como padre e mais triste como homem. Há, para cada um de nós, certos paralelismos entre a inteligência, nossos hábitos e nosso caráter, que se desenvolvem continuamente e se rompem apenas com as grandes perturbações da vida.

Como Claude Frollo havia percorrido, desde a juventude, o círculo quase completo dos conhecimentos humanos positivos, exteriores e lícitos, sentiu-se forçado, a menos que fosse impedido *ubi defuit orbis*[62], a seguir adiante e buscar outros alimentos para a atividade insaciável de sua inteligência. O antigo símbolo da serpente que morde a própria cauda é especialmente adequado à ciência. E parece que Claude Frollo também se serviu dele. Várias pessoas sérias afirmavam que, depois de esgotar o *fas* do conhecimento humano, ele ousou penetrar no *nefas*[63]. Dizia-se que ele tinha provado sucessivamente todas as maçãs da árvore da inteligência, e, faminto ou enojado, acabara por morder o fruto proibido. Ele havia frequentado, sucessivamente, como nossos leitores viram, as conferências dos teólogos da Sorbonne, as assembleias dos estudantes de arte como Saint-Hilaire, as disputas dos decretistas à imagem de Saint-Martin, as congregações dos médicos no batistério da Notre Dame, *ad cupam Nostræ Dominæ*. Todas as iguarias permitidas e aprovadas que essas quatro grandes culinárias, chamadas de quatro faculdades, podiam elaborar e servir à inteligência, ele as tinha devorado, e a saciedade veio para que sua fome fosse apaziguada.

---

[62] "Onde o círculo é interrompido." Cf. Ovídio, *Metamorfoses*, V, 463. (N.T.)

[63] O que é contrário à vontade divina. (N.T.)

Em seguida, cavou mais adiante, mais fundo, sob toda essa ciência finita, material e limitada. Ele havia, talvez, arriscado sua alma sentando-se na caverna, à misteriosa mesa dos alquimistas, astrólogos, herméticos, em cuja cabeceira estavam, na Idade Média, Averroès, Guillaume de Paris e Nicolas Flamel, estendendo-se para o Oriente, à luz do candelabro de sete pontas, até Salomão, Pitágoras, Zoroastro.

Pelo menos era o que se supunha, com ou sem razão.

É certo que o arquidiácono visitava frequentemente o Cemitério dos Saints-Innocents, onde seu pai e sua mãe tinham sido enterrados com outras vítimas da peste de 1466, mas ele parecia muito menos devoto à cruz de suas covas do que às estranhas figuras que adornavam os túmulos de Nicolas Flamel e Claude Pernelle, construídos bem ao lado.

É certo que ele tinha sido visto muitas vezes caminhando pela Rua des Lombards e entrando sorrateiramente em uma pequena casa que ficava na esquina da Rua des Écrivains com a Rua Marivault. Era a casa que Nicolas Flamel havia construído e onde faleceu por volta de 1417 e que, deserta desde então, já começava a cair em ruínas de tanto que os herméticos e sopradores de todos os países tinham desgastado as paredes ao gravar seus nomes. Alguns vizinhos até afirmavam ter visto uma vez, através de um respiradouro, o arquidiácono Claude escavar, mover e revolver a terra nessas duas caves cujos pilares de estribo estavam pintalgados por incontáveis versos e hieróglifos feitos pelo próprio Nicolas Flamel. Supunha-se que Flamel tinha enterrado a pedra filosofal nessas caves, e os alquimistas, durante dois séculos, de Magistri ao padre Pacifique, não cessaram de cutucar o solo até que a casa, tão cruelmente escavada e revirada, acabou se desfazendo em pó sob seus pés.

É certo também que o arquidiácono tinha singularmente se apaixonado pelo portal simbólico da Notre Dame, essa página de grimório escrita em pedra pelo bispo Guillaume de Paris, que foi, sem dúvida, condenado por ter anexado um frontispício tão infernal ao poema sagrado que o resto do edifício declama à eternidade. O arquidiácono Claude também era considerado responsável por aprofundar o colosso de Saint Christophe e essa grande e enigmática estátua que se erguia na entrada do átrio e que o povo chamava, a título de zombaria, de "Senhor Legris". Mas o que todo mundo já havia notado eram as horas intermináveis que ele costumava passar sentado no parapeito do átrio, contemplando as esculturas do portal, examinando ora as virgens loucas com suas lamparinas reviradas, ora as virgens prudentes com suas lamparinas em pé. Outras vezes, calculando o ângulo do olhar do corvo do pórtico à esquerda, que parece fitar na igreja um ponto misterioso onde certamente está escondida a pedra filosofal, se não é no porão de Nicolas Flamel que ela se encontra. Era, diga-se de passagem, um singular destino para a igreja Notre Dame naquela época ser tão amada, em dois graus diferentes e com tanta devoção, por dois seres tão distintos como Claude e Quasímodo. Amada por um, uma espécie de meio-homem instintivo e selvagem, por sua beleza, por sua estatura, pelas harmonias que emergem do seu magnífico conjunto; amada pelo outro, de imaginação acadêmica e apaixonada, por seu significado, seu misticismo, pelo que ela representa, pelo simbolismo espalhado por sob as esculturas da fachada, como o primeiro texto sob o segundo em um palimpsesto; em suma, pelo enigma que ela eternamente propõe à inteligência.

Finalmente, é certo que o arquidiácono havia acomodado, em uma das duas torres que fica de frente para a Grève, bem ao lado da gaiola dos sinos, uma pequena e muito secreta sala onde ninguém entrava, nem mesmo o bispo, segundo diziam, sem sua permissão. Essa sala já havia sido aberta quase no topo da torre, entre os ninhos dos corvos, pelo bispo Hugo de Besançon[64], que a havia usado, na época, para seus malefícios. Ninguém sabia o que ela continha; mas, diversas vezes, viu-se no chão arenoso do Terreno, durante a noite, em uma pequena claraboia na parte de trás da

[64] Hugo II de Bisuncio, 1326-1332. (N.T.)

torre, aparecer, desaparecer e reaparecer, em curtos e iguais intervalos, uma luz vermelha, intermitente, bizarra, que parecia seguir a respiração ofegante de um fole e se assemelhava mais a uma chama do que a uma luz. Na escuridão, e naquela altura, isso surtia um efeito singular, e as comadres diziam: "Lá está o arquidiácono bufando; o inferno está ardendo lá em cima".

No fim das contas, não havia evidência de bruxaria em tudo isso, mas havia fumaça suficiente para supor o fogo, e o arquidiácono gozava de uma reputação formidável. Devemos dizer, no entanto, que as ciências do Egito, a necromancia, a magia, mesmo a mais branca e a mais inocente, não tinham inimigo mais feroz nem denunciante mais implacável perante os senhores inquisidores da Notre Dame. Se era horror sincero ou dissimulação do gatuno que grita "Ladrão!", isso não impedia que o arquidiácono fosse considerado pelas cabeças eruditas do capítulo como uma alma que se aventurava no vestíbulo do inferno, perdida nos antros da cabala, tateando nas trevas das ciências ocultas. O povo também não estava enganado; para qualquer um que tivesse um pouco de sagacidade, Quasímodo passava por demônio, e Claude Frollo, por feiticeiro. Era óbvio que o sineiro tinha de servir o arquidiácono por um certo tempo ao final do qual ele tomaria sua alma como pagamento. Além disso, o arquidiácono, apesar da austeridade excessiva de sua vida, cheirava mal entre as boas almas; e não havia nariz de carola, por mais inexperiente que fosse, que não sentisse seu cheiro de bruxo.

E se, envelhecendo, abismos tinham-se formado em sua ciência, outros se abriram também em seu coração. Pelo menos é o que se acreditava ao examinar essa figura na qual só se podia ver a alma brilhando através de uma nuvem sombria. De onde vinha aquela precoce fronte calva, aquela cabeça sempre curvada, aquele peito sempre abalado por suspiros? Que pensamento secreto fazia seus lábios sorrir com tanta amargura ao mesmo tempo que suas sobrancelhas franzidas se aproximavam como dois touros prestes a lutar? Por que o pouco cabelo que lhe restava já estava grisalho? Que fogo interior era aquele que, às vezes, penetrava em seu olhar a ponto de seu olho se parecer com um buraco perfurado na parede de uma fornalha?

Esses sintomas de preocupação moral violenta tinham-se intensificado na época desta história. Mais de uma vez uma criança do coro fugiu assustada ao encontrá-lo sozinho na igreja, de tão estranho e brilhante que era seu olhar. Mais de uma vez, no coro, no momento dos ofícios, seu vizinho de estala o ouviu misturar ao cantochão *ad omnem tonum*[65] alguns parênteses ininteligíveis. Mais de uma vez, a lavadeira do Terreno, encarregada de "lavar o capítulo", tinha encontrado, não sem espanto, marcas de unhas e dedos crispados no sobrepeliz do arquidiácono de Josas.

Além disso, sua severidade havia redobrado, e ele nunca tinha sido tão exemplar. Por ofício e por caráter, ele mantinha-se afastado das mulheres; parecia odiá-las mais do que nunca. O simples balançar de uma vasquinha de seda fazia com que ele cobrisse os olhos com seu capuz. Nesse ponto ele era tão zeloso em austeridade e reserva que, quando a senhora de Beaujeu, filha do rei, foi em dezembro de 1481 visitar o claustro da Notre Dame, ele se opôs seriamente à sua entrada, lembrando ao bispo o estatuto do Livro Negro, datado da vigília de Saint-Barthélemy, de 1334, que proíbe o acesso ao claustro a qualquer mulher "jovem ou velha, ama ou criada". O bispo foi obrigado a citar-lhe as ordenações do legado Odo, que abre exceção a algumas importantes damas, *aliquæ magnates mulieres, quæ sine scandalo evitari non possunt*[66]. E novamente o arquidiácono protestou, contestando que a ordem do legado, que datava de 1207, era 127 anos anterior ao Livro Negro, e, portanto, revogada de fato por ele. E se recusou a comparecer perante a princesa.

[65] "Em todos os tons", em latim. (N.T.)

[66] "Algumas importantes damas que não podem ser dispensadas sem escândalo". (N.T.)

Também se via que seu horror pelos ciganos e pelos zíngaros parecia ter aumentado há algum tempo. Ele havia solicitado ao bispo um édito que proibia expressamente as ciganas de dançar e tamborilar na Praça do Parvis, e, na mesma época, começou a manusear os arquivos oficiais cobertos de mofo, a fim de reunir os casos de feiticeiros e bruxas condenados à fogueira ou ao enforcamento por cumplicidade em malefícios com bodes, porcas ou cabras.

Impopularidade

O arquidiácono e o sineiro, como já dissemos, eram pouco amados pelo povo, fosse gente graúda ou miúda, dos arredores da catedral. Quando Claude e Quasímodo saíam juntos, o que acontecia com frequência, e eram vistos cruzar, o criado seguindo o mestre, as ruas frescas, estreitas e sombrias do quarteirão da Notre Dame, eram numerosos os acintes, as ironias e os insultos que lhes eram dirigidos, a menos que Claude Frollo, o que raramente acontecia, andasse em linha reta e de cabeça erguida, mostrando sua fronte severa e quase augusta aos zombeteiros assustados.

Ambos circulavam pelo bairro como os "poetas" de que fala Régnier.

Todo tipo de pessoa vai atrás dos poetas.
Como atrás das corujas gritam as toutinegras.[67]

Ora um fedelho sorrateiro arriscava sua pele e seus ossos para ter o prazer inefável de espetar um alfinete na corcunda de Quasímodo, ora

[67] Régnier, *Sátiros*, XII, 49-50. Ler "Tais tipos" e não "Todos". (N.T.)

uma bela jovem, alegre e mais atrevida do que deveria ser, tocava na batina preta do padre e cantava debaixo de seu nariz a canção sarcástica: *niche, niche, le diable est pris.*[68] Às vezes, um grupo esquálido de velhas, espalhadas e agachadas na sombra, sobre os degraus de um alpendre, resmungava sonoramente à passagem do arquidiácono e do sineiro e lançava sobre eles, murmurando, esta acolhida encorajadora: "Hum! Aí está um que tem a alma feita do que é feito o corpo do outro!". Ou um bando de estudantes e soldados brincando de amarelinha se levantava em peso e os cumprimentava classicamente com algumas vaias em latim: *Eia! Eia! Claudiu cum claudo*![69]

Mas, na maioria das vezes, o insulto passava despercebido pelo padre e pelo sineiro. Quasímodo era surdo demais para ouvir essas injúrias, e Claude, muito sonhador.

[68] Em uma tradução aproximada: "Viva, viva, o diabo foi atacado". (N.T.)

[69] "Ah! Ah! Claudius e o claudicante!". (N.T.)

LIVRO CINCO

"Abbas Beati Martini"[70]

A fama de dom Claude tinha-se espalhado ao longe. Ela lhe rendera, por volta da época em que ele se recusou a ver a senhora de Beaujeu, uma visita que ele guardou na lembrança por muito tempo.

Era noite. Ele tinha acabado de se retirar, após o ofício, em sua sala canônica no claustro da Notre Dame. Essa sala, exceto talvez por alguns frascos de vidro relegados para um canto, cheios de um pó bastante equívoco, que se assemelhava fortemente ao pó de projeção, não aparentava nada de estranho ou misterioso. Havia algumas inscrições na parede aqui e ali, mas eram frases puras de ciência ou de devoção, extraídas de bons autores. O arquidiácono tinha acabado de sentar-se na claridade de um lampião de três bicos de cobre em frente a um grande baú cheio de manuscritos. Ele tinha apoiado o cotovelo sobre o livro aberto de Honório d'Autun, *De prædestinatione et libero arbitrio*[71], e folheava, profundamente reflexivo, um infólio impresso que tinha acabado de trazer, o único produto

[70] "Abade do bem-aventurado Martinho". (N.T.)

[71] Predestinação e livre-arbítrio. (N.T.)

da imprensa que havia naquela saleta. Em pleno devaneio, ouviu alguém bater à porta.

– Quem está aí? – gritou o estudioso com o gracioso tom de um mastim faminto que é perturbado a devorar seu osso.

Uma voz respondeu do lado de fora.

– Seu amigo, Jacques Coictier.

Ele foi abrir.

Era realmente o médico do rei, uma figura de cerca de cinquenta anos, cuja fisionomia dura só era quebrada pelo olhar astuto. Havia outro homem com ele. Ambos usavam uma veste longa, cor de ardósia, forrada com pelo de esquilo, acinturada e fechada, com um capuz do mesmo tecido e da mesma cor. As mãos deles desapareciam debaixo das mangas, os pés, sob as vestes, e os olhos, sob o capuz.

– Que Deus me ajude, cavalheiros! – disse o arquidiácono ao fazê-los entrar. – Eu não esperava uma visita tão honrosa a uma hora dessas. – E, enquanto falava dessa maneira cortês, ele dirigia ao médico e a seu companheiro um olhar preocupado e inquisidor.

– Nunca é tarde demais para visitar um estudioso tão respeitável como dom Claude Frollo de Tirechappe – respondeu o doutor Coictier, cujo sotaque franco-condês o fazia arrastar todas as frases com a pompa de uma veste real.

Então começou entre o doutor e o arquidiácono um daqueles prólogos elogiosos que precediam, naquele tempo, de acordo com os costumes, qualquer conversa entre estudiosos e que não os impedia de detestar um ao outro da forma mais cordial do mundo. Aliás, ainda hoje, qualquer boca de sábio que elogia outro sábio tem fel adoçado com mel.

As felicitações de Claude Frollo a Jacques Coictier se relacionavam, acima de tudo, com as muitas vantagens temporais que o digno médico tinha obtido, ao longo de sua invejada carreira, sobre todas as doenças do rei, uma operação de uma alquimia melhor e mais segura do que a busca pela pedra filosofal.

– De verdade! Senhor doutor Coictier, fiquei muito feliz em saber do bispado de seu sobrinho, meu reverendo senhor Pierre Versé. Ele não é agora bispo de Amiens?

– Sim, senhor arquidiácono, é uma graça e misericórdia de Deus.

– Sabia que, no dia de Natal, o senhor estava com uma ótima aparência à frente do Tribunal de Contas, senhor presidente?

– Vice-presidente, dom Claude. Ai de mim! Nada mais do que isso.

– Como está sua linda casa na Rua Saint-André-des-Arcs? É um Louvre. Eu gosto bastante do abricoteiro esculpido na porta com este espirituoso trocadilho: À L'ABRI-COTIER[72].

– Ai de mim, mestre Claude! Toda essa alvenaria me custa uma fortuna. À medida que a casa se constrói, eu me arruíno.

– Oh! Não tem seus rendimentos da Geôle e do bailio do Palácio e a renda de todas as casas, botequins, vendas e quitandas da Clôture? São belos úberes a ordenhar.

– Minha castelania de Poissy não me rendeu nada neste ano.

– Mas seus pedágios de Triel, de Saint-James e Saint-Germain-en-Laye ainda estão rentáveis.

– Rendem apenas cento e vinte libras, que não são nem soldos parisis.

– O senhor tem o cargo de conselheiro do rei. É um salário fixo.

– Sim, confrade Claude, mas esse maldito senhorio de Poligny de que tanto falam não me vale nem sessenta escudos de ouro, tanto em um ano rentável como em um ano ruim.

Havia nos elogios que dom Claude dirigia a Jacques Coictier um sotaque sardônico, amargo e surdamente irônico, um sorriso triste e cruel

[72] Em francês há um jogo de palavras com "abri", que significa "abrigo", "refúgio", e "cotier", que é o mesmo que costeiro. (N.T.)

de um homem superior e infeliz que, por um pouco de distração, brinca por um momento com a prosperidade grosseira de um homem vulgar. O outro não havia se dado conta disso.

– Pela minha alma – disse enfim Claude, apertando-lhe a mão –, estou feliz em vê-lo com tanta saúde.

– Obrigado, mestre Claude.

– A propósito – indagou dom Claude –, como vai seu enfermo real?

– Ele não paga o suficiente ao seu médico – respondeu o médico, olhando para o companheiro.

– Acha mesmo, camarada Coictier? – perguntou o companheiro.

Essa palavra, pronunciada no tom de surpresa e reprovação, trouxe de volta a essa figura desconhecida a atenção do arquidiácono, que, na verdade, não tinha completamente se afastado dela por um único momento desde que o estranho havia atravessado o limiar da saleta. Foi necessário, inclusive, reconsiderar as mil razões que ele tinha para poupar o doutor Jacques Coictier, o médico todo-poderoso do rei Luís XI, para recebê-lo assim acompanhado. Além disso, a expressão dele não tinha nada de cordial quando Jacques Coictier disse:

– A propósito, dom Claude, trago-lhe um colega que gostaria de conhecê-lo em razão de sua fama.

– O senhor é da ciência? – perguntou o arquidiácono, fixando no companheiro de Coictier seu olhar penetrante, e não encontrou sob as sobrancelhas do desconhecido um olhar menos penetrante e menos desafiador do que o seu próprio.

Era, até onde a fraca iluminação da lamparina permitia julgar, um senhor de cerca de sessenta anos e de estatura média, que parecia bastante doente e debilitado. Seu perfil, embora de uma linha muito burguesa, tinha algo de poderoso e severo; sua pupila brilhava sob um arco superciliar muito profundo, como uma luz no fundo de um antro. E, sob o capuz dobrado que lhe caía sobre o nariz, podiam-se entrever os amplos planos de uma mente genial agitar-se.

Ele próprio se encarregou de responder à pergunta do arquidiácono.

– Reverendo mestre – ele disse com uma voz grave –, sua fama chegou até mim, e eu quis consultá-lo. Sou apenas um pobre cavalheiro provincial que fica descalço antes de entrar na casa de um sábio. É preciso que saiba meu nome. Sou o camarada Tourangeau.

"Nome singular para um cavalheiro!", pensou o arquidiácono. No entanto, ele se sentia diante de alguém forte e sério. O instinto de sua alta inteligência o fez intuir uma não menos alta sob o capuz forrado do amigo Tourangeau. E, considerando a grave figura, o irônico riso que a presença de Jacques Coictier tinha feito eclodir em sua morosa figura se desfez pouco a pouco, como o crepúsculo em um horizonte noturno. Ele sentou-se, melancólico e silencioso, em sua grande poltrona, o cotovelo retomou o lugar habitual sobre a mesa, e a testa, na mão. Depois de alguns instantes de reflexão, ele fez sinal aos dois visitantes para sentar-se e dirigiu a palavra ao camarada Tourangeau.

– O senhor veio me consultar, mestre, sobre que ciência?

– Reverendo – respondeu o camarada Tourangeau –, estou doente, muito doente. Chamam-no de o grande Esculápio, e vim lhe pedir conselhos médicos.

– Medicina! – disse o arquidiácono, acenando com a cabeça. Ele pareceu se recolher por um momento e retomou: – Caro Tourangeau, já que esse é o seu nome, vire a cabeça. O senhor encontrará minha resposta escrita na parede.

O camarada Tourangeau obedeceu e leu por cima de sua cabeça esta inscrição gravada na parede: "*A medicina é a filha dos sonhos.* – JÂMBLICO[73]".

[73] Filósofo do século III considerado precursor da tradição alquimista. (N.T.)

O doutor Jacques Coictier tinha ouvido a pergunta de seu companheiro com um despeito que a resposta de dom Claude só fez aumentar. Ele se inclinou ao ouvido do camarada Tourangeau e lhe disse em um volume baixo o suficiente para não ser ouvido pelo arquidiácono:

– Eu avisei que ele era um louco. O senhor quis ver com seus próprios olhos!

– Pode muito bem ser que ele tenha razão, esse louco, doutor Jacques! – respondeu o camarada no mesmo tom e com um sorriso amargo.

– Como queira! – respondeu secamente Coictier. Em seguida, dirigindo-se ao arquidiácono: – O senhor é ágil nessa tarefa, dom Claude, e parece tão preocupado com Hipócrates quanto um macaco com uma avelã. A medicina é um sonho! Duvido que os farmacêuticos e os médicos não o apedrejassem se aqui estivessem. Então o senhor nega a influência de filtros no sangue, de unguentos na carne! O senhor nega essa eterna farmácia de flores e metais que chamamos de mundo, feita especificamente para esse eterno doente chamado homem!

– Eu não nego – disse dom Claude friamente – nem a farmácia nem o enfermo. Nego o médico.

– Então não é verdade – retomou ardentemente Coictier – que a gota é um dartro interno, que seja possível curar uma ferida de artilharia com a aplicação de um assado de rato, que um sangue jovem devidamente infundido devolve a juventude às veias idosas; não é verdade que dois e dois são quatro e que o emprostótono sucede o opistótono?

O arquidiácono respondeu sem se alterar:

– Há coisas sobre as quais eu penso de certa maneira.

Coictier enrubesceu de raiva.

– Pronto, pronto, meu bom Coictier, não nos zanguemos – disse o camarada Tourangeau. – O arquidiácono é nosso amigo.

Coictier se acalmou e balbuciou a meia voz:

– Afinal, ele não passa de um louco!

– Pelos céus, mestre Claude – retomou Tourangeau depois de um silêncio –, o senhor me embaraça. Eu tinha duas consultas a fazer, uma relacionada à minha saúde, a outra, à minha estrela.

– Senhor – respondeu o arquidiácono –, se esse é o seu pensamento, o senhor teria feito melhor em não perder o fôlego nos degraus da minha escada. Não acredito em medicina. Não acredito em astrologia.

– Verdade!? – exclamou o camarada com surpresa.

Coictier deu uma gargalhada forçada.

– Você vê como ele é louco – disse ele baixo para o camarada Tourangeau. – Ele não acredita em astrologia!

– Como imaginar – prosseguiu dom Claude – que cada raio de uma estrela é um fio que se liga à cabeça de um homem?

– E em que o senhor acredita, então? – insistiu Tourangeau.

O arquidiácono permaneceu indeciso por um momento, então deixou escapar um sorriso sombrio que parecia negar sua resposta:

– *Credo in Deum.*

– *Dominum nostrum*[74] – acrescentou o camarada Tourangeau fazendo o sinal da cruz.

– Amém – completou Coictier.

– Reverendo mestre – disse o camarada –, estou encantado em vê-lo em tão boa religião. Mas, grande sábio que é, já não acredita mais na ciência?

– Não – disse o arquidiácono, agarrando o braço do camarada Tourangeau, e um clarão de entusiasmo se reacendeu em sua terna pupila –, eu não nego a ciência. Não rastejei durante tanto tempo de barriga, as minhas unhas cravadas na terra, pelos inúmeros entroncamentos da caverna, sem perceber, longe, à minha frente, no final de uma escura galeria, uma luz, uma chama, sem dúvida o reflexo do deslumbrante laboratório central onde pacientes e sábios surpreenderam a Deus.

---

[74] – Acredito em Deus.
– Nosso Senhor. (N.T.)

– E, enfim – Tourangeau interrompeu –, o que considera verdadeiro e exato?

– A alquimia.

Coictier sobressaltou-se:

– Por Deus, dom Claude, a alquimia decerto tem sua lógica, mas por que blasfemar contra a medicina e a astrologia?

– É vazia a sua ciência humana! Vazia é a sua ciência celeste! – disse o arquidiácono com autoridade.

– Ele desdenha do grande passo de Epidauro e da Caldeia – respondeu o médico, zombando.

– Ouça, senhor Jacques. Digo isso de boa-fé. Não sou médico do rei, e Sua Majestade não me ofereceu o Jardim de Dédalo para observar as constelações. Não se zangue e ouça-me. Que verdade o senhor constatou, não da medicina, que é demasiado louca, mas com base na astrologia? Cite-me as virtudes do bustrofédon vertical, as descobertas do número ziruph e do número sephiroth.

– O senhor negaria a força simpática da clavícula, da qual deriva a cabalística? – questionou Coictier.

– Engano, senhor Jacques! Nenhuma das suas fórmulas leva à realidade, enquanto a alquimia tem suas descobertas. O senhor contestaria resultados como esses? O gelo preso sob a terra durante mil anos se transforma em cristal de rocha. O chumbo é o ancestral de todos os metais. (Pois o ouro não é um metal, o ouro é a luz.) O chumbo necessita somente de quatro períodos de duzentos anos cada para passar sucessivamente do estado de chumbo ao estado de arsênio vermelho, do arsênio vermelho ao estanho, do estanho à prata. São esses fatos? Mas acreditar na clavícula, na linha completa e nas estrelas é tão ridículo como acreditar, como os habitantes do Grand-Cathay, que o verdelhão se transforma em uma toupeira, e os grãos de trigo, em peixes do gênero ciprino!

– Estudei hermética – bradou Coictier – e afirmo…

O arquidiácono impetuoso não o deixou completar.

– E eu estudei medicina, astrologia e hermética. Só aqui está a verdade – falando assim, ele pegou sobre o baú um frasco cheio do pó de que já falamos –, só aqui está a luz! Hipócrates é um sonho, Urânia é um sonho, Hermes é um pensamento. Ouro é o sol, fabricar ouro é ser Deus. Eis a única ciência. Eu sondei a medicina e a astrologia, estou lhes dizendo! Nada, nada. O corpo humano, escuridão; os astros, escuridão!

E ele sentou-se novamente em sua poltrona, em uma atitude poderosa e inspirada. O camarada Tourangeau o observava em silêncio. Coictier esforçava-se para escarnecer, encolhia os ombros imperceptivelmente e repetia em voz baixa: "Um louco!"

– Aliás – disse de repente Tourangeau –, o objetivo mirífico foi alcançado? O senhor fabricou ouro?

– Se eu tivesse fabricado – respondeu o arquidiácono, articulando lentamente suas palavras como um homem que reflete –, o rei da França seria Claude, e não Luís.

O visitante franziu a sobrancelha.

– O que estou dizendo? – dom Claude retomou com um sorriso de desdém. – Por que me contentaria com o trono de França quando eu poderia reconstruir o Império do Oriente?

– No momento certo! – disse o amigo.

– Oh! Pobre louco! – murmurou Coictier.

O arquidiácono continuou, parecendo responder apenas aos seus pensamentos:

– Mas não, eu ainda estou engatinhando; eu arranho meu rosto e meus joelhos nas pedras do caminho subterrâneo. Eu entrevejo, não contemplo! Eu não leio, eu soletro!

– E, quando souber ler – perguntou o camarada –, o senhor produzirá ouro?

– Quem duvida? – interrogou o arquidiácono.

– Nesse caso, a Notre Dame sabe que preciso muito de dinheiro, e eu gostaria de aprender a ler nos seus livros. Diga-me, reverendo mestre, sua ciência não é inimiga da Notre Dame ou a desagrada?

A essa pergunta do camarada dom Claude contentou-se em responder com uma tranquila altivez:

– De quem sou eu arquidiácono?

– É verdade, meu mestre. Pois bem! O senhor gostaria de me iniciar? Deixe-me soletrar contigo.

Claude assumiu a atitude majestosa e papal de um Samuel.

– Meu velho, são necessários mais anos do que os que lhe restam para embarcar nessa viagem através de coisas misteriosas. Sua cabeça já está bem grisalha! Só sai da caverna quem tem os cabelos brancos, mas só se entra nela com os cabelos ainda pretos. A ciência, por ela, sabe escavar, murchar e secar os rostos humanos; ela não precisa da velhice para enrugar os rostos. Se, no entanto, o senhor tem o desejo de se disciplinar, na sua idade, e de decifrar o formidável alfabeto dos sábios, venha comigo e tentarei ajudá-lo. Não direi a um pobre velho para visitar as câmaras sepulcrais das pirâmides referidas pelo ancião Heródoto nem a torre de tijolos da Babilônia, tampouco o imenso santuário de mármore branco do templo indiano de Eklingji. Não vi, como o senhor, as alvenarias caldaicas construídas segundo a forma sagrada do Sikra nem o templo de Salomão, que foi destruído, nem as portas de pedra do sepulcro dos reis de Israel, que foram derrubadas. Nós nos contentaremos com os fragmentos do Livro de Hermes que temos aqui. Eu lhe explicarei sobre a estátua de São Cristóvão, o símbolo do Semeador, e os dois anjos que estão no pórtico da Sainte-Chapelle, um dos quais tem a mão em um vaso, e o outro, em uma nuvem...

Aqui, Jacques Coictier, a quem as réplicas ardentes do arquidiácono tinha desconcertado, recuperou-se e o interrompeu com o tom triunfante de um estudioso que corrige outro:

– *Erras, amice Claudi.*[75] O símbolo não é o número. O senhor toma Orfeu por Hermes.

– O senhor é que está errado – respondeu seriamente o arquidiácono. – Dédalo é a fundação; Orfeu, a muralha; Hermes, o edifício. É isso. Venha quando quiser – continuou ele, voltando-se para Tourangeau –, eu lhe mostrarei as partículas de ouro deixadas no fundo do cadinho de Nicolas Flamel, e você poderá compará-las com o ouro de Guillaume de Paris. Ensinarei as virtudes secretas da palavra grega *peristera*. Mas, antes, vou fazê-lo ler, uma após a outra, as letras de mármore do alfabeto, as páginas de granito do livro. Partiremos do portal do bispo Guillaume e de Saint-Jean-le-Rond para a Sainte-Chapelle. Em seguida, iremos à casa de Nicolas Flamel, na Rua Marivault, ao seu túmulo, que fica no Saints-Innocents, e aos dois hospitais da Rua de Montmorency. Vou fazê-lo ler os hieróglifos que estão cobertos pelos quatro grandes morilhos de ferro do pórtico do Hospital Saint-Gervais e da rua de la Ferronnerie. Vamos soletrar novamente as fachadas de Saint-Côme, Sainte-Geneviève-des-Ardents, Saint-Martin, Saint-Jacques-de-La-Boucherie…

Já fazia muito tempo que Tourangeau, por mais inteligente que fosse seu olhar, parecia já não compreender dom Claude. Ele o interrompeu.

– Por Deus! Que livros são esses?

– Aqui está um deles – disse o arquidiácono.

E, abrindo a janela da sala, ele apontou para a imensa igreja de Notre Dame, que, desenhando em um céu estrelado a silhueta negra de suas duas torres, suas costelas de pedra e seu dorso monstruoso, parecia uma enorme esfinge de duas cabeças sentada no meio da cidade.

O arquidiácono considerou o gigantesco edifício por algum tempo em silêncio e, em seguida, com um suspiro, estendeu a mão direita em direção

[75] "Está enganado, amigo Claude". (N.T.)

ao livro impresso que estava aberto em sua mesa e a mão esquerda na direção da Notre Dame, e seu olhar triste percorreu do livro até a igreja:

– Ai de mim! – ele disse. – Isto matará aquilo.

Coictier, que havia se aproximado ansiosamente do livro, não pôde evitar de exclamar:

– Ora! O que há de tão temível nisto: GLOSSA IN EPISTOLAS D. PAULI. *Norimbergae, Antonius Koburger, 1474.*[76] Não há nisso nenhuma novidade. É um livro de Pierre Lombard, o Mestre das Sentenças. É só porque está impresso?

– O senhor disse – respondeu Claude, que parecia absorvido em uma profunda meditação e permanecia em pé, com o dedo indicador apoiado sobre o in-fólio das famosas prensas de Nuremberg.

Em seguida, repetiu a misteriosa expressão:

– *Hélas!* Ai de mim! As pequenas coisas superam as grandes coisas; um dente triunfa contra uma clava. O rato do Nilo mata o crocodilo, o espadarte mata a baleia, o livro matará o edifício!

O toque de recolher do claustro soou no momento em que o doutor Jacques repetia em voz baixa para o companheiro seu eterno refrão "*Ele é louco*", ao que o companheiro respondeu desta vez:

– Creio que sim.

Era o momento em que nenhum estranho podia permanecer no claustro. Os dois visitantes se retiraram.

– Mestre – disse ainda o camarada Tourangeau ao se despedir do arquidiácono –, adoro os sábios e as grandes mentes e tenho grande estima pelo senhor. Vá amanhã ao palácio des Tournelles e pergunte pelo abade de Saint-Martin de Tours.

O arquidiácono voltou para sua cela estupefato, compreendendo, finalmente, que personagem era o camarada Tourangeau e lembrando-se desta

[76] *Glosa sobre as Epístolas de São Paulo*, Antoine Koburger (impressor), 1474. (N.T.)

passagem do cartulário de Saint-Martin de Tours: *Abbas beati Martini, Scilicet Rex Franciae, est canonicus de consuetudine et habet parvam praebendam quam habet sanctus Venantius et debet sedere in sede thesaurarii*[77].

Afirma-se que, desde essa época, o arquidiácono teve frequentes conversas com Luís XI quando Sua Majestade vinha a Paris e que o crédito de dom Claude ofuscava Olivier le Daim e Jacques Coictier, que, à sua maneira, se queixava disso com frequência ao rei.

[77] "O abade do bem-aventurado Martinho, ou seja, o rei da França, é cônego, de acordo com o costume, e possui a pequena prebenda de Saint-Venant e deve habitar na sede do tesoureiro". (N.T.)

Isto matará aquilo

Que nossas leitoras nos perdoem por pararmos um momento para averiguar que pensamento espreitava estas enigmáticas palavras do arquidiácono: "Isto matará aquilo. O livro matará o edifício".

Em nossa opinião, esse pensamento tinha dois lados. Primeiro, era um pensamento de padre. Era o medo do sacerdócio diante de um novo agente, a imprensa. Era o alarmismo e o deslumbramento do homem do santuário diante da luminosa tipografia de Gutenberg. Era o púlpito e o manuscrito, a palavra falada e a palavra escrita, alarmadas pela palavra impressa; algo como o espanto de um pardal que se vê diante do anjo da Legião abrindo seus seis milhões de asas. Era o grito do profeta que já ouve murmurar e fervilhar a humanidade emancipada, que vê no futuro a inteligência minar a fé, a opinião destronar a crença, o mundo sacudir Roma. Prognóstico do filósofo que vê o pensamento humano, volatilizado pela imprensa, evaporar do recipiente teocrático. Terror do soldado que examina o aríete de bronze e afirma: a torre vai cair. Isso significava que uma potência sucederia outra potência. Isso significava: a imprensa matará a igreja.

Mas, sob esse pensamento, o primeiro e mais simples sem dúvida, havia em nossa opinião outro, mais novo, um corolário do primeiro, não tão fácil de perceber e mais fácil de contestar, uma visão igualmente filosófica, não mais somente do padre, mas também do sábio e do artista. Era um pressentimento de que o pensamento humano, alterando sua forma, mudaria seu modo de expressão, de que a ideia capital de cada geração não seria mais escrita com o mesmo material e da mesma forma, de que o livro de pedra, tão sólido e tão durável, daria lugar ao livro de papel, ainda mais sólido e mais durável. Desse ponto de vista, a vaga fórmula do arquidiácono tinha um segundo significado: significava que uma arte destronaria a outra. Ela significava: a imprensa matará a arquitetura.

De fato, desde a origem das coisas até o século XV da era cristã, inclusive, a arquitetura é o grande livro da humanidade, a principal expressão do homem em seus diferentes estados de desenvolvimento, seja como força, seja como inteligência.

Quando a memória das primeiras raças sentiu-se sobrecarregada, quando a bagagem das memórias do gênero humano tornou-se tão pesada e tão confusa que a fala, nua e flutuante, arriscou perder-se pelo caminho, elas foram transcritas no chão da maneira mais visível, mais durável e mais natural ao mesmo tempo. Cada tradição foi selada sob um monumento.

Os primeiros monumentos foram meras fachadas de rocha "que o ferro não havia tocado", segundo Moisés[78]. A arquitetura começou como qualquer escrita. Foi primeiro alfabeto. Uma pedra era enterrada em pé, e isso era uma letra, e cada letra era um hieróglifo, e sobre cada hieróglifo repousava um grupo de ideias como um capitel sobre a coluna. Assim fizeram as primeiras raças, em todos os lugares, ao mesmo tempo, na superfície do mundo inteiro. A **pedra erguida** dos celtas é encontrada na Sibéria asiática e nos pampas da América.

[78] *Êxodo*, XX, 25. (N.T.)

Mais tarde surgiram as palavras. Pedras foram sobrepostas a pedras, combinaram-se sílabas de granito, e o verbo tentou alguns arranjos. O dólmen e o *cromlech* celtas, o túmulo etrusco, o galgal hebreu são palavras. Alguns, especialmente o túmulo, são nomes próprios. Às vezes, até, quando havia muita pedra e uma vasta praia, escrevia-se uma frase. O enorme amontoado de Karnac já é uma sentença completa.

Finalmente, fizeram livros. As tradições tinham criado símbolos sob os quais elas desapareciam, como o tronco da árvore sob a folhagem. Todos esses símbolos, nos quais a humanidade tinha fé, foram crescendo, multiplicando-se, entrecruzando-se e complicando-se cada vez mais. Os primeiros monumentos não eram mais suficientes para contê-los; eles transbordavam por todos os lados. Com dificuldade, eles ainda expressavam a tradição primitiva: simples, nua e jazente ao chão. O símbolo precisava expandir-se pelo edifício. A arquitetura então desenvolveu-se com o pensamento humano; tornou-se um gigante com mil cabeças e mil braços e fixou em uma forma eterna, visível e palpável todo esse simbolismo flutuante. Enquanto Dédalo, que é a força, media; enquanto Orfeu, que é a inteligência, cantava; o pilar, que é uma letra, a arca, que é uma sílaba, a pirâmide, que é uma palavra, impulsionados tanto por uma lei de geometria como por uma lei de poesia, agrupavam-se, combinavam-se, amalgamavam-se, desciam, subiam, justapunham-se no chão, escalonavam-se no céu, até que tivessem escrito, sob o ditado da ideia geral de uma época, esses livros maravilhosos que eram também maravilhosos edifícios: o pagode de Eklingji, o Ramesseum do Egito, o templo de Salomão.

A ideia-mãe, o verbo, não estava apenas no fundo de todos esses edifícios, mas também na forma. O templo de Salomão, por exemplo, não era simplesmente a encadernação do livro santo, ele era o próprio livro. Em cada um de seus recintos concêntricos, os padres podiam ler o verbo traduzido e manifestado aos olhos, e assim seguiam suas transformações, de santuário em santuário, até se apoderarem dela em seu último tabernáculo, sob sua forma mais concreta, que era ainda arquitetônica: a arca. O verbo então estava encerrado no edifício, mas sua imagem estava em seu invólucro como a figura humana no caixão de uma múmia.

E não só a forma dos edifícios, mas também o local escolhido revelava o pensamento que eles representavam. Fosse o símbolo a ser expresso gracioso ou sombrio, a Grécia coroava suas montanhas com um templo harmonioso para o olhar, a Índia estripava as suas para esculpir aqueles pagodes disformes e subterrâneos, sustentados por gigantescas fileiras de elefantes de granito.

Durante os primeiros seis mil anos do mundo, desde o pagode mais imemorial do Hindustão até a Catedral de Colônia, a arquitetura foi a grande forma de escrita do gênero humano. E isso é tão verdadeiro que não somente todo símbolo religioso, mas também todo pensamento humano tem sua página nesse imenso livro e em seu respectivo monumento.

Toda civilização começa com a teocracia e termina com a democracia. Essa lei da liberdade sucedendo à unidade está inscrita na arquitetura. Pois, insistamos nesse ponto, não se deve acreditar que a alvenaria seja poderosa apenas na construção do templo, apenas na expressão do mito e do simbolismo sacerdotal, apenas na transcrição em hieróglifos sobre suas páginas de pedra, as misteriosas tábuas da lei. Se fosse assim, como acontece em toda sociedade humana de chegar um momento em que o símbolo sagrado se desgasta e se oblitera sob o livre pensamento, quando o homem escapa do sacerdote, quando a excrescência das filosofias e dos sistemas rói a face da religião, a arquitetura não poderia reproduzir esse novo estado da mente humana; suas páginas, preenchidas na frente, estariam em branco no verso, seu trabalho estaria truncado, seu livro, incompleto. Mas não é o caso.

Tomemos por exemplo a Idade Média, onde vemos mais claramente, porque é uma época mais próxima de nós. Durante seu primeiro período, enquanto a teocracia organiza a Europa, enquanto o Vaticano reúne e reclassifica a seu redor os elementos de uma Roma feita com a Roma que jaz desmantelada em torno do Capitólio, enquanto o cristianismo parte para procurar nos escombros da civilização anterior todos os escalões da sociedade e reconstrói com essas ruínas um novo universo hierárquico cujo sacerdócio é o arco da abóbada, ouvimos primeiro um troar nesse caos, depois vemos, pouco a pouco, sob o sopro do cristianismo, sob a mão dos bárbaros, surgir pedaços de arquiteturas mortas, gregas e romanas, essa misteriosa arquitetura românica, irmã das alvenarias teocráticas do Egito e da Índia, imutável emblema do catolicismo puro, imutável hieroglífico da unidade papal. Todo o pensamento desse tempo está de fato inscrito nesse sombrio estilo românico. Percebe-se, por toda parte, a autoridade, a unidade, o impenetrável, o absoluto Gregório VII; por toda parte o sacerdote, nunca o homem; por toda parte a casta, jamais o povo. Mas as Cruzadas chegaram. Foi um grande movimento popular; e todo grande movimento popular, qualquer que seja sua causa e seu propósito, sempre exalta o espírito de liberdade de sua última formação. Novidades virão à tona. Eis que se inicia o período tempestuoso das Jacqueries, Pragueries e das Ligas. A autoridade estremece, a unidade se bifurca. O feudalismo exige compartilhar com a teocracia, à espera do povo que inevitavelmente surgirá e que, como sempre, tomará sua parte do leão. *Quia nominor leo*[79]. O senhorio, portanto, penetra sob o sacerdócio; a comuna, sob o senhorio. A face da Europa se transforma. Pois bem! A face da arquitetura também muda. Tal como a civilização, ela vira a página, e o espírito dos novos tempos a encontra pronta para escrever seu ditado. Ela voltou das Cruzadas com a ogiva, como as nações com a liberdade. Assim, à medida que Roma desmembra-se pouco a pouco, a arquitetura românica morre. O hieróglifo abandona a catedral e incorpora o torreão para dar prestígio ao feudalismo. A própria catedral, esse edifício outrora tão dogmático,

[79] "Porque meu nome é leão", em latim. (N.T.)

agora invadida pela burguesia, pela comuna, pela liberdade, escapa do sacerdote e cai em poder do artista. O artista a constrói como lhe apraz. Adeus, mistério, mito, lei. Bem-vindos, fantasia e capricho. Enquanto o padre tiver a basílica e o altar, ele não tem do que se queixar. As quatro paredes são do artista. O livro arquitetônico já não pertence ao sacerdócio, à religião, a Roma; pertence à imaginação, à poesia, ao povo. Daí as rápidas e inumeráveis transformações dessa arquitetura que tem apenas três séculos, tão marcantes depois da imobilidade estagnante da arquitetura românica de seis ou sete séculos. A arte, no entanto, caminha a passos de gigante. A genialidade e a originalidade popular cumprem a tarefa que antes era dos bispos. Cada raça escreve, de passagem, sua linha sobre o livro, rasura os antigos hieróglifos romanos sobre o frontispício das catedrais, e no máximo ainda se vê emergir o dogma, aqui e ali, sob o novo símbolo ali assentado. As vestes populares dificilmente deixam entrever a ossatura religiosa. É difícil imaginar as licenças que os arquitetos então se deram, mesmo em relação à igreja. São os capitéis tricotados dos monges e das freiras vergonhosamente acasalados, como no salão das Chaminés do Palácio da Justiça, em Paris. É a aventura de Noé esculpida **com todas as letras** como sob o grande pórtico de Bourges. Um monge báquico com orelhas de asno e um copo na mão, rindo debaixo do nariz de uma comunidade inteira, como no lavatório da abadia de Bocherville. Naquela época, para o pensamento escrito em pedra, havia um privilégio comparável à nossa atual liberdade de imprensa. É a liberdade da arquitetura.

Essa liberdade vai muito longe. Às vezes, um pórtico, uma fachada, uma igreja inteira apresentam um significado simbólico que é absolutamente estranho ao culto, ou mesmo hostil à igreja. Desde o século XIII, com Guilherme de Paris, até o século XV, com Nicolas Flamel, escreveram-se páginas sediciosas como essas. Saint-Jacques-de-la-Boucherie era, por completo, uma igreja de oposição.

O pensamento então só era livre dessa maneira, e só assim se escreveu sua totalidade, naqueles livros que chamamos de edifícios. Sem essa forma monumental, ela teria sido queimada em praça pública pela mão do carrasco sob a forma manuscrita, caso fosse imprudente o suficiente para se arriscar. O pensamento do pórtico da igreja teria testemunhado o suplício do pensamento livre. Então, tendo apenas esse caminho, o da alvenaria, para vir à luz, o pensamento preencheu todos os espaços. Daí o enorme número de catedrais que cobriram a Europa, de tal modo prodigioso que mal se pode acreditar, mesmo depois de se verificar. Todas as forças materiais e intelectuais da sociedade convergiram no mesmo ponto: a arquitetura. Dessa forma, sob o pretexto de construir igrejas para Deus, a arte desenvolveu-se em proporções magníficas.

Então, aquele que nascia poeta tornava-se arquiteto. O gênio espalhado entre as massas, comprimido de todos os lados sob o feudalismo, como sob um *testudo*[80] de escudos de bronze, encontrando saída apenas na arquitetura, resultava nessa arte, e suas Ilíadas tomavam a forma de catedrais. Todas as outras artes obedeciam à arquitetura e se colocavam a serviço dela. Eram os operários da grande obra. O arquiteto, o poeta, o mestre canalizavam para sua obra a escultura que esculpia suas fachadas, a pintura que iluminava seus vitrais, a música que colocava seu sino em movimento e soprava em seus órgãos. Até a pobre poesia propriamente dita, não havia o que persistisse em vegetar nos manuscritos, que não fosse obrigado a ser algo que se enquadrava no edifício sob a forma de poema ou *prosa*[81]. O mesmo papel, no fundo, foi desempenhado pelas tragédias de Ésquilo nas festas sacerdotais da Grécia ou pela *Gênese* no Templo de Salomão.

Assim, até Gutenberg, a arquitetura foi a principal escrita, a escrita universal. Desse livro granítico, iniciado pelo Oriente e continuado pela

---

[80] "Tartaruga", posição de ataque dos soldados formando uma abóbada acima da cabeça deles com seus escudos unidos. (N.T.)

[81] Diferentemente do hino, a prosa das missas obedecia a uma versificação particular. (N.T.)

Antiguidade Grega e Romana, a Idade Média escreveu a última página. Além disso, esse fenômeno da arquitetura popular, que sucedeu uma arquitetura de castas que acabamos de observar na Idade Média, reproduz-se com qualquer movimento análogo na inteligência humana em outras grandes épocas da história. Para expor aqui apenas brevemente uma lei que precisaria ser desenvolvida em volumes, no Alto Oriente, berço dos tempos primitivos, após a arquitetura hindu, veio a arquitetura fenícia, essa opulenta mãe da arquitetura árabe. Na Antiguidade, após a arquitetura egípcia, da qual o estilo etrusco e os monumentos ciclópicos são apenas uma variedade, veio a arquitetura grega, da qual o estilo romano é apenas um prolongamento sobrecarregado do domo cartaginês. Nos tempos modernos, após a arquitetura românica, veio a arquitetura gótica. E, dividindo essas três séries, vamos encontrar sobre as três irmãs mais velhas, as arquiteturas hindu, egípcia e românica, o mesmo símbolo: a teocracia, a casta, a unidade, o dogma, o mito, Deus. Sobre as três irmãs mais novas, as arquiteturas fenícia, grega e gótica, independentemente da diversidade de forma inerente à sua natureza, o mesmo significado também: a liberdade, o povo, o homem.

Seja ele chamado de brâmane, mago ou papa, nas alvenarias hindu, egípcia ou românica sempre se sente a presença do sacerdote, ninguém além do sacerdote. O mesmo não acontece nas arquiteturas populares. Elas são mais ricas e menos sagradas. Na arquitetura fenícia, pressente-se o mercador; na grega, o republicano; na gótica, o burguês.

As características gerais de qualquer arquitetura teocrática são a imutabilidade, o horror ao progresso, a preservação das linhas tradicionais, a consagração dos tipos primitivos e a constante submissão de todas as formas do homem e da natureza aos caprichos incompreensíveis do símbolo. São livros tenebrosos, que só os iniciados conseguem decifrar. Além disso, qualquer forma, mesmo qualquer deformidade, tem um significado que a torna inviolável. Não peça às alvenarias hindu, egípcia e românica que reformem seu desenho ou melhorem sua estatuária. Toda perfeição é para elas uma blasfêmia. Nessas arquiteturas, parece que a rigidez do dogma se espalhou sobre a pedra como uma segunda petrificação.

As características gerais das alvenarias populares são, ao contrário, a variedade, o progresso, a originalidade, a opulência, o movimento perpétuo. Elas já estão separadas o suficiente da religião para pensar sobre sua própria beleza, para cuidar dela, para retificar incansavelmente sua ornamentação de estátuas ou arabescos. São do século. Têm algo de humano que elas constantemente misturam com o símbolo divino sob o qual ainda se produzem. Daí os edifícios penetráveis por qualquer alma, inteligência ou imaginação, ainda simbólicas, mas fáceis de entender, como a natureza. Entre a arquitetura teocrática e esta, há a diferença de uma linguagem sagrada para uma vulgar, de hieróglifos para a arte, de Salomão para Fídias.

Se resumirmos o que dissemos até agora, sucintamente, negligenciando milhares de evidências e também mil objeções de detalhes, somos levados a isto: que a arquitetura foi, até o século XV, o principal registro da humanidade, que, nesse intervalo, não apareceu no mundo qualquer pensamento mais complicado que não tenha se transformado em edifício, que toda ideia popular, como toda lei religiosa, teve seus monumentos; que a raça humana, enfim, não pensou nada importante que não tenha registrado em pedras. E por quê? É que qualquer pensamento, seja religioso, seja filosófico, é interessante de se perpetuar, é que a ideia que moveu uma geração quer mover outras e deixar rastros. E que imortalidade precária é a do manuscrito! Um edifício é um livro mais sólido, durável e resistente! Para destruir a palavra escrita, bastam uma tocha e um turco. Para demolir a palavra construída, é necessária uma revolução social, uma revolução terrestre. Os bárbaros passaram sobre o Coliseu; o dilúvio, talvez sobre as pirâmides.

No século XV, tudo muda.

O pensamento humano descobre uma maneira de se perpetuar de uma maneira não só mais durável e mais resistente do que a arquitetura, mas de um modo ainda mais simples e mais fácil. A arquitetura é destronada. Às cartas de pedra de Orfeu sucederão as cartas de chumbo de Gutenberg.

O livro vai matar o edifício.

A invenção da impressão é o maior evento da história. Essa é a revolução-mãe. É o modo de expressão da humanidade que é totalmente renovado, é o pensamento humano que se despe de uma forma e assume outra, é a troca completa e definitiva da pele dessa serpente simbólica que, desde Adão, representa a inteligência.

Sob a forma impressa, o pensamento é mais imperecível do que nunca; é volátil, inatingível, indestrutível. Ele se mistura no ar. No tempo da arquitetura, era montanha e se apoderava potentemente de um século e de um lugar. Agora ele é um bando de pássaros que se espalham aos quatro ventos e ocupam ao mesmo tempo todos os pontos do ar e do espaço.

Repetimos: quem não vê que dessa maneira ele é muito mais indelével? De sólido que era, tornou-se perene. Passou da duração à imortalidade. É possível demolir uma massa, mas como aniquilar a ubiquidade? Se vier um dilúvio, a montanha desaparecerá sob as ondas, enquanto os pássaros ainda voam; e, se uma única arca flutuar na superfície do cataclismo, eles pousarão sobre ela, subsistirão com ela, testemunharão a vazante das águas. E o novo mundo que irá emergir desse caos verá, ao acordar, pairando sobre ele, alado e vivo, o pensamento do mundo devastado.

Quando observamos que esse modo de expressão é não apenas o mais conservador, mas o mais simples, o mais conveniente, o mais viável para todos, quando pensamos que ele não carrega uma bagagem pesada e não move pesados apetrechos, quando comparamos o pensamento obrigado, para se traduzir em um edifício, a utilizar quatro ou cinco outras artes e toneladas de ouro, uma montanha de pedras, uma floresta inteira de vigas, toda uma população de operários, quando comparamos isso ao pensamento que se transforma em livro e para o qual bastam um pouco de papel, um pouco de tinta e uma pena, como podemos ficar surpresos com o fato de que a inteligência humana tenha deixado a arquitetura e recorrido à imprensa? Corte bruscamente o leito primitivo de um rio, com um canal escavado abaixo do seu nível, e o rio desertará seu leito.

Veja também como, a partir da descoberta da imprensa, a arquitetura murcha pouco a pouco, atrofia-se e desnuda-se. Como sentimos que a água baixa, que a seiva desaparece, que o pensamento dos tempos e dos povos se esvai! O resfriamento é bastante insensível no século XV, a imprensa ainda é muito débil e, no máximo, extrai da poderosa arquitetura um excedente de vida. Já no século XVI, a doença da arquitetura é visível. Ela já não exprime a sociedade em sua essência, torna-se miseravelmente arte clássica. De gaulesa, europeia, indígena, ela torna-se grega e romana, de verdadeira e moderna, passa a pseudoantiga. É a essa decadência que chamamos Renascimento. Magnífica decadência, todavia, porque o velho gênio gótico, aquele sol que se põe atrás da gigantesca imprensa de Mainz, ainda penetra por algum tempo seus últimos raios em todo o híbrido amontoamento de arcadas latinas e colunatas de Corinto.

É esse sol poente que chamamos de aurora.

No entanto, no momento em que a arquitetura passa a ser apenas uma arte como qualquer outra, assim que deixa de ser a arte total, soberana, tirana, deixa de ter forças para abranger as outras artes. Então as outras artes emancipam-se, quebram o jugo do arquiteto e partem cada uma para o seu lado. Todas ganham com esse divórcio. O isolamento engrandece tudo. A escultura torna-se estatuária, a imagem transforma-se em pintura, o cânone passa a ser música. Parece um império que foi desmembrado após a morte de Alexandre e cujas províncias tornaram-se reinos.

Desde então, surgiram Rafael, Michelangelo, Jean Goujon, Palestrina, esses esplendores do deslumbrante século XVI.

Ao mesmo tempo que as artes, o pensamento emancipa-se por todos os lados. Os heresiarcas da Idade Média já haviam dado grandes golpes no catolicismo. O século XVI rompe a unidade religiosa. Antes da imprensa, a Reforma não teria sido nada além de um cisma, a imprensa faz dela uma revolução. Ignore a imprensa, a heresia se zanga. Seja fatal ou providencial, Gutenberg é o precursor de Lutero.

No entanto, quando o sol da Idade Média põe-se por completo, quando o gênio gótico extingue-se para sempre no horizonte da arte, a arquitetura ofusca-se, descolore-se, esvai-se cada vez mais. O livro impresso, esse verme roedor do edifício, suga-lhe o sangue e a devora. Ela se despoja, despe-se, esmorece a olhos vistos. Ela é mesquinha, pobre, nula. Já não exprime nada, nem mesmo a memória da arte de outros tempos. Reduzida a si mesma, abandonada pelas outras artes porque o pensamento humano a abandonou, ela apela para artifícios, na ausência de artistas. O vidro substitui o vitral. O talhador de pedra sucede ao escultor. Adeus a toda a seiva, toda a originalidade, toda a vida, toda a inteligência. Ela se arrasta, mendiga lamentável de ateliê, de cópia em cópia. Michelangelo, que desde o século XVI já sentia sua morte, teve uma última ideia, uma ideia de desespero. Esse titã da arte havia empilhado o Panteão no Partenon e feito São Pedro de Roma. Grande obra que merecia permanecer única, última originalidade da arquitetura, assinatura de um artista gigantesco na parte inferior do colossal registro de pedra que se fechava. Michelangelo morto, o que faz a miserável arquitetura que sobrevivia sozinha no estado de espectro e sombra? Toma São Pedro de Roma e a decalca, parodia. É uma mania. É de dar pena. Cada século tem sua São Pedro de Roma. No século XVII, o Val-de-Grâce, no século XVIII, Sainte-Geneviève. Cada país tem sua própria São Pedro de Roma. Londres tem a sua. Petersburgo também tem. Paris tem duas ou três. Testamento insignificante, último disparate de uma grande arte decrépita que regressa à infância antes de morrer.

Se, em vez de monumentos característicos como aqueles a que acabamos de nos referir, examinarmos o aspecto geral da arte do século XVI ao século XVIII, encontraremos os mesmos fenômenos de decadência e ética. A partir de François II, a forma arquitetônica do edifício desaparece cada vez mais e deixa sobressair a forma geométrica, como a estrutura óssea de um doente emagrecido. As belas linhas da arte abrem caminho para as frias e inexoráveis linhas do geômetra. Um edifício não é mais um edifício, é um poliedro. A arquitetura, no entanto, luta para esconder essa nudez. O frontão grego inscreve-se no frontão romano, e vice-versa. Ainda é o Panteão no Partenon, São Pedro de Roma. Vejam as casas de tijolos de Henrique IV com quinas de pedra, a Praça Real e a Praça Dauphine. Vejam as igrejas de Luís XIII, pesadas, atarracadas, rebaixadas, encolhidas, com uma cúpula semelhante a uma corcunda. Vejam a arquitetura mazarina, o mau *pasticcio* italiano do Quatre-Nations. Vejam os palácios de Luís XIV, longas casernas de cortesãos, rígidos, frios, tediosos. Vejam, finalmente, Luís XV, com as chicórias e aletrias, e todos os vermes e fungos que desfiguram a velha arquitetura caduca, desdentada e vaidosa. De François II a Luís XV, a doença cresceu em progressão geométrica. A arte é só pele e ossos. Ela agoniza miseravelmente.

Enquanto isso, o que acontece com a imprensa? Toda a vida que se afasta da arquitetura se incrusta nela. À medida que a arquitetura declina, a imprensa infla e floresce. O capital de forças que o pensamento humano dispensava aos edifícios, agora ele gasta em livros. A partir do século XVI, a imprensa cresce ao mesmo tempo que a arquitetura decresce, disputa com ela e vence. No século XVII, ela já é bastante soberana, triunfante e firme em sua vitória para oferecer ao mundo a festa de um grande século literário. No século XVIII, repousando durante muito tempo na corte de Luís XIV, ela recupera a velha espada de Lutero, arma Voltaire e corre desenfreada ao ataque da velha Europa, cuja expressão arquitetural ela já destruiu. Quando o século XVIII chega ao fim, ela já destruiu tudo. E reconstrói tudo no século XIX.

Agora perguntamos: qual das duas artes realmente representa o pensamento humano há três séculos? Qual delas o traduz? Qual expressa não só suas manias literárias e escolásticas, mas também seu vasto, profundo e universal movimento? Qual delas sobrepõe-se constantemente, sem ruptura e sem lacuna, à raça humana, que caminha como um monstro de mil pés? A arquitetura ou a imprensa?

A imprensa. Que ninguém se engane, a arquitetura está definitivamente morta, morta pelo livro impresso, morta porque dura menos, morta porque custa mais. Qualquer catedral representa um bilhão. Que se considere o investimento que seria necessário para reescrever o livro arquitetural, para fazer formigar novamente milhares de edifícios sobre o chão, para regressar às épocas em que a proliferação de monumentos era tal que, de acordo com uma testemunha ocular, "era possível dizer que o mundo, agitado, havia rejeitado suas velhas roupas para se cobrir com o pano branco das igrejas". *Erat enim ut si mundus, ipse excutiendo semet, rejecta vetustate, candidam ecclesiarum vestem indueret* (Glaber Radulphus).

Um livro é feito tão rápido, custa tão pouco e pode ir tão longe! Como surpreender-se com o fato de todo o pensamento humano fluir por essa vertente? Isso não quer dizer que a arquitetura ainda não produzirá aqui ou ali um belo monumento, uma obra-prima isolada. Ainda se pode ter, de tempos em tempos, sob o reinado da imprensa, uma coluna feita, suponho, por um exército inteiro, com cânones amalgamados, como tínhamos antes, sob reinado da arquitetura, Ilíadas e *Romanceros*, Mahabahrata e Nibelungos, feitos por um povo inteiro com rapsódias misturadas e fundidas. O grande advento de um arquiteto gênio pode ocorrer no século XX, como aconteceu o de Dante no século XIII. Mas a arquitetura não será mais a arte social, a arte coletiva, a arte dominante. O grande poema, o grande edifício, a grande obra da humanidade não será mais construída, será impressa.

Doravante, ainda que a arquitetura se erga acidentalmente, já não será dominante. Ela se submeterá à lei da literatura, que antes se submetia a ela. As respectivas posições das duas artes serão invertidas. É certo que, na época arquitetural, os poemas, raros, assemelhavam-se aos monumentos. Na Índia, Vyasa é denso, estranho, impenetrável como um pagode. No oriente egípcio, a poesia tem, como os edifícios, a grandeza e a tranquilidade das linhas; na Grécia antiga, beleza, serenidade, calma; na Europa cristã, a imponência católica, a ingenuidade popular, a vegetação rica e exuberante de uma época de renovação. A Bíblia se assemelha às pirâmides; a Ilíada, ao Partenon; Homero, a Fídias. Dante é a última igreja românica do século XIII; Shakespeare, a última catedral gótica do século XVI.

Então, para resumir o que dissemos até agora, de uma forma necessariamente incompleta e truncada, o gênero humano tem dois livros, dois registros, dois testamentos, a alvenaria e a imprensa, a Bíblia de pedra e a Bíblia de papel. Sem dúvida, quando se contemplam essas duas bíblias tão amplamente abertas ao longo dos séculos, é admissível lamentar a visível majestade da escrita de granito, esses gigantescos alfabetos formulados em colunatas, pilares, obeliscos, essas espécies de montanhas humanas que cobrem o mundo e o passado, da pirâmide ao campanário, de Quéops a Estrasburgo. É preciso reler o passado nessas páginas de mármore. O livro escrito pela arquitetura deve ser constantemente admirado e folheado, mas não se pode negar a grandeza do edifício que, por sua vez, a imprensa ergue.

Esse edifício é colossal. Não sei qual estatístico calculou que, sobrepondo todos os volumes da imprensa desde Gutenberg, preencheríamos o espaço entre a Terra e a lua. Mas não é desse tipo de grandeza que queremos falar. No entanto, quando se procura captar no pensamento uma imagem total de todos os produtos da imprensa até os dias de hoje, esse todo não nos parece uma imensa construção, apoiada sobre todo o mundo, sobre a qual a humanidade trabalha incansavelmente e cuja cabeça monstruosa se perde nas brumas profundas do futuro? É o formigueiro das inteligências. É a colmeia onde todas as imaginações, essas abelhas douradas, chegam com seu mel. O edifício de mil andares. Em um ou outro ponto, vê-se desembocar sobre suas rampas as tenebrosas cavernas da ciência que se entrecruzam em suas entranhas. Em toda a superfície, a arte resplandece diante dos olhos com seus arabescos, suas rosáceas e seus rendados. Cada obra individual, por mais caprichosa e isolada que pareça, tem seu lugar e seu realce. A harmonia resulta do todo. Da catedral de Shakespeare à mesquita de Byron, mil torrezinhas amontoam-se desordenadamente nessa metrópole do pensamento universal. Em sua base, alguns títulos antigos da humanidade, que a arquitetura não havia registrado, foram reescritos. À esquerda da entrada, o antigo baixo-relevo de mármore branco de Homero se incrustou; à direita, a Bíblia poliglota ergue suas sete cabeças. A hidra do *Romancero* encrespa-se mais adiante, além de algumas outras formas híbridas, como os Vedas e os Nibelungos. Mas o prodigioso edifício continua inacabado. A imprensa, essa máquina gigante, que bombeia infatigavelmente toda a seiva intelectual da sociedade, vomita incessantemente novos materiais para sua obra. Todo o gênero humano está no andaime. Cada espírito é um maçom. O mais humilde tapa seu buraco ou coloca sua pedra. Rétif de la Bretonne traz seu cesto de caliça. Todos os dias surge um novo patamar. Independentemente do acréscimo original e individual de cada escritor, existem contingentes coletivos. O século XVIII traz a *Enciclopédia*, a Revolução, o *Monitor*. É claro que essa é também uma construção que cresce e se une em espirais intermináveis; há também a confusão de línguas, atividade incessante, trabalho incansável, participação intensa de toda a humanidade, refúgio prometido à inteligência contra um novo dilúvio, contra a submersão dos bárbaros. É a segunda Torre de Babel do gênero humano.

LIVRO SEIS

Espreitadela imparcial sobre a antiga magistratura

Era um personagem belíssimo, no ano de graça de 1482, o nobre Robert d'Estouteville, cavaleiro, senhor de Beyne, barão d'Yvri e Saint-Andry en la Marche, conselheiro e camareiro do rei e guarda do prebostado de Paris. Havia quase dezessete anos que ele tinha recebido do rei, no dia 7 de novembro de 1465, o ano do cometa[82], esse belo cargo de preboste de Paris, com mais reputação de senhoria que de ofício, *dignitas*, disse Joannes Lœmnœus, *quæ cum non exigua potestate politiam concernente, atque praerogativis multis et juribus conjuncta est*[83]. Era coisa maravilhosa que, em 1482, um cavalheiro fosse comissionado do rei, cujas cartas de nomeação datavam da época do casamento da filha natural de Luís XI com o senhor

[82] Esse cometa, contra o qual o papa Calixto, tio de Bórgia, ordenou orações públicas, é o mesmo que vai ressurgir em 1835. (N.A.)

[83] "Dignidade relacionada a um poder policial significativo, bem como a muitos direitos e prerrogativas". (N.T.)

bastardo de Bourbon. No mesmo dia em que Robert d'Estouteville havia substituído Jacques de Villiers no prebostado de Paris, mestre Jean Dauvet substituía o senhor Hélye de Thorrettes na primeira presidência do tribunal do Parlamento, Jean Jouvenel des Ursins suplantava Pierre de Morvilliers no ofício de chanceler da França, e Regnault des Dormans destituía Pierre Puy do cargo de mestre das petições ordinárias do palácio do rei. Ora, quantos chefes já haviam passado pela presidência, pela chancelaria e pelo almoxarifado desde que Robert d'Estouteville se mantinha como preboste de Paris! A patente lhe havia sido concedida para *um mandato*, segundo os documentos oficiais. E é certo que ele soube mantê-la. Tinha-se agarrado a ela, incorporado e se identificado com ela de tal modo que tinha escapado da fúria por mudanças de que dispunha Luís XI, rei desafiador, provocador e trabalhador que queria manter, através de instituições e revogações frequentes, a elasticidade de seu poder. Há mais tempo, o bravo cavaleiro havia obtido para o filho a manutenção de seu cargo, e já havia dois anos que o nome do nobre Jacques d'Estouteville, escudeiro, aparecia ao lado do seu no cabeçalho do registro do ordinário do prebostado de Paris. Raro, certamente, e insigne favor! É verdade que Robert d'Estouteville era um bom soldado, que tinha lealmente erguido a flâmula contra **a liga do bem público** e havia oferecido à rainha um maravilhoso cervo confeitado no dia de sua entrada em Paris em 14...[84] Ele também tinha a boa amizade do senhor Tristan l'Hermite, preboste dos marechais do hotel do rei. Era uma existência muito suave e agradável a do senhor Robert. Primeiro, muito bom em pagamentos, aos quais se vinculavam, como cachos extras de seu vinhedo, os rendimentos civis e criminais do prebostado, mais os rendimentos civis e criminais dos cartórios de Embas do Châtelet, para não mencionar alguns pequenos pedágios nas pontes de Mantes e de Corbeil, e também os lucros do tributo sobre as ervas e os legumes amargos de Paris,

[84] Essas reticências indicam que o narrador não tem certeza do ano, mas é provável que tenha sido em 1467. (N.T.)

sobre os talhadores de lenha e sobre os controladores de sal. Adicione-se a isso o prazer de se exibir pela cidade cavalgando e mostrando, sobre as vestes bipartidas de vermelho e grená dos conselheiros do tribunal e dos administradores, seus belos hábitos de guerra que você pode admirar ainda hoje esculpidos sobre seu túmulo na Abadia de Valmont, na Normandia, com o morrião todo amassado de Montlhéry. Ademais, não era muita coisa ter supremacia sobre os sargentos da guarda, o porteiro e vigia do Châtelet e seus dois auditores, *auditores Castelleti*, os dezesseis comissários dos dezesseis bairros, o carcereiro, os quatro sargentos dos feudos, os cento e vinte sargentos montados, os cento e vinte sargentos da vara, o cavaleiro da patrulha com toda a sua patrulha, o subsargento, o contrapatrulha e o reserva de patrulha? Não seria nada, além de exercer alta e baixa justiça, controlar o direito de ir e vir, de enforcar e arrastar, para não falar da rasa jurisdição em primeira instância, *in prima instantia*, como dizem os documentos, sobre o viscondado de Paris, tão gloriosamente privilegiado por sete nobres circunscrições? Pode-se imaginar algo mais suave do que proferir prisões e julgamentos, como fazia diariamente o senhor Robert d'Estouteville, no Grand-Châtelet, sob as amplas e baixas ogivas de Filipe Augusto? E depois se retirar, como ele tinha o costume de fazer toda noite, à encantadora moradia da Rua Galilée na circunscrição do Palais-Royal, que ele recebeu como dote de sua esposa, a senhora Ambroise de Loré, para descansar da fadiga de enviar um pobre-diabo para passar a noite na "pequena pousada da Rua de l'Escorcherie, onde os prebostes e conselheiros de Paris realizavam as prisões, e cuja cela tinha três metros de comprimento, dois metros e meio de largura e três metros de altura"[85]?

Não somente o senhor Robert d'Estouteville tinha sua justiça particular como preboste e visconde de Paris, mas também tinha participação, podendo observar e influenciar a grande justiça do rei. Não havia nenhuma

[85] Contas da propriedade, 1383. (N.A.)

cabeça com mais poder que não passasse por suas mãos antes de cair nas do carrasco. Foi ele quem se dirigiu à Bastilha Saint-Antoine para buscar o senhor de Nemours e levá-lo ao Halles e também buscou o senhor de Saint--Pol para levá-lo à Grève. Este relutou e se indignou, para a grande alegria do senhor preboste, que não gostava do senhor condestável.

E isso era mais do que o necessário para uma vida feliz e ilustre e para merecer um dia uma notável página na interessante história dos prebostes de Paris, onde aprendemos que Oudard de Villeneuve tinha uma casa na Rua des Boucheries, que Guillaume de Hangest comprou a grande e a pequena Savoie, que Guillaume Thiboust deu às religiosas de Sainte-Geneviève suas casas da Rua Clopin, que Hugues Aubriot vivia na residência do Porc-Épic, e outros fatos domésticos.

No entanto, apesar de tantas razões para levar a vida com paciência e alegria, o senhor Robert d'Estouteville despertou, na manhã de 7 de janeiro de 1482, com o humor bastante rude e massacrante. De onde vinha aquele mau humor? A essa pergunta nem ele saberia responder. Seria porque o céu estava cinzento? Ou porque a fivela do seu antigo cinturão de Montlhéry estava mal apertada e dava uma impressão demasiadamente militar ao sobrepeso típico de um preboste? Ou por ter visto na rua, debaixo da sua janela, um bando de quatro ribaldos a provocá-lo, de gibão e sem camisa, chapéu sem fundo, com alforge e garrafa de lado? Seria por esse vago pressentimento de que trezentas e setenta libras, dezesseis soldos e oito denários seriam retirados pelo futuro rei Carlos VIII das receitas do prebostado no ano seguinte? O leitor pode escolher o que preferir. Quanto a nós, estaríamos inclinados a acreditar que ele estava de mau humor simplesmente por estar de mau humor.

A propósito, a véspera tinha sido um dia de celebração, o que prenunciava um dia de tédio para todo mundo, especialmente para o magistrado encarregado de varrer todo o lixo, no sentido literal e figurado, deixado por uma festa em Paris. Ademais, ele teria de comparecer à sessão no Grand-Châtelet. Já notamos que os juízes geralmente se organizam para que seu dia de audiência seja também o seu dia de mau humor, assim eles sempre têm alguém sobre quem o descarregar convenientemente, em nome do rei, da lei e da justiça.

No entanto, a audiência havia começado sem ele. Seus tenentes em assuntos civis, criminais e particulares faziam seu trabalho, de acordo com o costume, e, desde as oito horas da manhã, algumas dezenas de burgueses e burguesas aglomerados e empurrados em um canto escuro do auditório de Embas do Châtelet, entre uma forte barreira de carvalho e a parede, assistiam alegremente ao variado e gratificante espetáculo da justiça civil e criminal proferida pelo mestre Florian Barbedienne, auditor no Châtelet, tenente do senhor preboste, um pouco confuso e completamente atabalhoado.

A sala era pequena, baixa e abobadada. No fundo da sala havia uma mesa ornamentada com flores-de-lis, uma grande poltrona esculpida em madeira de carvalho, que estava vazia, pois era reservada ao preboste, e um escabelo à esquerda para o auditor, mestre Florian. Mais abaixo ficava o escrivão, escrevinhando. Na frente, o povo. Diante da porta e da mesa, um grande número de sargentos do prebostado, em trajes de chamalote violeta com cruzes brancas. Dois sargentos do Parloir-aux-Bourgeois, vestidos com seus casacos de Todos-os-Santos, metade vermelhos, metade azuis, estavam de sentinela em frente a uma porta baixa que ficava ao fundo, atrás da mesa, e estava fechada. Uma única janela em ogiva, firmemente encaixada na parede espessa, iluminava com um raio pálido de janeiro duas figuras grotescas, o caprichoso demônio de pedra esculpido em mísula no vértice do arco e o juiz sentado no fundo da sala sobre as flores-de-lis.

Que o leitor imagine, na mesa prebostal, entre duas pilhas de processos, apoiado nos cotovelos, o pé sobre a cauda da beca marrom, o rosto escondido sob a lã de pele de cordeiro branco, as sobrancelhas descoladas, vermelhas, franzidas, os olhos piscando incessantemente, sustentando majestosamente a gordura de suas bochechas, que se uniam à sua papada, o mestre Florian Barbedienne, auditor do Châtelet.

O referido auditor era surdo, um leve defeito para semelhante cargo. Mestre Florian julgava sem apelação e de modo muito congruente. É certo que basta para um juiz a impressão de ouvir; e o venerável auditor cumpria bem essa condição, a única essencial para se fazer justiça, pois sua atenção não era distraída por nenhum ruído.

Além disso, ele tinha no auditório um controlador implacável de suas ações e gestos, representado, na ocasião, por nosso amigo Jehan Frollo du Moulin, o jovem estudante de ontem, esse *peão* que sempre se podia encontrar em qualquer lugar de Paris, exceto diante da cátedra dos professores.

– Veja – disse ele em voz baixa a seu companheiro Robin Poussepain, que ria ao seu lado enquanto ele comentava sobre as cenas que aconteciam diante de seus olhos –, ali está Jeanneton du Buisson, a bela jovem do Cagnard ao Marché-Neuf! Pela minha alma, ele a condena, o velho! Então ele tem os olhos tão ruins quanto os ouvidos. Quinze soldos e quatro denários parisis por carregar dois rosários! É um pouco caro. *Lex duri carminis*[86]. Quem é aquele ali? Robin Chief-de-Ville, fabricante de lorigões! Por ter sido aprovado e se tornado mestre desse ofício? É o denário de entrada. Então, dois cavalheiros entre esses biltres! Aiglet de Soins e Hutin de Mailly. Dois escudeiros, *corpus Christi*[87]! Ah! Eles jogaram dados. Quando verei nosso reitor aqui? Cem libras parisis de multa em benefício do rei! Barbedienne bate o martelo como surdo que é! Quero ser meu irmão, o arquidiácono, se isso me impedir de jogar dia e noite, viver do jogo, morrer no jogo e apostar minha alma se já tiver perdido minha camisa! Santa Virgem, quantas moças! Uma atrás da outra, minhas ovelhinhas! Ambroise Lécuyère! Isabeau la Paynette! Bérarde Gironin! Eu conheço todas elas, por Deus! Multem-nas! Multem-nas! Isso vai lhes ensinar a não usar mais cintos dourados! Dez soldos parisis! Espertinhas! Oh! O velho focinho do juiz, surdo e imbecil! Oh! Florian, o desastrado! Oh! Barbedienne, o

[86] “O texto da lei é rígido”. (N.T.)

[87] “Corpo de Cristo!”. (N.T.)

grosseirão! Ali está ele à mesa! Alimenta-se do litigante, come o processo, mastiga, farta-se, empanturra-se. Multas, restos, impostos, taxas, despesas legais, salários, perdas e danos, geena, prisão e cárcere e cepo com custo, tudo isso é para ele iguaria de Natal e maçapão de São João! Olhe para ele, que porco! Vamos! Ótimo! Outra mulher apaixonada! Thibaud la Thibaude, nem mais, nem menos! Por ter saído da Rua Glatigny! Quem é esse sujeito? Gieffroy Mabonne, gendarme de armadura. Praguejou em nome do Pai. Multem a Thibaude! Multem Gieffroy! Multem os dois! Velho surdo! Ele deve ter misturado os dois processos! Dez contra um que ele vai fazer a jovem pagar a imprecação, e o gendarme, o amor! Cuidado, Robin Poussepain! O que vão apresentar agora? São muitos sargentos! Por Júpiter! Todos os galgos da matilha estão aí. Deve ser a grande parte da caçada. Um javali – e Robin é mesmo um! E dos grandes! *Hercle!*[88] É o nosso príncipe de ontem, nosso papa dos loucos, o nosso sineiro, nosso corcunda, nosso careteiro! É o Quasímodo!

E era ele mesmo.

Quasímodo, amarrado, cercado, preso, algemado e sob forte escolta. O esquadrão de sargentos que o cercavam era assistido pelo cavaleiro da vigilância em pessoa, com as armas da França bordadas no peito e as armas da cidade nas costas. Não havia mais nada em Quasímodo, além de sua deformidade, que justificasse todo aquele aparato de alabardas e arcabuzes. Ele estava sombrio, silencioso e tranquilo. Somente seu olho único lançava, vez ou outra, sobre as cordas que o amarravam, um olhar dissimulado e zangado.

Esse mesmo olhar passeou ao seu redor, mas tão morno e sonolento que as mulheres só o apontavam para rir.

Mestre Florian, o auditor, folheou cuidadosamente o dossiê da queixa contra Quasímodo, que o escrivão lhe apresentou, e pareceu recolher-se

---

[88] "Por Hércules!". (N.T.)

por um instante. Graças a essa precaução que sempre teve o cuidado de tomar ao conduzir um interrogatório, ele sabia antecipadamente os nomes, as qualidades, os delitos do acusado, preparava réplicas para as respostas previsíveis e conseguia safar-se de todas as sinuosidades do interrogatório, sem deixar sua surdez exposta demais. O dossiê do processo era para ele o cão-guia do cego. Se porventura sua enfermidade fosse traída vez ou outra por algum apóstrofo incoerente ou alguma pergunta ininteligível, isso passava por profundidade de espírito para uns e por imbecilidade para outros. Em ambos os casos, a honra da magistratura não era prejudicada, pois é melhor para um juiz ser considerado tolo ou profundo do que surdo. Portanto, ele tinha muito cuidado para dissimular sua surdez aos olhos de todos e geralmente obtinha êxito, de tal forma que chegava a iludir a si mesmo. O que, na verdade, é mais fácil do que se imagina. Todos os corcundas caminham de cabeça erguida, todos os gagos peroram, todos os surdos falam baixo. Quanto a ele, pensava que, no máximo, seu ouvido era um pouco rebelde. Era a única concessão que ele fazia a esse respeito à opinião pública, em seus momentos de franqueza e exame de consciência.

Tendo, portanto, ruminado bem o caso de Quasímodo, ele jogou a cabeça para trás e semicerrou os olhos, para ter um ar mais majestoso e imparcial, de modo que ficou, ao mesmo tempo, surdo e cego, duas condições sem as quais não há juiz perfeito. Foi nessa atitude magistral que ele começou o interrogatório.

– Seu nome?

Eis aqui um caso que não tinha sido "previsto pela lei", uma pessoa surda interrogando outra pessoa surda.

Quasímodo, que não tinha conhecimento da pergunta dirigida a ele, continuou a olhar fixamente para o juiz sem responder. O juiz, surdo e alheio à surdez do acusado, acreditou que ele havia respondido, como em geral faziam todos os acusados, e prosseguiu com sua pompa mecânica e estúpida.

– Muito bem. Sua idade?

Quasímodo também não respondeu a essa pergunta. O juiz achou-a satisfatória e continuou.

– Ocupação?

Ainda o mesmo silêncio. O público, no entanto, começou a sussurrar e a se entreolhar.

– Isso é o suficiente – disse o imperturbável auditor, supondo que o acusado tinha consumado sua terceira resposta. – Você é acusado, diante de nós: *primo*, de perturbação noturna; *secundo*, de vias de fato desonestas sobre uma mulher louca, *in præjudicium meretricis*[89]; *tertio*, de rebelião e deslealdade contra os arqueiros da ordenança do rei nosso *sire*. Explique-se sobre todos esses pontos. Escrivão, o senhor transcreveu o que o acusado disse até agora?

A essa infeliz pergunta, houve uma explosão de risos, da tribuna ao auditório, tão violenta, tão louca, tão contagiosa, tão universal que ambos os surdos a perceberam. Quasímodo se voltou desdenhoso, levantando sua corcunda, enquanto o mestre Florian, igualmente surpreso e supondo que o riso dos espectadores tinha sido provocado por alguma réplica irreverente do acusado, evidenciada pelo balanço dos ombros, interpelou-o com indignação.

– Essa sua resposta, engraçadinho, já mereceria a forca! O senhor sabe com quem está falando?

Essa fala não foi suficiente para interromper a explosão de alegria geral. Ela pareceu a todos tão heteróclita e tão estranha que o riso tomou conta até dos sargentos do Parloir-aux-Bourgeois, uma espécie de valete de espadas em quem a estupidez era uniforme. Só Quasímodo permaneceu sério, pela boa razão de não entender nada do que estava acontecendo ao seu redor. O juiz, cada vez mais irritado, sentiu que tinha de continuar no

[89] "Em detrimento de uma meretriz". (N.T.)

mesmo tom, esperando atingir o acusado com um terror que repercutiria no público e o traria de volta ao respeito.

– Isso significa, mestre pervertido e rapineiro, que o senhor teve o desplante de afrontar o auditor do Châtelet, o magistrado encarregado da justiça popular de Paris, encarregado de desvendar crimes, contravenções e más ações, de controlar todas as profissões e de proibir o monopólio. Incumbido também da manutenção dos pavimentos, de impedir o comércio dos regateadores de galinhas e outras aves domésticas, aquáticas e silvestres, de medir a lenha e outros tipos de madeira, de purgar a cidade da lama e o ar das doenças contagiosas, de se dedicar continuamente ao bem público, e tudo isso sem promessas ou expectativas de salário! Sabe, por acaso, que meu nome é Florian Barbedienne, tenente do senhor preboste e também comissário, investigador, controlador e examinador com igual poder no prebostado, no bailiado, na conservação e no tribunal presidial?

Não há razão para que um surdo que fala com outro surdo pare de falar. Só Deus sabe onde e quando o mestre Florian teria aterrissado, assim lançado a toda velocidade em sua alta eloquência, se a porta dos fundos não tivesse sido aberta de repente para dar passagem ao senhor preboste em pessoa.

Com sua entrada, mestre Florian não ficou abalado, mas deu meia-volta e apontou bruscamente para a arenga com que ele fulminava Quasímodo no momento anterior:

– Monsenhor – ele disse –, eu solicito a pena que lhe aprouver contra o acusado aqui presente, por grave e mirífica violação da justiça.

E sentou-se sem fôlego, limpando espessas gotas de suor que caíam em seu rosto e encharcavam como lágrimas os pergaminhos abertos diante dele. O senhor Robert d'Estouteville franziu a sobrancelha e fez a Quasímodo um gesto de atenção tão imperioso e significativo que o surdo compreendeu alguma coisa.

O preboste lhe falou com firmeza:

– O que você fez para estar aqui, biltre?

O pobre-diabo, supondo que o preboste lhe perguntava seu nome, rompeu o silêncio que costumava manter e respondeu com uma voz rouca e gutural:

– Quasímodo.

A resposta coincidia tão pouco com a pergunta que as gargalhadas recomeçaram, e o senhor Robert gritou, rubro de raiva:

– Você também está zombando de mim, refinado patife?

– Sineiro da Notre Dame – respondeu Quasímodo, acreditando que era necessário responder ao juiz quem ele era.

– Sineiro! – repetiu o preboste, que tinha acordado de tamanho mau humor, como já dissemos, que sua fúria não precisava ser alimentada por respostas tão estranhas. – Sineiro! Vou fazê-lo carregar nas costas, pelos cruzamentos de Paris, um carrilhão de vergastas. Ouviu, biltre?

– Se é a minha idade que o senhor quer saber – Quasímodo respondeu –, eu acho que vou fazer vinte anos no Dia de Saint-Martin.

Isso já passava dos limites; o preboste não pôde se conter.

– Ah! Você está provocando o preboste, seu miserável! Cavalheiros sargentos da vara, levem esse piadista ao pelourinho da Grève, batam nele e castiguem-no durante uma hora. Ele vai me pagar, em nome de Deus! E quero que se apregoe este julgamento, com assistência de quatro oficiais das sete castelanias do viscondado de Paris.

O escrivão começou a redigir imediatamente o julgamento.

– Pela barriga de Deus! Isso é que é ser bem julgado! – exclamou em seu canto o jovem estudante Jehan Frollo du Moulin.

O preboste se voltou e fixou Quasímodo novamente com seus olhos fulminantes.

– Acho que o engraçadinho disse "pela barriga de Deus!". Escrivão, acrescente doze denários parisis de multa por injúria, e que a administração de Saint-Eustache receba a metade. Tenho uma devoção especial por Santo Eustáquio.

Em poucos minutos, o julgamento foi assentado. O teor era simples e breve. O costume do prebostado e do viscondado de Paris ainda não havia sido definido pelo presidente Thibaut Baillet e por Roger Barmne, advogado do rei. Ele ainda não havia sido obstruído por essa alta mata de trapaças e procedimentos que os dois jurisconsultos implantaram no início do século XVI. Tudo era claro, expeditivo e explícito. Ia-se direto ao ponto, e percebia-se, imediatamente no final de cada meandro, sem disfarces nem desvios, a roda, o cepo ou o pelourinho. Pelo menos o réu sabia para onde iria.

O escrivão apresentou a sentença ao preboste, que apôs seu sinete e saiu para continuar sua turnê pelos auditórios, com uma disposição de espírito que deve ter levado muitos infelizes aos calabouços de Paris naquele dia. Jehan Frollo e Robin Poussepain riam disfarçadamente. Quasímodo observava tudo com um ar de espanto e indiferença.

Enquanto isso, o escrivão, no momento em que o mestre Florian Barbedienne lia a sentença para assiná-la, comoveu-se de compaixão pelo pobre-diabo condenado e, na esperança de obter alguma redução na sentença, aproximou-se o máximo possível do ouvido do auditor e disse-lhe, apontando para Quasímodo:

– Este homem é surdo.

Ele esperava que essa enfermidade comum despertasse o interesse do mestre Florian em favor do condenado. Mas, como já observamos, mestre Florian não se importava com o fato de que sua surdez fosse notada. E sua audição era tão ruim que ele não ouviu uma palavra do que o escrivão lhe disse. No entanto, quis fazer de conta que tinha compreendido e respondeu:

– Ah! Ah! Isso faz toda a diferença. Eu não sabia disso. Uma hora a mais de pelourinho, neste caso.

E assinou a sentença assim modificada.

– Está bem feito – disse Robin Poussepain, que guardou um certo rancor de Quasímodo –, isso vai ensiná-lo a não maltratar as pessoas.

O Buraco dos Ratos

Que o leitor nos permita levá-lo de volta à Praça da Grève, que deixamos ontem com Gringoire, para seguir Esmeralda.

São dez da manhã. Tudo faz lembrar o dia seguinte de uma celebração. A calçada, coberta de restos, fitas, retalhos, plumas de penachos, gotas de cera das tochas, migalhas do regabofe público. Um número considerável de burgueses flanava, como se diz, por toda parte, apagando com seus solados os tições das fogueiras, extasiados diante da Maison-aux-Piliers, com as lembranças das belas tapeçarias da véspera e observando os pregos que restaram, último prazer possível. Os vendedores de cidra e de cerveja rolam seus tonéis entre os grupos. Alguns transeuntes atarefados vão e vêm. Os comerciantes conversam e se cumprimentam da entrada das lojas deles. A festa, os embaixadores, Coppenole, o papa dos loucos estão em todas as bocas. A disputa é entre quem critica melhor e ri mais. Enquanto isso, quatro sargentos a cavalo, que tinham acabado de se postar nos quatro lados do patíbulo, já concentravam em torno deles uma boa parte do populacho espalhado pela praça, resignado à imobilidade e ao tédio na esperança de alguma pequena execução.

Se agora o leitor, depois de contemplar essa cena animada e barulhenta que acontece em todos os pontos da praça e direcionar o olhar para a antiga construção meio gótica, meio romana da Torre Roland, esquina do cais ao poente, será capaz de perceber no canto da fachada um grande breviário público com ricas iluminuras, protegido da chuva por um pequeno dossel e dos ladrões por uma grade que, no entanto, permite que o folheiem. Ao lado desse breviário está uma estreita claraboia ogival, fechada por duas barras de ferro em forma de cruz, com vista para a praça, a única abertura que permite entrar um pouco de ar e luz do dia em uma saleta sem porta localizada no andar térreo, escavada na parede espessa da velha casa e repleta de uma paz ainda mais profunda, de um silêncio ainda mais triste do que a praça pública mais populosa e mais barulhenta de Paris, efervescente e ruidosa.

Essa saleta era famosa em Paris há quase três séculos, quando a senhora Rolande de la Tour-Roland, de luto pela morte de seu pai durante a Cruzada, ordenou que a cavassem nas paredes de sua própria casa para que se trancasse lá para sempre, mantendo de seu palácio apenas aquela pequena célula, cuja porta estava murada e cuja claraboia estava aberta, tanto no inverno como no verão, doando todo o restante aos pobres e a Deus. A jovem, desolada, tinha esperado vinte anos pela morte nesse túmulo antecipado, rezando noite e dia pela alma de seu pai, dormindo nas cinzas, sem ter ao menos uma pedra por travesseiro, vestida com um saco preto e vivendo apenas da misericórdia dos transeuntes que colocavam pão e água no rebordo de sua claraboia, recebendo, assim, caridade depois de tê-la prodigado. Quando morreu, no momento de passar para o outro sepulcro, ela legou o primeiro às mulheres aflitas – mães, viúvas ou filhas – que tinham muito a orar pelos outros ou por si mesmas e que queriam enterrar-se vivas, pela imensa dor ou por penitência. Os pobres de seu tempo ofereceram-lhe um belo funeral de lágrimas e bênçãos; mas, para seu grande pesar, a filha piedosa não poderia ser canonizada santa, por falta de proteção. Aqueles que eram um pouco ímpios esperavam que isso fosse feito no Paraíso mais facilmente do que em Roma e tinham simplesmente orado a Deus pela defunta, na ausência de um papa. A maioria deles tinha se contentado em manter a memória de Rolande como santa e transformado seus trapos em relíquias. A cidade, por sua vez, tinha fundado em homenagem à jovem um breviário público, que tinha sido chumbado perto da claraboia da saleta, de modo que os transeuntes pudessem parar lá de vez em quando, nem que fosse somente para orar, para que a oração pudesse trazer à memória a caridade, e que as pobres reclusas, herdeiras do túmulo da senhora Rolande, não morressem de fome e esquecimento.

Além disso, esse tipo de tumba não era uma coisa muito rara nas cidades da Idade Média. Com frequência encontravam-se na rua mais movimentada, no mercado mais sarapintado e mais ensurdecedor, bem no meio, sob os pés dos cavalos, sob a roda das charretes, um subsolo, um poço, uma cabana murada e gradeada no fundo da qual um ser humano rezava dia e noite, voluntariamente devotado a alguma lamentação eterna ou a alguma grande expiação. Todas as reflexões que hoje despertam em nós esse estranho espetáculo, essa horrível célula, uma espécie de elo intermediário da casa com o túmulo, do cemitério com a cidade, esse ser vivo afastado da comunidade humana e, agora, contabilizado entre os mortos, essa lamparina consumindo sua última gota de óleo na sombra, esse resquício de vida oscilando em um fosso, esse sopro, essa voz, essa eterna oração em uma caixa de pedra, essa face voltada para sempre para o outro mundo, esse olho já iluminado por outro sol, essa orelha colada às paredes do túmulo, essa alma presa a esse corpo, esse corpo aprisionado nesse calabouço, e sob esse duplo invólucro de carne e de granito, o zumbido dessa alma sofredora, nada disso era percebido pela multidão. A piedade irracional e sutil daquela época não via tantas facetas em um ato religioso. Tomava a coisa em bloco e honrava, venerava, santificava o sacrifício, se preciso fosse, mas não analisava os sofrimentos e pouco se apiedava. De vez em quando, levava alguma comida ao miserável penitente, olhava através do buraco para saber se ele ainda vivia, ignorava seu nome, mal sabia há quantos anos ele tinha começado a morrer, e ao estranho que questionava sobre o esqueleto vivo que apodrecia nesse poço os vizinhos simplesmente respondiam, se fosse um homem, "É o recluso"; se fosse mulher, "É a reclusa".

Tudo era visto dessa forma, sem metafísica, sem exagero, sem lentes de aumento, a olho nu. O microscópio ainda não tinha sido inventado, nem para as coisas da matéria, nem para as coisas do espírito.

Além disso, embora pouco surpreendentes, os exemplos desse tipo de claustro dentro das cidades eram, de fato, frequentes, como dissemos há pouco. Havia em Paris um bom número dessas saletas destinadas a orar para Deus e pagar penitência, e elas estavam quase todas ocupadas. É verdade que o clero não as deixava vazias, pois isso demonstraria pouco fervor por parte dos crentes, e que, na falta de penitentes, se colocavam leprosos. Além da saleta da Grève, havia uma em Montfaucon, uma no ossário dos Innocents, outra não sei mais onde, acho que na habitação de Clichon. E outras, ainda, em muitos lugares cujos traços, na ausência de monumentos, são encontrados nas tradições. A Universidade também tinha a sua. No monte Sainte-Geneviève, uma espécie de Jó da Idade Média cantou, durante trinta anos, os sete Salmos da penitência sobre uma estrumeira, no fundo de uma cisterna, recomeçando sempre que terminava, salmodiando mais alto à noite, *magna voce per umbras*[90], e ainda hoje o antiquário acredita ouvir sua voz ao entrar na Rua do Puits-qui-parle.

Voltando à cela da Torre Roland, precisamos dizer que ela nunca havia ficado sem reclusos. Desde a morte da senhora Rolande ela raramente estava vazia. Muitas mulheres vinham chorar, até a morte, pelos pais, amantes ou por seus pecados. A malícia parisiense, que se infiltrava em todos os assuntos, mesmo nas coisas que não lhe diziam respeito, assegurava que foram vistas poucas viúvas lá.

---

[90] "De sua poderosa voz através da sombra." Cf. Virgílio, *Eneida*, VI, 619: "… et magna testatur voce per umbras". (N.T.)

De acordo com a moda da época, uma lenda latina, inscrita na parede, indicava ao transeunte letrado a vocação piedosa dessa saleta. Esse costume de explicar um edifício por uma breve divisa acima da porta conservou-se até meados do século XVI. Por isso, ainda é possível ler, na França, acima do guichê da prisão da residência senhorial de Tourville: *Sileto et spera*[91]. Na Irlanda, sob o brasão acima da grande porta do castelo de Fortescue: *Forte scutum, salus ducum*[92]. Na Inglaterra, na entrada principal do hospitaleiro solar dos condes de Cowper: *Tuum est*[93]. Cada edifício era, então, um pensamento.

Como não havia porta para a cela murada da Torre Roland, estas duas palavras tinham sido gravadas em grandes letras românicas acima da janela:

TU, ORA

O povo, cujo bom senso não vê tanta delicadeza nas coisas e voluntariamente traduziu Ludovico Magno por Porte Saint-Denis, deu a essa cavidade negra, triste e úmida o nome de Buraco dos Ratos. Talvez uma explicação menos sublime, mas mais pitoresca.

---

91 "Cale-se e espere". (N.T.)

92 "Escudo forte, salvação dos duques". (N.T.)

93 "É teu". (N.T.)

História de um pão com fermento de milho

Na época em que acontece esta história, a cela da Torre Roland estava ocupada. Se o leitor quer saber por quem, basta ouvir a conversa de três bravas comadres que, no momento em que chamamos sua atenção para o Buraco dos Ratos, estavam indo precisamente para o mesmo lado, subindo do Châtelet até a Grève, beirando o rio.

Duas dessas mulheres estavam vestidas como boas burguesas de Paris. As finas gargantilhas brancas, as saias de tiritana listradas de vermelho e azul, as meias brancas de tricô com cantos coloridos em bordadura, bem esticadas nas pernas, os sapatos quadrados de couro marrom e solas pretas e, sobretudo, os penteados, com uma espécie de enfeite com fitas e rendas que as mulheres da Champagne ainda usam, concorrendo com os granadeiros da guarda imperial russa, deixavam claro que elas pertenciam à classe de comerciantes ricas que se situa entre o que criados chamam de uma mulher e uma dama. Elas não usavam anéis nem cruzes de ouro, e era perceptível que não era por pobreza, mas simplesmente por medo de serem multadas. A companheira delas estava vestida mais ou menos da mesma maneira, mas havia em sua combinação e em seus modos um não sei quê que deixava transparecer que ela era esposa de um notário provincial. Pela forma como o cinto subia acima dos quadris, notava-se que ela não estava em Paris há muito tempo. Some-se a isso uma gargantilha plissada, nós de fitas nos sapatos, listras da saia horizontais, e não verticais, e mil outros detalhes que ofendiam o bom gosto.

As duas primeiras caminhavam com aquele passo particular das parisienses que mostram Paris às provincianas. A provinciana segurava pelo braço um garotinho gordo que carregava um enorme pão.

Ficamos constrangidos por acrescentar que, dado o rigor da estação, ele fazia da língua seu lenço.

A criança era arrastada, *non passibus aequis*, como diz Virgílio[94], e tropeçava a todo momento, para grande desespero de sua mãe. É verdade que o menino olhava mais para o pão do que para o chão. Sem dúvida algum motivo sério o impedia de mordê-lo (o pão), já que se contentava em considerá-lo ternamente. Mas a mãe teve de se encarregar do pão. Era um suplício fazer da gorducha criança um Tântalo.

Enquanto isso, as três *demoiselle* (porque o nome de damas era então reservado às mulheres nobres) falavam ao mesmo tempo.

– Apressemo-nos, demoiselle Mahiette – dizia a mais jovem das três, que também era a mais rechonchuda, à provinciana. – Receio que cheguemos tarde demais. Disseram-nos no Châtelet que iriam levá-lo imediatamente ao pelourinho.

– Ah, ora! O que está dizendo, *demoiselle* Ordarde Musnier? – interveio a outra parisiense. – Ele vai ficar duas horas no pelourinho. Temos tempo. Alguma vez você já viu pelourinhar, minha querida Mahiette?

– Sim – respondeu a provinciana –, em Reims.

---

[94] "Com um passo infantil." Cf. Virgílio, *Eneida*, II, 724. (N.T.)

– Ah! Ora! E como é esse pelourinho de Reims? Uma jaula perversa onde só camponeses são suplicados. Grande coisa!

– Só camponeses! – replicou, com voz forte, Mahiette. – No Marché--aux-Draps de Reims! Vimos belíssimos criminosos, que mataram pai e mãe! Camponeses! Quem pensa que somos, Gervaise?

É certo que a provinciana estava prestes a irritar-se pela honra de seu pelourinho. Felizmente, a discreta *demoiselle* Oudarde Musnier desviou a conversa a tempo.

– A propósito, *demoiselle* Mahiette, o que tem a dizer dos nossos embaixadores flamengos? Há alguns tão bonitos em Reims?

– Confesso que só há em Paris flamengos como esses – respondeu Mahiette.

– A senhora viu na embaixada aquele grande embaixador que é fabricante de meias? – perguntou Oudarde.

– Sim – respondeu Mahiette. – Ele parece um Saturno.

– E aquele gordo cuja cara parece uma barriga nua? – perguntou Gervaise. – E aquele pequeno, de olhos miúdos e pálpebra vermelha, escaldado e retalhado como uma cabeça de cardo?

– Os cavalos deles é que são bonitos de ver – disse Oudarde –, vestidos como estão, à moda de seu país!

– Ah! Minha cara – interrompeu a provinciana Mahiette, assumindo, por sua vez, um ar de superioridade –, o que você teria dito então se tivesse visto, em 1461, no Santuário de Reims, dezoito anos atrás, os cavalos dos príncipes e da companhia do rei! Arreios e caparações de todos os tipos. Alguns em tecidos de Damasco, de fino tecido de ouro, forrados de pele de martas-zibelinas; outros de veludo, forrados de penas de arminho. Outros, ainda, repletos de ourivesaria e de grandes campanas de ouro e de prata! E o dinheiro que isso custou! E as lindas crianças montadas que serviam de pajens!

– De todo modo – respondeu secamente a senhora Oudarde –, os flamengos têm belos cavalos e cearam dignamente ontem na casa do preboste dos comerciantes, no Hôtel de Ville, onde foram servidos confeitos, hipocraz, especiarias e outras singularidades.

– O que está dizendo, cara vizinha? – exclamou Gervaise. – Foi na residência do senhor cardeal, no Petit-Bourbon, que os flamengos cearam.

– Nada disso. Foi no Hôtel de Ville!

– Não foi. Foi no Petit-Bourbon!

– Tanto foi no Hôtel de Ville – disse Oudarde com amargura – que o doutor Scourable apresentou-lhes uma arenga em latim, com a qual eles ficaram muito satisfeitos. Meu marido, que é livreiro juramentado, foi quem me contou.

– Tanto foi no Petit-Bourbon – retrucou Gervaise, não menos empolgada – que foi isto que o procurador do cardeal apresentou a eles: doze duplos quartos de hipocraz branco, clarete e tinto, vinte e quatro caixas de maçapão dourado duplo de Lyon, a mesma quantidade de archotes de duas libras cada e seis tonéis de vinho de Beaune, branco e clarete, do melhor que se pode encontrar. Espero que tudo isso seja positivo. Soube por meu marido, que é chefe da guarda no Parloir-aux-Bourgeois e que nesta manhã comparava os embaixadores flamengos com os do padre Jean e os do imperador de Trebisonde, que vieram da Mesopotâmia para Paris no último reinado, e que usavam brincos nas orelhas.

– É tão verdade que eles cearam no Hôtel de Ville – respondeu Oudarde, pouco impressionada com essa pompa – que nunca se viu tamanho triunfo de carne e confeitos.

– Pois estou lhe dizendo que eles foram servidos por Le Sec, oficial da cidade, no palácio do Petit-Bourbon, e é aí que você se engana.

– Hôtel de Ville, estou dizendo!

– Petit Bourbon, minha cara! Tanto que a palavra *Esperança*, gravada sobre o portão principal, foi iluminada com vidros mágicos.

– Hôtel de Ville! Foi no Hôtel de Ville! Inclusive, Husson le Voir tocou flauta!

– E eu digo que não!

– Pois eu digo que sim!

– E eu digo que não!

A boa e gorda Oudarde se preparava para replicar mais uma vez, e a querela poderia chegar às vias de fato se Mahiette não tivesse gritado de repente:

– Vejam aquelas pessoas amontoadas lá no final da ponte! Estão olhando alguma coisa que está bem no meio da multidão.

– Na verdade – disse Gervaise –, estou ouvindo um tamborilar. Acho que é a pequena Esmeralda fazendo suas momices com a cabra. Depressa, Mahiette! Aperte o passo e arraste seu filho. Você veio aqui para conhecer as curiosidades de Paris. Ontem, viu os flamengos; hoje, precisa ver a cigana.

– A cigana! – disse a Mahiette, retrocedendo bruscamente e agarrando com força o braço do filho. – Deus me livre! Ela roubaria meu filho! – Vamos, Eustache!

E ela se pôs a correr pelo cais em direção à Grève, até deixar a ponte bem para trás. Mas, de repente, a criança que ela arrastava caiu de joelhos. Ela parou sem fôlego. Oudarde e Gervaise os alcançaram.

– Aquela cigana roubaria seu filho? – questionou Gervaise. – Você tem uma mente bastante estranha. – Mahiette balançava a cabeça com um ar pensativo.

– O que é estranho – observou Oudarde – é que a *sachette* tem a mesma ideia sobre as mulheres ciganas.

– E o que é a *sachette*? – perguntou Mahiette.

– Ora! – respondeu Oudarde. – A irmã Gudule.

– E quem é a irmã Gudule? – prosseguiu Mahiette.

– Você é realmente de Reims para não saber isso! – Oudarde respondeu. – É a reclusa do Buraco dos Ratos.

– Como? – reagiu Mahiette. – Aquela pobre mulher para quem estamos levando este pão?

Oudarde fez um gesto afirmativo.

– Exatamente. Você a verá em breve em sua claraboia sobre a Grève. Ela tem a mesma opinião que você sobre os vagabundos do Egito que tamborilam e leem a sorte das pessoas. Não se sabe de onde veio esse horror dela pelos zíngaros e pelos egípcios. Mas você, Mahiette, por que tem tanto medo só de pensar em vê-los?

– Oh! – fez Mahiette, agarrando a cabeça redonda de seu filho com as duas mãos. – Eu não quero que aconteça comigo o mesmo que aconteceu com Paquette la Chantefleurie.

– Ah! Essa é uma história que você vai nos contar, minha boa Mahiette – disse Gervaise, pegando-a pelo braço.

– Eu conto, sim – respondeu Mahiette –, mas vocês devem viver bem confinadas nessa sua Paris para já não saber disso! Então eu vou contar, mas não há necessidade de ficarmos aqui paradas. Paquette la Chantefleurie era uma bela jovem de dezoito anos de idade, quando eu também era, isto é, dezoito anos atrás, e é culpa dela se não é hoje, como eu, uma bem nutrida e doce mãe de trinta e seis anos, com um marido e um filho. Aliás, desde seus catorze anos ela já não tinha mais tempo para isso! Ela era filha de Guybertaut, um menestrel de barcos em Reims, o mesmo que havia se apresentado diante do rei Carlos VII, em sua coroação, quando ele desceu nosso rio de Vesle, de Sillery até Muison, levando a senhora Pucelle a bordo. O velho pai morreu quando Paquette ainda era uma criança. Restou-lhe apenas sua mãe, irmã do senhor Mathieu Pradon, mestre fabricante e caldeireiro em Paris, na Rua Parin-Garlin, que morreu no ano passado. Podem ver que ela era moça de família. A mãe era uma boa mulher, mas, infelizmente, nada ensinou a Paquette além de um pouco de passamanaria e confecção de bibelôs, o que não impediu a menina de crescer bastante e permanecer muito pobre. Ambas viviam em Reims ao longo do rio, na Rua de Folle-Peine. Notem bem isso, pois acredito que foi o que levou Paquette à infelicidade. Em 1461, ano da coroação do nosso rei Luís XI, que Deus o tenha, Paquette era tão alegre e tão bonita que era chamada por todos de Chantefleurie[95]. Pobre menina! Ela tinha os dentes bonitos e gostava de rir para exibi-los. Mas moça que gosta de rir logo passa a chorar. Os lindos dentes levam os lindos olhos à perdição. Assim era Chantefleurie. Ela e a mãe tiveram uma vida difícil. Tinham decaído muito desde a morte do menestrel. A passamanaria não lhes rendia mais de seis denários por semana, o que não chega nem a duas moedas de cobre. Foi-se o tempo em que o pai Guybertaut ganhava doze soldos parisis em uma única coroação, com uma única canção! No inverno do mesmo ano de 1461, quando as duas mulheres não tinham mais nem lenha nem brasa, o frio intenso ornava com belas cores a Chantefleurie, e os homens começaram a chamá-la de Paquette[96]! Muitos a chamavam de Paquette! E ela se perdeu. (Eustache! Eu que veja você morder o pão!) Vimos imediatamente que ela estava perdida quando, em um domingo, ela foi à igreja com uma cruz de ouro pendurada no pescoço. Aos catorze anos! Vocês conseguem imaginar? O primeiro foi o jovem visconde de Cormontreuil, que tem seu campanário a dezesseis quilômetros de Reims. Em seguida, o senhor Henrique de Triancourt, cavaleiro do rei; então, decaindo, Chiart de Beaulion, soldado de infantaria; em seguida, ainda em ordem decrescente, Guery Aubergeon, serviçal da corte do rei; depois, Macé de Frepus, barbeiro do senhor Dauphin; Thevenin le Moine, cozinheiro do rei; então, ainda mais jovem e menos nobre, ela se rebaixou para Guillaume Racine, velho menestrel, e para Thierry de Mer, fabricante de lampiões. Então, a pobre Chantefleurie foi de todos. Ela tinha chegado ao último denário da sua moeda de ouro. O que mais posso lhes dizer, senhoras? Na coroação, no mesmo ano de 1461, foi ela quem fez a cama do rei dos ribaldos! No mesmo ano!

Mahiette suspirou e enxugou uma lágrima que rolou de seu olho.

---

95 Em tradução literal, "Cantaflorida". (N.T.)

96 Que remete a Pâques (Páscoa) e também ao diminutivo pâquerette, que significa margarida. (N.T.)

– Essa não é uma história muito extraordinária – disse Gervaise –, e não vejo ciganos ou crianças nela.

– Paciência! – Mahiette retomou. – Logo você verá uma criança. Em 1466, dezesseis anos atrás, nesse mesmo mês de Sainte-Paule, Paquette deu à luz uma menina. A infeliz! Ela sentiu uma grande alegria. Há muito tempo queria um filho. Sua mãe, uma boa mulher que tinha fechado os olhos para tudo aquilo, já havia morrido. Paquette não tinha mais nada para amar no mundo e ninguém para amá-la. Havia cinco anos que ela tinha se perdido, era uma pobre criatura a Chantefleurie. Estava só, sozinha nesta vida, apontada pelas pessoas na rua, insultada, agredida pelos sargentos, gozada pelos garotos esfarrapados. Então ela chegou aos vinte anos, e os vinte anos são a velhice para as mulheres apaixonadas. A farra começava a lhe render apenas a passamanaria do passado. A cada ruga que chegava, um escudo partia. O inverno mostrou-se rigoroso novamente, a lenha mais uma vez se fez rara, assim como o pão em seu cesto. Ela não podia mais trabalhar, porque, ao tornar-se voluptuosa, tornara-se também preguiçosa, e sofria cada vez mais, porque, ao se tornar preguiçosa, tornara-se voluptuosa. Ao menos é assim que o senhor cura de Saint-Remy explica por que essas mulheres têm mais frio e mais fome do que outras mulheres pobres quando envelhecem.

– Está bem – observou Gervaise –, mas e os ciganos?

– Espere um momento, Gervaise! – disse Oudarde, que era menos impaciente. – O que seria do final se tudo fosse dito no início? Continue, Mahiette, por favor. Pobre Chantefleurie!

Mahiette continuou.

– Ela era então muito triste, muito miserável e encovou as bochechas com suas próprias lágrimas. Mas, mesmo envergonhada, louca e abandonada, parecia-lhe que estaria menos envergonhada, menos louca e menos abandonada se houvesse algo ou alguém no mundo que ela pudesse amar e que pudesse amá-la. Precisava ser uma criança, porque somente uma criança poderia ser suficientemente inocente para isso. Ela havia chegado a essa conclusão após tentar amar um ladrão, o único homem que poderia desejá-la, mas, pouco tempo depois, percebeu que o ladrão a desprezava. A essas mulheres do amor é preciso um amante ou uma criança que lhes preencha o coração. Do contrário, são muito infelizes. Incapaz de ter um amante, ela se voltou completamente para o desejo de uma criança e, como não tinha deixado de ser piedosa, dirigiu sua oração de sempre a Deus. Então o bom Deus teve pena dela e lhe deu uma filha. A alegria dela foi indescritível. Era uma torrente de lágrimas, carinhos e beijos. Ela mesma amamentou sua criança, fez-lhe roupas com seu cobertor, o único que ela tinha em sua cama, e não sentiu mais frio ou fome. Voltou a ficar bonita. Uma moça envelhecida se transformou em uma jovem mãe. O galanteio recomeçou. Chantefleurie voltou a ser vista, encontrou fregueses para sua mercadoria e transformou todos esses horrores de sua vida em enxoval (roupas e babadores, camisolas de renda, pequenas toucas de cetim), sem ao menos pensar em comprar um cobertor. (Senhor Eustache, já lhe disse para não comer o pão.) É certo que a pequena Agnès (o nome de batismo da criança, porque o nome de família há muito tempo Chantefleurie não o tinha mais), é certo que essa menininha estava mais embrulhada em fitas e bordados que uma delfina do Delfinado! Ela tinha, entre outras coisas, um par de sapatinhos! É certo que nem mesmo o rei Luís XI tinha um parecido! Sua mãe os havia pessoalmente costurado e bordado, usando todas as finezas de passamanaria e todos os detalhes de um vestido da Virgem. Eram os dois sapatinhos cor-de-rosa mais bonitos que alguém já viu. Tinham, no máximo, o tamanho do meu polegar, e era preciso ver os pezinhos da criança sair para acreditar que tinham entrado neles. É verdade que esses pezinhos eram tão pequeninos, tão bonitos, tão rosados! Mais rosados que o cetim dos sapatinhos! Quando tiver filhos, Oudarde, você descobrirá que nada é mais bonito do que esses pezinhos e essas mãozinhas.

– Eu não peço nada além disso – disse Oudarde, suspirando –, mas espero pela boa vontade do senhor Andry Musnier.

– Aliás – retomou Mahiette –, não eram só os pezinhos da filha de Paquette que eram bonitos. Eu a conheci quando tinha apenas quatro meses. Era um amorzinho! Tinha os olhos maiores que a boca. E os cabelos pretos finos e charmosos, já cacheados. Ela teria se tornado uma bela morena aos dezesseis anos! Sua mãe estava cada vez mais louca por ela. Acariciava, beijava, fazia-lhe cócegas, lavava, enfeitava, dava-lhe mordidinhas! Estava louca pela criança e agradecia constantemente a Deus. Seus lindos pezinhos rosados, sobretudo, eram um encanto sem fim, um delírio de alegria! Ela tinha os lábios sempre colados neles e mal podia acreditar em sua pequenez. Ela os colocava nos sapatinhos, tirava, admirava-os, maravilhava-se com eles, olhava-os contra a luz, emocionava-se ao tentar fazê-los caminhar sobre a cama e teria de bom grado passado sua vida de joelhos, a calçar e descalçar esses pezinhos como se fossem os do menino Jesus.

– O conto é muito bonito – disse Gervaise a meia voz –, mas onde está o Egito em tudo isso?

– Ei-lo – respondeu Mahiette. – Um dia chegaram a Reims alguns singulares cavaleiros. Eram patifes e bandidos que percorriam o país liderados por seu duque e seus condes. Tinham a pele bronzeada, os cabelos encaracolados e argolas de prata nas orelhas. As mulheres eram ainda mais feias que os homens. O rosto delas era ainda mais escuro e estava sempre descoberto, vestiam no corpo um pano velho com cordas amarradas nos ombros, e a cabeleira era presa em rabo de cavalo. As crianças coladas em suas pernas eram de fazer medo nos macacos. Um bando de excomungados. Eles vinham todos diretamente do baixo Egito para Reims passando pela Polônia. Diziam que o papa os havia confessado e dado como penitência passar sete anos seguidos errando pelo mundo, sem dormir em camas. Eles também eram chamados de Penitentes e fediam. Dizem que já foram sarracenos e que por isso acreditavam em Júpiter e exigiam dez tostões de libras de todos os arcebispos, bispos e abades de báculo e mitra. Era uma bula papal que lhes garantia isso. Eles vinham a Reims para ler a sorte em nome do rei da Argélia e do imperador da Alemanha. Vocês devem imaginar que não foi preciso muito mais para que eles fossem impedidos de entrar na cidade. Então, todo o bando acampou de bom grado perto da Porta Braine, sobre a colina onde há um moinho, ao lado das antigas crateras. E era em Reims que as pessoas iam vê-los. Eles liam as mãos e diziam profecias maravilhosas. Eram capazes de prever que Judas seria papa. No entanto, corriam terríveis boatos que diziam que eles raptavam crianças, roubavam bolsas e comiam carne humana. Os mais sábios diziam aos tolos: "Não vá até lá", e iam eles até lá, escondidos. Foi um acontecimento marcante. O fato é que eles diziam coisas de surpreender um cardeal. As mães exibiam seus filhos como um grande triunfo depois que as ciganas liam em suas mãos todos os tipos de milagres escritos em pagão e turco. Uma teria um filho imperador, a outra, um papa, outra, ainda, um capitão. A pobre Chantefleurie foi tomada pela curiosidade. Ela queria saber se sua linda Agnès não seria um dia imperatriz da Armênia ou outra coisa. Então ela a levou até os ciganos, e as ciganas admiraram a criança, trataram-na com doçura, beijaram-na com seus lábios escuros e se maravilharam com sua mãozinha. Ai de mim! Para a grande alegria da mãe. Encantaram-se especialmente com os lindos pezinhos e os lindos sapatinhos. A criança ainda não tinha um ano. Ela já balbuciava, ria para sua mãe sem motivo, era toda rechonchuda e tinha milhares de pequenos gestos encantadores dos anjos do Paraíso. Ela ficou muito assustada com as ciganas e se pôs a chorar. Mas a mãe a beijou com mais ternura ainda e se foi, encantada com a previsão que as adivinhas fizeram sobre Agnès. Ela seria uma beldade, seria virtuosa, uma rainha. Então ela voltou para seu casebre da rua Folle-Peine, orgulhosa por trazer de volta em seus braços uma rainha. No dia seguinte, aproveitou o momento em que a criança dormia em sua cama, pois elas sempre dormiam juntas, deixou a porta entreaberta e correu contar a uma vizinha da rua da Séchesserie que logo chegaria o dia em que sua filha Agnès seria servida à mesa pelo rei da Inglaterra e pelo arquiduque da Etiópia, além de uma centena de outras surpresas. Ao retornar, não ouviu nenhum barulho enquanto subia as escadas e pensou: "Bem! a pequena ainda dorme". Ela encontrou sua porta mais aberta do que tinha deixado, entrou, a pobre mãe, correu até a cama..., mas a criança já não estava lá, o lugar estava vazio. Não havia nenhum rastro da criança, exceto um dos seus lindos sapatinhos. Ela correu para fora do quarto, lançou-se escada abaixo e começou a bater a cabeça nas paredes gritando: "Minha filha! Quem levou minha filha? Quem roubou minha filha de mim?". A rua estava deserta, a casa era isolada, ninguém soube lhe responder. Ela atravessou a cidade, vasculhou todas as ruas, percorreu a cidade o dia todo, enlouquecida, perdida, desesperada, farejando portas e janelas como um animal arisco que perdeu seus filhotes. Ela estava ofegante, desgrenhada, com um aspecto assustador, e tinha nos olhos uma chama que secava as lágrimas. Ela parava os transeuntes e gritava: "Minha filha! Minha filha! Minha linda menininha! Aquele que me devolver minha filha me terá como sua criada, como criada do seu cão, e ele poderá devorar meu coração, se quiser". Ela encontrou o senhor cura de Saint-Remy e disse: "Senhor cura, eu lavrarei a terra com as minhas unhas, mas traga minha filha de volta!". Era de partir o coração, Oudarde. Cheguei a ver um homem muito duro, mestre Ponce Lacabre, o procurador, chorar. Ah! A pobre mãe! À noite ela voltou para casa. Durante sua ausência, uma vizinha tinha visto duas mulheres ciganas subir escondidas até sua casa com um pacote nos braços, depois fechar a porta e descer, fugindo apressadamente. Desde que haviam partido, ouvia-se na casa de Paquette algo parecido com choro de criança. A mãe se pôs a gargalhar de felicidade, subiu as escadas como se tivesse asas, empurrou a porta como se fosse um canhão de artilharia e entrou... Uma coisa terrível, Oudarde! Em vez da sua doce pequena Agnès, tão corada e tão fresca, que era um dom do bom Deus, havia uma espécie de pequeno monstro, hediondo, coxo, caolho, disforme, que se arrastava pelo chão, berrando. Ela tapou os olhos com horror. "Oh!", ela exclamou. "Será que as bruxas transformaram minha filha nesse animal assustador?". As pessoas se apressaram em levar o pequeno coxo dali. Ele a teria enlouquecido. Era o filho monstruoso de alguma cigana ligada ao diabo. Ele parecia ter cerca de quatro anos de idade e falava uma língua que não era humana. Eram palavras que não existem. Chantefleurie agarrou-se ao sapatinho, que era o que restava de tudo o que havia amado. Ela permaneceu tanto tempo imóvel, muda, ofegante, que acreditavam que ela estivesse morta. De repente, todo o seu corpo começou a tremer, ela cobriu sua relíquia com beijos fervorosos e explodiu em prantos, como se seu coração tivesse acabado de explodir. Garanto-lhes que nós todos também choramos. Ela dizia "Oh! Minha filhinha! Minha linda menininha! Onde você está?", e aquilo era de revirar as entranhas. Ainda choro quando me lembro dessa história. Sabem, nossos filhos são o tutano dos nossos ossos. Meu pobre Eustache! Você é tão bonito! Se vocês soubessem como ele é gentil! Ontem mesmo ele me disse: "Quero ser gendarme quando crescer". Ó, meu Eustache! Se eu perdesse você! A Chantefleurie levantou-se de repente e começou a correr pelas ruas de Reims, gritando: "Ao acampamento dos egípcios! Ao acampamento dos egípcios! Guardas para queimar as bruxas!". Mas os egípcios tinham desaparecido. Já tinha anoitecido. Não foi possível ir atrás deles. No dia seguinte, a dez quilômetros de Reims, em um matagal entre Gueux e Tilloy, foram encontrados restos de uma grande fogueira, algumas fitas que pertenciam à filha de Paquette, gotas de sangue e fezes de bode. A noite em que tudo aconteceu era precisamente a de um sábado. Não havia dúvida de que os egípcios tinham feito o sabá naquele matagal e que tinham devorado a criança na companhia de Belzebu, como fazem os maometanos. Quando Chantefleurie descobriu essas coisas horríveis, não chorou; ela moveu os lábios como se fosse falar, mas não conseguiu. No dia seguinte, seus cabelos tinham embranquecido. Dois dias depois, ela desapareceu.

– Essa é realmente uma história tão terrível – disse Oudarde – que faria até um borguinhão chorar!

– Não me surpreende mais – acrescentou Gervaise – que você tenha tanto medo dos ciganos!

– E você fez muito bem – disse Oudarde – de fugir há pouco com seu Eustache, já que esses também são egípcios da Polônia.

– Não são – contestou Gervaise. – Dizem que eles vêm da Espanha e da Catalunha.

– Catalunha? É possível – concordou Oudarde. – Polônia, Catalunha, Valognes, sempre confundo essas três províncias. O que é certo é que eles são ciganos.

– E que certamente têm dentes suficientemente longos para comer criancinhas – completou Gervaise. – E eu não ficaria surpresa se Esmeralda também comesse um pedacinho, apesar de seu ar mais sofisticado. A cabrita branca dela faz truques muito maliciosos para não haver alguma libertinagem por trás disso.

Mahiette caminhava em silêncio. Ela estava absorta pelo devaneio que, de certa forma, é a continuação de uma narrativa dolorosa e que só termina depois de espalhar seu tremor, de vibração em vibração, até as últimas fibras do coração. Gervaise lhe dirigiu a palavra:

– E não se sabe o que aconteceu com Chantefleurie?

Mahiette não respondeu. Gervaise repetiu a pergunta sacudindo seu braço e chamando-a pelo nome. Mahiette pareceu despertar de seus pensamentos.

– O que aconteceu com Chantefleurie? – ela repetiu mecanicamente as palavras ainda frescas em seu ouvido; em seguida, fazendo um esforço para prestar atenção no significado dessas palavras: – Ah! Nunca soubemos – disse ela prontamente.

E acrescentou depois de uma pausa:

– Alguns disseram que a viram sair de Reims ao anoitecer, pela Porta Fléchembault; outros, ao amanhecer, pela velha Porta Basée. Um pobre encontrou sua cruz de ouro pendurada na cruz de pedra, no campo onde a feira é realizada. Era a joia que havia causado sua perdição em 1461. Foi um presente do belo visconde de Cormontreuil, seu primeiro amante. Paquette nunca quis se desfazer dela, por mais miserável que estivesse. Ela gostava da joia como da própria vida. Então, quando encontramos a cruz abandonada, pensamos que ela estava morta. No entanto, pessoas de Cabaret-les-Vantes disseram tê-la visto passar seguindo rumo a Paris, caminhando descalça sobre as pedras. Mas para isso ela teria que sair pela Porta Vesle, e isso não tem sentido. Ou, para ser mais precisa, acredito que ela realmente saiu pela Porta Vesle, mas já fora deste mundo.

– Não entendi – disse Gervaise.

– Vesle – respondeu Mahiette com um sorriso melancólico – é o nome do rio.

– Pobre Chantefleurie! – disse Oudarde arrepiada. – Afogou-se!

– Afogou-se! – repetiu Mahiette. – E quem imaginaria, ao ver o bom pai Guybertaut passar por baixo da Ponte Tinqueux acompanhando o curso do rio e cantando em seu barco, que um dia sua querida Paquette passaria sob essa ponte também, mas sem canção nem barco?

– E o sapatinho? – perguntou Gervaise.

– Desapareceu com a mãe – respondeu Mahiette.

– Pobre sapatinho! – lamentou Oudarde.

Oudarde, mulher gorda e sensível, teria ficado muito satisfeita apenas em suspirar na companhia de Mahiette. Mas Gervaise, mais curiosa, ainda não havia esgotado suas perguntas.

– E o monstro? – ela perguntou de repente a Mahiette.

– Que monstro?

– O pequeno monstro egípcio deixado pelas bruxas na casa de Chantefleurie no lugar da filha dela! O que foi feito dele? Espero que também o tenham afogado.

– Não – respondeu Mahiette.

– Como! Queimaram, então? De fato, seria mais justo. Um filho de bruxa!

– Nem uma coisa nem outra, Gervaise. O senhor arcebispo se interessou pela criança do Egito, exorcizou-a, abençoou-a, removeu cuidadosamente o diabo do corpo dela e enviou-a a Paris para ser exposta sobre a cama de madeira, na Notre Dame, como uma criança abandonada.

– Esses bispos! – exclamou Gervaise, resmungando. – Só porque são cultos, não fazem nada como os outros. Imagine só, Oudarde, colocar o diabo como criança abandonada! Porque era de fato o diabo aquele monstrinho. Bem, Mahiette, o que fizeram com ele em Paris? Tenho certeza de que nenhuma pessoa caridosa o quis.

– Não sei – respondeu a moradora de Reims. – Foi precisamente nessa época que meu marido comprou o tabelionato de Beru, a dez quilômetros da cidade, e nós não acompanhamos mais essa história. Além disso, em frente a Beru estão as duas colinas de Cernay, que fazem perder de vista os campanários da catedral de Reims.

Enquanto conversavam, as três dignas burguesas tinham chegado à Praça da Grève. Imersas em suas preocupações, elas tinham passado direto pelo breviário público da Torre Roland e caminhavam maquinalmente na direção do pelourinho em torno do qual a multidão crescia sem cessar. É provável que o espetáculo que atraía todos os olhares naquele momento as fizesse esquecer completamente o Buraco dos Ratos e a missão a que tinham se proposto se o rechonchudo Eustache, de seis anos, que Mahiette arrastava pela mão, não as tivesse, de repente, lembrado do objeto:

– Mãe – ele disse, como se algum instinto o tivesse avisado de que o Buraco dos Ratos havia ficado para trás –, agora posso comer o pão?

Se Eustache fosse mais hábil, isto é, menos guloso, ele teria esperado, e somente na volta, na Universidade, na residência do mestre Andry Musnier, na Rua Madame-la-Valence, quando os dois braços do Rio Sena e as cinco pontes da Cité estivessem entre o Buraco dos Ratos e o pão, ele teria se aventurado a fazer esta tímida pergunta: "Mãe, agora posso comer o pão?"

Essa mesma pergunta, imprudente no momento em que Eustache a fez, despertou a atenção de Mahiette.

– É verdade – ela exclamou –, esquecemos a reclusa! Mostrem-me onde fica o Buraco dos Ratos para que eu possa levar o pão.

– Imediatamente – disse Oudarde. – É uma caridade.

Não era a opinião de Eustache.

– Aqui está meu pão! – ele disse, levantando alternadamente seus dois ombros até encostar nas orelhas, o que, em tal circunstância, é sinal de supremo descontentamento.

As três mulheres deram meia-volta e, chegando perto da casa da Torre Roland, Oudarde disse às outras duas:

– Não devemos olhar as três juntas pelo buraco, para não assustar a *sachette*. Vocês duas, finjam ler *dominus* no breviário enquanto eu espio pela claraboia. A *sachette* me conhece um pouco. Eu aviso quando puderem vir.

Ela foi sozinha até a claraboia. No momento em que seu olhar adentrou o buraco, uma profunda tristeza tomou conta de sua fisionomia, que, alegre e franca, mudou abruptamente de expressão e cor, como se tivesse passado de um raio de sol para um raio de luar. Seus olhos marejaram, ela contraiu a boca como se fosse chorar. Um instante depois, ela pôs um dedo nos lábios e fez sinal para Mahiette se aproximar.

Mahiette se aproximou emocionada, em silêncio e caminhando na ponta dos pés, como fazemos quando nos aproximamos do leito de um moribundo.

Era realmente um triste espetáculo que se oferecia aos olhos das duas mulheres, enquanto elas olhavam, imóveis, pela claraboia gradeada do Buraco dos Ratos.

A célula era estreita, mais larga que profunda, abobadada em ogiva e, vista daquele ângulo, parecia um pouco o alvéolo de uma grande mitra de bispo. Sobre a laje nua que servia de chão, em um canto, havia uma mulher sentada, ou melhor, agachada. Seu queixo estava apoiado sobre os joelhos, que seus dois braços cruzados apertavam fortemente contra o peito. Assim, encolhida, vestindo um saco marrom que a cobria por inteiro, cheio de dobras largas, os longos cabelos grisalhos caídos para a frente e cobrindo seu rosto, suas pernas e chegando até os pés, ela apresentava, à primeira, vista, uma estranha forma recortada no fundo sombrio da célula, uma espécie de triângulo escuro que os raios de sol que penetravam através da claraboia recortavam de forma grosseira em dois tons, um escuro, o outro iluminado. Era um daqueles espectros metade sombra, metade luz, como vemos nos sonhos e na obra extraordinária de Goya, pálidos, imóveis, sinistros, agachado sobre uma sepultura ou encostados à grade de um calabouço. Não era nem mulher, nem homem, nem ser vivo, nem uma forma definida. Era uma figura, uma espécie de visão sobre a qual o real e o fantástico se sobrepõem, como a sombra e a luz. Mal se distinguia, sob seus cabelos estendidos até o chão, um perfil fino e severo. O vestido mal deixava passagem para a ponta de seus pés descalços, crispados sobre o pavimento duro e gelado. O pouco de forma humana que se podia entrever sob esse manto de luto causava tremores.

Essa figura, que dava a impressão de ter sido colada ao piso, parecia não ter movimento, nem pensamento, nem vida. Debaixo do fino saco de lona, em janeiro, deitada nua sobre um piso de granito, sem fogo, na sombra de uma masmorra cujo respiro oblíquo só deixava o ar e nunca o sol vir de fora, ela não parecia sofrer, nem mesmo sentir alguma coisa. Era como se tivesse se transformado em pedra como a masmorra e em gelo como a fria estação. Tinha as mãos unidas e os olhos fixos. À primeira vista, podia ser tomada por um espectro; à segunda, por uma estátua.

Em intervalos, no entanto, seus lábios azuis se entreabriam num suspiro e tremiam, mas de modo morto e mecânico, como as folhas que se espalham com o vento.

Dos seus olhos tristes escapava um olhar inefável, profundo, lúgubre, imperturbável, fixado em um ângulo da célula que não podia ser visto de fora, um olhar que parecia ligar todos os pensamentos sombrios daquela alma angustiada a não sei que objeto misterioso.

Tal era a criatura que recebia, por seu habitáculo, o nome de *reclusa* e, por seu vestuário, o nome de *sachette*.

As três mulheres, pois Gervaise tinha se juntado a Mahiette e Oudarde, olhavam através da claraboia. Com a cabeça elas interceptavam a fraca iluminação da masmorra, sem que a miserável que elas privavam da luz parecesse prestar atenção nelas.

– Não vamos perturbá-la – disse Oudarde em voz baixa. – Ela está em êxtase, rezando.

No entanto, Mahiette considerava com crescente ansiedade a figura pálida, enrugada e desgrenhada, e seus olhos se enchiam de lágrimas.

– Isso seria bastante singular – murmurou.

Ela passou sua cabeça através das barras do respiro e conseguiu ver o ângulo onde o olhar da infeliz mulher estava fixado.

Quando removeu a cabeça da claraboia, tinha o rosto inundado de lágrimas.

– Como chamam essa mulher? – ela perguntou a Oudarde.

Oudarde respondeu:

– Nós a chamamos de irmã Gudule.

– Pois eu – disse Mahiette – a chamo de Paquette Chantefleurie.

Então, colocando um dedo na boca, ela fez sinal para Oudarde, estupefata, passar a cabeça através da claraboia e olhar.

Oudarde olhou e viu, no canto onde os olhos da reclusa estavam fixados com aquele sombrio êxtase, um sapatinho de cetim rosa, bordado com mil passamanes dourados e prateados.

Gervaise olhou depois de Oudarde, e então as três mulheres, considerando a infeliz mãe, começaram a chorar.

Nem seus olhares, no entanto, nem suas lágrimas distraíram a reclusa. Suas mãos continuavam juntas, os lábios, mudos, os olhos, fixos, e, para aqueles que conheciam sua história, aquele sapatinho, admirado daquela forma, partia o coração. As três mulheres ainda não tinham dito nenhuma palavra. Elas não ousaram falar, nem mesmo em voz baixa. Aquele profundo silêncio, aquela dor enorme, aquele grande esquecimento onde tudo havia desaparecido, com exceção de uma coisa, surtia nelas o efeito de um altar-mor de Páscoa ou de Natal. Elas permaneciam em silêncio, contidas, estavam prestes a se ajoelhar. Parecia-lhes que tinham acabado de entrar numa igreja no dia do Ofício de Trevas.

Finalmente Gervaise, a mais curiosa das três e, portanto, a menos sensível, tentou fazer a reclusa falar:

– Irmã! Irmã Gudule!

Ela repetiu o chamado três vezes, levantando a voz a cada repetição. A reclusa não se mexeu. Nem uma palavra, nem um olhar, nem um suspiro, nenhum sinal de vida.

Oudarde fez o mesmo, com uma entonação mais suave e também mais carinhosa:

– Irmã! Irmã Sainte-Gudule! – disse ela.

O mesmo silêncio, a mesma imobilidade.

– Uma mulher singular que não se moveria nem com uma bombarda! – exclamou Gervaise.

– Ela pode estar surda – disse Oudarde, suspirando.

– Talvez cega – acrescentou Gervaise.

– Talvez morta – completou Mahiette.

É certo que, se a alma ainda não tivesse deixado aquele corpo inerte, entorpecido, letárgico, ela havia ao menos se retirado e se escondido nas profundezas onde as percepções dos órgãos externos já não alcançam.

– Então vamos deixar o pão sobre a claraboia – sugeriu Oudarde. – Mas alguma criança vai acabar pegando. Como podemos acordá-la?

Eustache, que até aquele momento estava distraído com um carrinho arrastado por um cachorro enorme, notou de repente que suas três guias observavam alguma coisa pela claraboia e, tomado pela curiosidade, subiu em uma pedra, ficou na ponta dos pés e encaixou seu grande rosto vermelho na abertura, gritando:

– Mãe, quero ver também!

Ao ouvir a voz de uma criança, clara, fresca, sonora, a reclusa estremeceu. Ela virou a cabeça com o movimento seco e repentino de uma mola de aço, suas mãos longas e magras afastaram o cabelo do rosto, e ela fixou a criança com os olhos espantados, amargos, desesperados. Esse olhar foi como um relâmpago.

– Ai, meu Deus! – ela gritou de repente, escondendo a cabeça entre os joelhos, e parecia que sua voz rouca rasgava seu peito ao passar. – Por favor, não me mostrem os dos outros!

– Olá, senhora – disse o menino com gravidade.

Mas essa sacudidela havia, de certa forma, despertado a reclusa. Um longo arrepio correu por todo o seu corpo, da cabeça aos pés, seus dentes bateram, ela levantou um pouco a cabeça e disse, apertando os cotovelos contra os quadris e pegando os pés com as mãos, na tentativa de aquecê-los:

– Oh! Que frio!

– Pobre mulher – disse Oudarde com grande pesar –, gostaria de um pouco de fogo?

Ela sacudiu a cabeça em sinal de recusa.

– Bem – retomou Oudarde, estendendo-lhe um frasco –, aqui tem hipocraz para aquecê-la. Beba.

Ela balançou a cabeça novamente, olhou fixamente para Oudarde e respondeu:

– Água.

Oudarde insistiu.

– Não, minha irmã, água não é a melhor bebida em janeiro. Você precisa beber um pouco de hipocraz e comer este pão com fermento de milho que preparamos para você.

Ela recusou o pão que Mahiette lhe apresentava e disse:

– Pão preto.

– Vamos – disse Gervaise, fazendo, por sua vez, um gesto de caridade e se desfazendo de seu casaco de lã –, pegue este sobretudo um pouco mais quente que o seu. Ponha isto sobre os ombros.

Ela recusou o sobretudo como fez com o frasco e o pão e respondeu:

– Um saco.

– Mas é necessário – disse a bondosa Oudarde – que você compreenda que ontem foi um dia de festa.

– Eu compreendo – disse a reclusa. – Estou sem água no meu jarro há dois dias.

Ela acrescentou depois de um silêncio:

– Quando tem uma festa, esquecem-se de mim. E fazem bem. Por que o mundo se lembraria de mim se não me lembro dele? Para brasa extinta, cinza fria.

E, cansada de falar tanto, deixou a cabeça cair novamente sobre os joelhos. A simples e caridosa Oudarde, que pensou ter compreendido, por suas últimas palavras, que ela ainda estava reclamando do frio, ingenuamente respondeu:

– Então, você quer um pouco de fogo?

– Fogo! – disse *sachette* com uma estranha entonação. – Você também tem um pouco de fogo para a pobre menina que está debaixo da terra há quinze anos?

Todos os seus membros tremiam, suas palavras vibravam, seus olhos brilhavam, e ela se pôs de joelhos. De repente, estendeu a mão branca e magra na direção do menino, que a olhava atônito:

– Levem essa criança embora! – ela gritava. – A egípcia vai passar!

Então ela caiu de cara no chão, e sua testa bateu na laje produzindo o som de uma pedra sobre outra pedra. As três mulheres pensaram que ela tinha morrido. No entanto, alguns instantes depois, ela se mexeu e arrastou-se, apoiada nos joelhos e cotovelos, até o canto onde estava o sapatinho. As três não se atreveram a olhar. Não a viram mais, mas ouviram o som de mil beijos e mil suspiros misturados com gritos dilacerantes e surdos golpes, como os de uma cabeça que bate contra a parede. Então, após um desses golpes, tão violento que deixou as três paralisadas, não ouviram mais nada.

– Será que ela se matou? – disse Gervaise, arriscando passar a cabeça pela abertura. – Irmã! Irmã Gudule!

– Irmã Gudule! – repetiu Oudarde.

– Ah, meu Deus! Ela não se mexe! – observou Gervaise. – Será que está morta? Gudule! Gudule!

Mahiette, sufocada a ponto de não conseguir falar, fez um esforço.

– Esperem – disse ela. E, apoiando-se na claraboia: – Paquette! – ela disse. – Paquette Chantefleurie.

Uma criança que ingenuamente soprasse um mal apagado pavio de rojão e o fizesse rebentar em seus olhos não ficaria mais aterrorizada do que Mahiette com o efeito causado por esse nome bruscamente lançado na cela da irmã Gudule.

Todo o corpo da reclusa estremeceu, ela se levantou sobre os pés descalços e saltou na direção da claraboia com os olhos tão flamejantes que Mahiette, Oudarde, a outra mulher e o menino recuaram até o parapeito do cais.

A sinistra figura da reclusa então apareceu colada à grade do respiradouro.

– Oh! Oh! – ela gritava com um riso assustador. – É a cigana que me chama!

Nesse momento, uma cena que acontecia no pelourinho atraiu seu feroz olhar. Sua fronte se retorceu de horror, ela esticou os dois braços esqueléticos para fora da cela e gritou com uma voz que parecia um estertor:

– Então é você novamente, filha do Egito! É você quem me chama, ladra de crianças! Pois bem! Maldita seja! Maldita! Maldita! Maldita!

Uma lágrima por uma gota de água

Essas palavras eram, por assim dizer, o elo entre duas cenas que se desenrolavam paralela e simultaneamente, cada uma em seu teatro particular: uma, a que acabamos de ler, no Buraco dos Ratos; a outra, que vamos ler agora, nas escadas do pelourinho. A primeira teve como testemunhas apenas as três senhoras com quem o leitor acaba de se encontrar. A segunda teve como espectadores todo o povo que vimos anteriormente reunido na Praça da Grève, em torno do pelourinho e do cepo.

Essa multidão, à qual os quatro sargentos, a postos desde as nove horas da manhã nos quatro cantos do pelourinho, tinham dado esperança, aguardava uma execução à altura. Sem dúvida não seria um enforcamento, mas uma surra de chicote, um desorelhamento, algo do tipo. A multidão havia crescido tão rapidamente que os quatro sargentos, pressionados, tiveram mais de uma vez que a organizar, como diziam, com grandes golpes de *boullaye* de coice de cavalo.

Essa gentalha, disciplinada com a expectativa de execuções públicas, não demonstrava muita impaciência. Ela se divertia a observar o pelourinho, uma espécie de monumento bastante simples, composto por um cubo de alvenaria com cerca de três metros de altura e oco por dentro. Uma inclinação acentuada de pedra bruta, que era chamada por excelência de escada, conduzia à plataforma superior, na qual se via uma roda horizontal feita de madeira de carvalho maciço. A vítima era amarrada nessa roda, de joelhos e com os braços presos às costas. Uma haste, que punha em movimento um cabrestante escondido no interior da pequena construção, imprimia uma rotação à roda, mantida sempre no plano horizontal, e, assim, apresentava o rosto do condenado sucessivamente a todos os pontos da praça. Era o que se chamava de **virar** um criminoso.

Como se pode ver, o pelourinho da Grève estava longe de oferecer todas as diversões do pelourinho do Halles. Nada de arquitetônico. Nada de monumental. Sem teto com cruz de ferro, sem lampião octogonal, sem colunetas frágeis que vão desabrochar na beira do telhado em capitéis de acantos e flores, sem gárgulas quiméricas e monstruosas, sem viga esculpida, nenhuma escultura fina profundamente escavada na pedra.

Era necessário contentar-se com os quatro lados de alvenaria, com duas chapas de arenito e um tosco patíbulo de pedra, magro e nu, ao lado.

Os amantes da arqüitetura gótica não sentiriam nenhum prazer ao vê-lo. É verdade, ninguém era menos curioso sobre monumentos do que os parvos da Idade Média, e eles se preocupavam bem pouco com a beleza de um pelourinho.

O condenado finalmente chegou, amarrado à traseira de uma carroça, e, quando foi içado sobre a plataforma, quando foi possível vê-lo de todos os pontos da praça, amarrado com cordas e correias à roda do patíbulo, um prodigioso clamor, misturado a risos e aplausos, tomou conta da praça. Haviam reconhecido Quasímodo.

Era ele, de fato. Um regresso bem estranho. Pendurado no pelourinho da mesma praça onde, na véspera, havia sido homenageado, aclamado e conclamado papa e príncipe dos bufos, com cortejo do duque do Egito, do rei de Thunes e do imperador da Galileia. O que é certo é que não havia um só espírito na multidão, nem mesmo ele, triunfante e condenado, que claramente fizesse essa associação em seu pensamento. Gringoire e sua filosofia faziam falta naquele espetáculo.

Logo Michel Noiret, jurado oficial do rei nosso senhor, ordenou que fizessem silêncio e citou a sentença, de acordo com a ordenança e o comando do senhor preboste. Depois se retirou para trás da carroça com seu séquito em trajes de libré.

Quasímodo, impassível, não se movia. Qualquer resistência seria impossível pelo que chamavam então, no estilo da chancelaria criminal, de **veemência e firmeza das amarras**, o que significa que os chicotes e as correntes provavelmente penetravam sua carne. Além disso, é uma tradição de calabouço e de condenação que não se perdeu e que as algemas ainda preservam preciosamente entre nós, povo civilizado, doce e humano (além da masmorra e da guilhotina, é importante lembrar).

Ele se permitiu conduzir e empurrar, carregar, içar, amarrar e reatar. Nada se podia adivinhar sobre sua fisionomia, a não ser um espanto selvagem ou idiota. Sabiam que ele era surdo, mas diriam que era também cego.

Ele permitiu que o colocassem de joelhos sobre a tábua circular. Tiraram-lhe a camisa e o gibão, e ele não esboçou resistência. Depois foi encabrestado sob um novo sistema de correias e fuzilhões e se deixou afivelar e atar. De vez em quando, bufava sonoramente, como um bezerro cuja cabeça fica pendurada e balança para fora da carroça do açougueiro.

– O grosseirão – disse Jehan Frollo du Moulin a seu amigo Robin Poussepain (pois os dois estudantes tinham seguido o condenado) – não entende nada, parece um besouro trancafiado em uma caixa!

Um riso louco explodiu na multidão quando despiram a corcunda de Quasímodo, seu peito de camelo e seus ombros calejados e peludos. No meio de toda a euforia, um homem com o libré da cidade, baixinho e robusto, subiu na plataforma e se posicionou perto do condenado. Seu nome circulou rapidamente pelo público presente. Era o mestre Pierrat Torterue, atormentador juramentado do Châtelet.

Primeiro ele colocou em um canto do pelourinho uma ampulheta preta cuja cápsula superior estava preenchida de uma areia vermelha que escapava no recipiente inferior. Em seguida, retirou de seu sobretudo bipartido, e viram pendurado em sua mão direita, um chicote fino com longas tiras brancas, lustrosas, nodosas, trançadas, armadas com pontas de metal. Com a mão esquerda, ele descuidadamente dobrou a manga da camisa até as axilas.

Enquanto isso, Jehan Frollo gritava, levantando a cabeça loura e encaracolada acima da multidão (ele tinha subido sobre os ombros de Robin Poussepain):

– Venham ver, senhores e senhoras! Vão açoitar peremptoriamente o mestre Quasímodo, o sineiro do meu irmão, senhor arquidiácono de Josas. Essa criatura é dotada de uma curiosa arquitetura oriental que tem as costas em forma de cúpula e as pernas como colunas torcidas!

E a multidão pôs-se a rir, especialmente as crianças e as jovens.

Finalmente, o atormentador bateu o pé no chão e a roda começou a girar. Quasímodo cambaleou sob suas amarras. O estupor que de repente se desenhou em seu rosto deformado fez as explosões de riso circundantes redobrar.

No momento em que a roda, em sua revolução, apresentou ao mestre Pierrat as costas montanhosas de Quasímodo, mestre Pierrat levantou o braço, e as tiras finas silvaram amargamente no ar como um punhado de enídrides e caíram furiosamente sobre os ombros do miserável.

Quasímodo deu um pulo, como se tivesse sido despertado num sobressalto. Ele agora começava a compreender. Uma contração violenta de surpresa e dor desfigurou os músculos de seu rosto, mas ele não deu um único suspiro, apenas virou a cabeça para trás, à direita, depois à esquerda, balançando-a como um touro picado nos flancos por um marimbondo.

Uma segunda chicotada sucedeu a primeira, depois uma terceira, e outra, e outra, sem cessar. A roda não parava de girar e choviam chicotadas. Logo o sangue jorrou, e foi possível ver mil filetes escorrer pelos ombros escuros do corcunda, e as tiras finas, em sua rotação que rasgava o ar, espalhavam gotas de sangue pela multidão.

Quasímodo tinha recuperado, pelo menos na aparência, sua impassibilidade inicial. No início, tentou, silenciosamente e sem demonstrar grande agitação, romper suas amarras. O olho dele iluminou-se, seus músculos contraíram-se, os membros encolheram-se, e as correias e amarras afrouxaram. O esforço era intenso, prodigioso, desesperado; mas os velhos grilhões do prebostado resistiram. Eles cederam um pouco, e foi isso. Quasímodo caiu exausto. O estupor deu lugar, em sua expressão, a um sentimento de amargura e de profundo desânimo. Ele fechou seu único olho, deixou cair a cabeça no peito e fingiu-se de morto.

A partir de então ele não se moveu mais. Nada tirava dele qualquer mínimo movimento. Nem seu sangue, que não parava de escorrer, nem as chibatadas que redobraram de fúria, nem a ira do atormentador que se excedia e se embriagava com a execução, nem o som dos horríveis chicotes mais cortantes que silvavam mais do que as patas dos insetos tropicais.

Enfim um meirinho do Châtelet, vestido de preto, montado em um cavalo preto, parado ao lado da escada desde o início da execução, estendeu sua vareta de ébano na direção da ampulheta. O atormentador parou. A roda parou. Quasímodo reabriu o olho lentamente.

O flagelo tinha chegado ao fim. Dois serviçais do atormentador juramentado lavaram os ombros ensanguentados do condenado, esfregaram-nos com não sei que unguento que imediatamente fechou todas as feridas, e jogaram em suas costas um pano amarelo cortado em formato de casula. Enquanto isso, Pierrat Torterue lavou na rua as tiras do chicote, vermelhas e ensopadas de sangue.

Nem tudo estava acabado para Quasímodo. Ele ainda tinha que passar uma hora no pelourinho, conforme mestre Florian Barbedienne havia tão judiciosamente adicionado à sentença do senhor Robert d'Estouteville, para a maior glória do velho trocadilho fisiológico e psicológico de Jean de Cumène: *Surdus absurdus*[97].

Então a ampulheta foi virada e deixaram o corcunda amarrado à tábua, para que a justiça fosse cumprida até o fim.

O povo, especialmente na Idade Média, é para a sociedade o que a criança é para a família. Enquanto ele permanece nesse estado de ignorância primária, de menoridade moral e intelectual, pode-se falar dele como de uma criança:

Essa é uma idade impiedosa.

Já deixamos claro que Quasímodo era odiado por quase todo mundo, por bons motivos, é verdade. Haveria no máximo um espectador na multidão que não tivesse ou acreditasse não ter razões para se queixar do sinistro corcunda de Notre Dame. A alegria tinha sido geral ao vê-lo aparecer no pelourinho; e a rude execução pela qual ele tinha acabado de passar, além do estado lamentável em que o tinha deixado, longe de comover o populacho, tinha tornado seu ódio mais perverso, acrescido de um toque de alegria.

Assim, uma vez satisfeita a *vindicta publica*, como dizem os doutos ainda hoje em seu jargão próprio, foi a vez das mil vinganças particulares. Aqui, como no grande salão, são sobretudo as mulheres que extravasam sua ira. Todas alimentavam algum rancor contra ele, algumas por sua malícia, outras por sua fealdade. Estas últimas eram as mais furiosas.

– Oh! A máscara do Anticristo! – dizia uma.

– Cavaleiro de cabos de vassoura! – gritava outra.

– A bela e trágica carranca – uivava uma terceira –, que faria de você um belo papa dos bufos, se hoje fosse ontem!

---

[97] "O surdo é absurdo". (N.T.)

– Está de bom tamanho – completava uma velha – como careta do pelourinho. Quando será também a do patíbulo?

– Quando é que vai usar o seu grande sino trinta metros debaixo da terra, seu maldito sineiro?

– E pensar que é este diabo quem toca o *angelus*!

– Oh! Esse surdo! Caolho! Corcunda! Monstro!

– Figura capaz de fazer uma grávida abortar de forma melhor do que qualquer medicina ou fármaco!

E os dois estudantes, Jehan du Moulin e Robin Poussepain, cantavam a plenos pulmões o velho refrão popular:

Une hart
Pour le pendard!
Un fagot
Pour le magot![98]

Enquanto isso, choviam milhares de outras blasfêmias, vaias, imprecações e risos, além de pedras lançadas daqui e dali.

Quasímodo era surdo, mas enxergava claramente, e a fúria do público não estava menos explicitamente estampada no rosto do que nos xingamentos. Aliás, as pedradas explicavam as gargalhadas.

Ele permaneceu calmo no início. Mas, pouco a pouco, a paciência que havia resistido ao chicote do atormentador diminuiu e deu lugar às picadas de insetos. O touro das Astúrias, que pouco se incomoda com os ataques do picador, fica irritado com os cães e as bandarilhas.

Primeiro ele percorreu lentamente seu olhar ameaçador pela multidão. Mas, amarrado como estava, esse olhar foi impotente para caçar aquelas moscas que lhe corroíam a ferida. Então ele agitou-se nos entraves, e seus

[98] "Um baraço / para o malandro! / Um feixe / para o macaco!". (N.T.)

sobressaltos furiosos fizeram a roda do pelourinho ranger sobre o eixo. Com essa movimentação, as zombarias e os gritos aumentaram.

O miserável, incapaz de quebrar seu colar de besta-fera acorrentada, voltou a se acalmar. Em alguns poucos intervalos, somente, um suspiro de raiva elevava todas as cavidades do seu peito. Não havia vergonha ou rubor em seu rosto. Estava muito distante do estado social e muito próximo do estado natural para saber o que é vergonha. Além disso, nesse ponto de deformidade, será que a infâmia é algo sensível? Mas a raiva, o ódio e o desespero lentamente transformavam aquele rosto hediondo em uma nuvem cada vez mais sombria, cada vez mais carregada de uma eletricidade que rebentava em mil relâmpagos no olho do ciclope.

A tal nuvem, porém, dissipou-se por um momento, quando uma mula atravessou a multidão carregando um padre em seu lombo. Ao avistar de longe a mula e o sacerdote, o semblante do pobre condenado enterneceu. A fúria que o contraía deu lugar a um sorriso estranho, cheio de candura, mansidão e afeto inefável. À medida que o padre se aproximava, o sorriso tornava-se mais nítido, mais distinto, mais radiante. Era como se o infeliz saudasse a chegada de seu salvador. Mas, no momento em que a mula chegou perto o suficiente do pelourinho para que o cavaleiro pudesse reconhecer o sentenciado, o padre baixou os olhos, deu meia-volta e apressou o trote de sua mula, como se estivesse ansioso para livrar-se das reclamações humilhantes e bem pouco interessado em ser saudado e reconhecido por um pobre-diabo em tal situação.

Esse padre era o arquidiácono dom Claude Frollo.

A nuvem escureceu ainda mais a fronte de Quasímodo. O sorriso permaneceu em seus lábios por algum tempo, mas amargo, desanimado, profundamente triste.

O tempo estava passando. Ele estava lá há pelo menos uma hora e meia, despedaçado, maltratado, sendo incansavelmente ridicularizado e quase dilapidado.

De repente, ele agitou-se de novo em suas correntes com um desespero redobrado que estremeceu toda a estrutura que o suportava, e, quebrando o silêncio que havia obstinadamente mantido até então, gritou com uma voz rouca e furiosa que mais parecia um uivo do que um grito humano e que encobriu o som dos apupos:

– Água!

Essa exclamação de angústia, longe de comover os presentes, fez crescer ainda mais a diversão do bom povo parisiense que circundava a escada. É importante dizer que essa camada da população não era menos cruel nem menos estúpida do que a horrível tribo de bandidos que o leitor já conheceu. Nenhuma voz elevou-se em torno do infeliz condenado, exceto para zombar de sua sede. É certo que naquele momento ele mostrava-se mais grotesco e repulsivo do que passível de piedade, com o rosto avermelhado e suado, o olho arregalado, a boca espumando de raiva e de sofrimento e metade da língua de fora. Também é importante dizer que, se houvesse na multidão alguma boa alma caridosa, um burguês ou uma burguesa, que tivesse ficado tentado a levar um copo de água à miserável criatura que sofria, reinava em torno dos degraus infames do pelourinho tamanho preconceito de vergonha e ignomínia que isso já bastaria para repelir o bom samaritano.

Após alguns minutos, Quasímodo lançou um olhar desesperado para a multidão e repetiu com uma voz ainda mais devastadora:

– Água!

E todos riram.

– Beba isto! – gritou Robin Poussepain, atirando em seu rosto uma esponja que corria pela sarjeta. – Tome, seu surdo maldito! É o troco que eu estava lhe devendo.

Uma mulher atirou-lhe uma pedra na cabeça:

– Isso é para você aprender a não nos acordar no meio da noite com seu maldito carrilhão.

– E então, meu filho! – gritou um paralítico, esforçando-se para alcançá-lo com sua muleta. – Você vai continuar lançando suas pragas sobre nós do topo das torres da Notre Dame?

– Pegue esta gamela para beber! – disse outro homem, atirando um jarro partido no peito do condenado. – Foi você que, só de passar diante de minha mulher, fez com que ela desse à luz um filho de duas cabeças!

– E minha gata, a um gato de seis patas! – esbravejou uma velha atirando-lhe uma telha.

– Água! – repetiu Quasímodo pela terceira vez, ofegante.

Nesse momento, ele viu o populacho abrir passagem. Uma jovem estranhamente vestida surgiu no meio da multidão. Ela estava acompanhada por uma pequena cabra branca com chifres dourados e trazia na mão um pandeiro.

O olho de Quasímodo faiscou. Era a cigana que ele havia tentado raptar na noite anterior, uma confusão que parecia ser a origem da punição que ele sofria nesse momento. Mas, na verdade, estava sendo punido apenas pelo infortúnio de ser surdo e de ter sido julgado por outro surdo. Ele tinha certeza de que ela vinha se vingar e agredi-lo, como fizeram todos os outros.

Observou-a subir rapidamente a escada. A raiva e a frustração o sufocavam. Ele queria ser capaz de demolir o pelourinho, e, se o fulgor de seu olho pudesse também fulminar, a cigana teria se transformado em pó antes de chegar à plataforma.

Ela se aproximou do condenado sem dizer uma palavra. Enquanto ele se contorcia em vão tentando escapar, ela soltou uma cabaça presa ao cinto e gentilmente a levou aos lábios secos do miserável.

Então, daquele olho até então seco e abrasado, viram uma lágrima escorrer lentamente pela face deformada e por muito tempo contraída de desespero. Talvez fosse a primeira vez que o desafortunado derramava uma.

No entanto, esqueceu-se de beber. A cigana fez sua pequena careta de impaciência e, sorrindo, apoiou o gargalo na boca dentuda de Quasímodo.

Ele bebeu tudo a grandes goles. Sua sede era ardente.

Quando terminou, o miserável estendeu os lábios escuros, certamente com a intenção de beijar a bela mão que tinha acabado de socorrê-lo. Mas a jovem, que tinha motivos para desconfiar e que se lembrava da violenta tentativa da noite anterior, puxou a mão como uma criança assustada que tem medo de ser mordida por um bicho.

Então o pobre surdo fixou nela um olhar repleto de reprovação e de uma inexprimível tristeza.

A visão já era comovente, de ver aquela linda jovem, fresca, pura, encantadora e ao mesmo tempo tão frágil, piedosamente socorrer a miséria, deformidade e maldade. Em um pelourinho, então, o espetáculo era sublime.

Todos os presentes ficaram comovidos e começaram a bater palmas, gritando:

– Viva! Viva!

Foi nesse momento que a reclusa viu, através da claraboia do seu covil, a egípcia sobre o pelourinho, e lançou sua sinistra imprecação:

– Maldita seja, filha do Egito! Maldita! Maldita!

Fim da história do pão

Esmeralda empalideceu e desceu do pelourinho cambaleante. A voz da reclusa continuou:

– Desça! Desça! Ladra do Egito, você logo subirá de volta!

– A *sachette* está imersa em seus delírios – o povo sussurrou, e ficou por isso mesmo, pois mulheres como ela eram temidas, o que as tornava sagradas. Ninguém atacava gratuitamente uma reclusa que rezava dia e noite.

Tinha chegado a hora de reconduzir Quasímodo. Ele foi desamarrado, e a multidão dispersou.

Perto da Grand-Pont, Mahiette, que se aproximava com suas duas companheiras, parou abruptamente:

– A propósito, Eustache! O que você fez com o pão?

– Mãe – disse o menino –, enquanto você falava com aquela senhora que estava no buraco, um cachorro grande mordeu meu pão. Então eu também comi um pedaço.

– Como assim, senhorzinho – ela disse –, você comeu tudo?

– Mãe, foi o cachorro. Eu disse para ele não comer, mas ele não me ouviu. Então eu também comi, ora!

– Você é um garotinho terrível – disse a mãe, sorrindo e ralhando ao mesmo tempo. – Sabe, Oudarde, ele já comeu sozinho toda a cereja do nosso vinhedo de Charlerange. O avô dele diz que ele será um capitão. Ah, se eu pego você, senhor Eustache, seu leãozinho faminto!